PRESS DIONYSUS

2021

First published in 2021 by PRESS DIONYSUS LTD in the UK, 167, Portland Road, N15 4SZ, London.

www.pressdionysus.com

Paperback

ISBN: 978-1-913961-98-5

İthal Gelinler

Pelin Markirt

PRESS DIONYSUS

Press Dionysus •
ISBN- 978-1-913961-98-5
© 2021 Press Dionysus
First edition, January 2021 London

Cover design   : Semiha Deniz Akıncı
Editor   : Tuncay Bilecen
Proofreading   : Pınar Özkan

Press Dionysus LTD, 167, Portland Road, N15 4SZ,
London
• e-mail: info@pressdionysus.com
• web: www.pressdionysus.com

Yazar hakkında:

Güneş'in dünyada en güzel doğup en güzel battığı dediği topraklarda, Mezopotamya'nın parçası Adıyaman'da doğan Pelin Markirt, yazı yazmaya küçük yaşlarda ilgi duymaya başladı. Ortaokul ve lise yıllarında okumakta olduğu Adıyaman Anadolu Lisesi'nde tiyatro ve müzik çalışmalarında yer aldı. Bilkent Üniversitesi İşletme Fakültesi'nde burslu olarak okuduğu sırada Radyo Bilkent'te halkla ilişkiler alanında gönüllü öğrenci olarak çalıştı. Erasmus değişim programı bursu kazanarak bir dönem Hollanda'da Groningen Üniversitesi'nde işletme ve yönetim eğitimi gördü. Bankacılık ve finans alanında uzun yıllar çeşitli rollerde görev aldı ve Boğaziçi Üniversitesi'nde Finans Mühendisliği alanında yüksek lisansını tamamladı. Bilgi Üniversitesi tarafından düzenlenen *Fenomen Romancılarımız Sertifika Programı*'na katılarak yaratıcı yazarlık konusunda çalışmalarda bulundu.

Kendisini sanatın her dalına âşık biri olarak tanımlayan yazarın; çizgi film karakterleri çizmek, resim yapmak, dans etmek ve şarkılar söylemek hobileri arasındadır. Bunun yanı sıra seyahat etmekten çok hoşlandığı için seyahat yazıları da yazmaktadır. Türkçe, Kürtçe, İngilizce, İtalyanca ve Almanca bilmektedir.

Araştırma yapmaktan oldukça keyif alan yazar, 2019'dan bu yana Londra'da kurduğu yönetim danışmanlığı şirketi ile yaşamını İngiltere'de bir göçmen kadın olarak sürdürmektedir.

Sunuş:

Bu kitap, COVID-19'un dünyayı kasıp kavurduğu ülkelerin tek tek sınırlarını ve hava sahalarını kapattığı, hayati önem taşıyan yerlere gitmek dışında vatandaşların evlerinden dışarı çıkmalarının yasak olduğu, gıda almak için marketlerin ve ilaç almak için eczanelerin şaşkın insan güruhlarıyla dolup taştığı, drone'lar ve helikopterlerle şehirlerin izlendiği bir dönemde, karantinayı tek başıma Londra'da geçirirken hayat buldu. Marketlerde un, yağ ve tuvalet kâğıdı gibi temel ihtiyaçların kalmadığı o günlerde, evde tamamen kendimle baş başa olduğum bir zamanda oturdum masamın başına. Zamanın başlangıç noktasında, Greenwich'te, COVID-19 ile apartmanımın 19. katındaki elli metrekare evimde kendimi kahramanlarımın yaşam döngülerine göre ayarladım. Kahramanlarımla saatler süren görüntülü ve sesli görüşmelerimizi, çocuklarının yemek, uyku ve banyo saatlerine; hatta eşlerine ayırdıkları zamana göre düzenledim.

Gündüzleri düşündüm, kahramanlarımın serüvenlerini sindirdim. Gecenin hüznü, Londra'nın puslu gökyüzü, turkuaz mumum, can yoldaşım bitkilerim, buz gibi beyaz şarabım ve fonda hafif bir müzik yoldaşlarım oldu. Zaman zaman da gözyaşları elbette...

Kitap, kendimden uzaklaşmış olan beni bana yaklaştırdı diyebilirim. Pandemi süreci de aynı şekilde... Karantinada ben dahil herkes belirsizlikle savaşırken, kaygı ile mücadele ederken, üretim her anlamda tıkanmışken, kitabım beni ve kahramanlarımı en çok heyecanlandıran öge oldu. Günlük işlerimi bitirip bilgisayarımın başına oturmaya can atıyordum. Kahramanlarım da ruhlarının derinliklerindeki en ince detayları paylaşırken heyecanlanıyorlardı.

Elinize aldığınız bu kitap, birçok kadının ortak emeğiyle ortaya çıktı ve kitaptan elde edilen geliri kahramanlarımla paylaşacağımın müjdesini en başta size vermek istiyorum. Bir röportajında, yazar Elif Şafak'ın fırınlarda kitap yazdığını okumuştum. Ben üniversite sınavına hazırlanırken gittiğim dershanenin en alt katında fırın vardı. Bu fırından gelen mis gibi koku halen hafızamda! İşte tam da bundan ötürü, taze ekmek ve pasta kokusu beni hep üretmeye sevk etmiştir. Beni en çok motive eden şeylerden oldukları için bol bol hamur işi yaptım. Evimi kaplayan fırın kokusu beni mest ettiğinde ve beş çayımı da yaptığımda hazırdım yazmaya.

Kısıtlamalar nedeniyle kısa yürüyüşler dışında evimden çıkamasam da kahramanlarımın dünyalarında yolculuk etme fırsatı elime geçti. Kâh Lanzarote Adası'nın yerin derinliğinden gelen sıcaklığıyla ısındım Zana ile, kâh Rimini'de denize girdim Öykü ile. Kadın sığınma evinde kaldım günlerce Yağmur'la, Burcu'nun nişanlısı boğazına yapıştığı anda nefessiz kaldım. İpek yerlerde sürüklenirken benim de kolum bacağım acıdı. Alev gibi, beni ancak ben olduğum için seven biriyle hayatımı birleştirebileceğimi anladım. Lorin gibi, her türküde ağlamaklı oldum.

Henüz ilkokuldayken penisilin ile ilgili ödevimde bana yol göstermek ve araştırma yapmama yardımcı olmak için beni Adıyaman Kütüphanesi'ne götüren, kitapların kokusuna, kütüphanelere ve araştırma yapmaya âşık olmama neden olan babam Öğretmen Kamber'e; bana olağanüstü desteği ile kitabımın ilerlemesinde büyük katkıları olan Kara Dantel Sokağı'nın Florance Nightingale'i annem Nayla'ya; soğukkanlılığı ve mantıklı kişiliğiyle kitabımın yazım sürecini ve pandemi dönemini rahat geçirmemde en önemli adımları atan değerli kardeşim Dr. Hasan Görkem'e; esprileriyle ve yüksek yaşam enerjisi ile beni motive eden kitabımın ilk okuyucusu kardeşim, kıymetli yol göstericim Dr. Sezer'e; kitap yazmam konusunda beni yüreklendiren biricik dostum Kristin Reçber Kantar'a; kitabı yazmak kadar yayımlamanın ve okuyucuyla buluşturmanın da müthiş bir hazzı olduğunu bana gösteren arkadaşım gazeteci yazar Davide R. Battaglia'ya; her bir hikâyeyi okuyup hepsinin kurgusunu ve dilini kontrol ederek yolculuğumda desteğini esirgemeyen, bilgi hazinesi sevgili arkadaşım Yeliz Lambson'a; detaycılığı ve titizliği ile kitabımı baştan sona okuyup matbaa aşaması öncesinde son kontrollerini yapan, kitabımın ana kahramanı İpek'e ismini vermekle onurlandırdığım değerli dostum İpek Serçinoğlu Şakarcan'a; kitabımın basım aşamasında eşsiz yardımseverliğini hissettiğim, akademisyen kimliği, göç çalışmalarındaki engin bilgi birikimi ile kitabımı edebi yönde inceleyip dil bilgisi konusunda destek veren Tuncay Bilecen'e; kahramanlarımla beni bir araya getiren kahramanım İpek'e; gizli kahramanlarım Yağmur'a, Zana'ya, Burcu'ya, Lorin'e, Öykü'ye, Alev'e; sanatçı ruhuyla kitabımın kapağının tasarımına katkıda bulunan lise yıllarından beri dostum Canan Keleş'e; bana tamamen güvenerek kitabımın raflarda yer bulmasına yardım eden Press Dionysus Yayınları'na ve her zaman içimde olan yazma ateşinin ilk kıvılcımını ortaya çıkartan güzide şehir Londra'ya sonsuz şükranlar.

Keyifli okumalar dilerim.

Pelin Markirt

Rahmetli babama...

* Bu kitaptaki hikâyeler gerçek hayattan esinlenmiş olup kahramanların isimleri anonimdir. Mekânlar ve olaylar zinciri kurgusaldır. Bazı hikâyeler psikolojik ve fiziksel şiddet içerdiği için okuyucuyu psikolojik olarak tetikleyebilir.

İstanbul/Londra, 14 Nisan 2020, Karantina, Whatsapp konuşması

- Kuzucuğum, ne yapıyorsun karantinada boş boş? Şu kitap işini artık düşünsen diyorum.
- Tamam, bu sefer başlıyorum Kristin, karantina bitimine kadar bitecek bu kitap, sana söz!

***

Karantina sürecinde birçok insan gibi zamanımın bir kısmını Netflix'te geçirip en çok izlenen yapımları incelerken "Unorthodox" dizisine rastladım. Bir Hasidik Yahudisi[1] olan, Esty'nin de içinde olduğu, New York Williamburg'taki kapalı topluluğun, kurallarını ne kadar sıkı bir biçimde koruduklarını, bunun evliliklerine nasıl yansıdığını, toplum dışından bir bireyle evliliğin kesinlikle yasak olduğunu gördüm ve Esty'nin bu katı toplum kurallarına ve dayatmalara dayanamayıp başka bir ülkeye kaçmasına şahit oldum. Esty'nin yeni katıldığı topluma uyum sağlamaya çalışırken bir yandan da kendi topluluğunun evlilikle ilgili bütün kurallarına da uygun yaşamaya çalışmasının onu ne denli zorladığını, ruhunu parça parça söndürdüğünü; kendisini içinde bulunduğu oldukça negatif ve mutsuz edici ortamdan kurtarma çabalarını gözlemlerken birden telefona sarıldım.

İzlediğim dizideki Esty karakteri bende İpek'in hayat hikâyesini çağrıştırdı ve aklıma onun sözlerini getirdi:

Pelin, inanamazsın, öylesine biçareydim ki... Bir gün

---

1 **Hasidik Yahudi:** Yahudiliğin bir alt grubudur, dini ve sosyal muhafazakârlığı ve sosyal inzivasıyla dikkat çekmektedir.

kireç gibi bembeyaz yüzüm, mor göz altlarım, mavi siyah renkli saçlarım, yamuk kesilmiş kâhkülüm ve muhafazakâr görünümümle trendeyken bir kadın bana yanaşmıştı. "Bizim cemaatten misin? Ben de Williamsburg'a gidiyorum" demişti. Kadın, beni görüntümden dolayı kendisi gibi Hasidik Yahudi zannetmişti.

İpek de Esty gibi kapalı bir toplumda, ayrılmış bir mahallede[2] (segregated) büyümüş ve görücü usulü evlilik yapmıştı. Ardından da bu evlilikten, toplumsal dayatmalardan sıyrılmak, hayallerini gerçekleştirmek ve kendisine yeni bir hayat kurmak üzere Londra'ya taşınmıştı.

İpek, Esty gibi bütün kurallara a'dan z'ye uymaya çalışırken, aslında bu kural setinin dışında olduğunu fark etmişti ve işte bu farkındalık onu Esty'nin Berlin'e savruluşu gibi Londra'ya savurmuştu. Tanıdığım en unorthodox[3] kişinin yani İpek'in yardımları ve desteğiyle kendilerine ulaştığım kahramanlarımın hikâyelerine başlayalım.

İpek
İstanbul, 2018

Gözüm dalıyor uzaklara... Çocukluğumun, gençliğimin kızları...

Gurbet burnunu sızlatır insanın. Kardeşinin Türkiye'den gönderdiği kuruyemişin kese kağıdını öptürecek kadar acı verir. Kızlarım Avrupa'da, Amerika'da, Avustral-

---

2 **Ayrılmış grup (Segregated group):** İnsanların günlük hayatta ırksal veya diğer etnik gruplara sistematik olarak ayrılmasıdır. Ayrışma, ırkların mekânsal olarak ayrılmasını ve okullar, hastaneler gibi farklı kurumların farklı ırklardan insanlar tarafından zorunlu kullanımını içerebilir. Bu durumun en uç noktası, dünyadaki Hasidik Yahudi toplumunda görülmektedir. Bakınız, araştırınız.
3 **Unorthodox:** Geleneklere uymayan.

ya'da ne yaparlar, neler çekerler bilemiyorum. Hepimizin ayrı ülkeye savrulması ne garip.

Öz dilimizden uzakta, yaşam keşmekeşinde hem de!

Bir rota yapmak istiyorum. Hepsiyle görüşmek ve uzakların türküsünü birlikte kaleme almak hedefim. Doğuma yalnız gittiklerinde ne hissettiler? Hastalandıklarında doktora dertlerini nasıl anlattılar? Kahve keyfi yapmak istediklerinde kimi özlediler en çok?

I.
YAĞMUR

1. Hüseyin Turan - Ah Le Yar Yar
2. Aynur Doğan- Bir Gönüle Aşk Girince
3. Yıldız Tilbe - Haberi Olsun
4. Zerrin Özer- Olamazdık Senle

Adıyaman, 1996 Eylül, Arka Sıradakiler

İpek, ilkokul ikinci sınıftaydı. Okul açılalı henüz bir hafta olmuştu. Elli küsur öğrenci mevcutlu, öğrencilerin çalışkan, orta ve tembel diye ayrıldığı sınıfında, tembel sırasının en sonunda okula söverek yalnız başına oturuyordu. Okulun ne kadar çirkin bir yer olduğunu ve geçen senesinin ne kadar kötü olduğunu düşünürken kapı çalınmış ve yeni bir öğrenci sınıfa gelmişti.

Öğretmeni, "Bu yeni arkadaşınız Yağmur, bundan sonra sınıfımızda okuyacak." demişti ve Yağmur'u nereye oturtabileceğine şöyle bir bakmıştı. Tembel sırasının en sonunda İpek'i yalnız otururken görmüştü ve "İpek'in yanına oturabilirsin" demişti.

Yağmur ile yolları sıra arkadaşlıklarından sonra çok kesişmedi. Yağmur sınıfa adapte olamadığı için başka bir sınıfa geçti.

Adıyaman, 2002

Yağmur, teyzesinin komşuları aracılığıyla Almanya'da yaşayan Hüseyin'in ailesi ile tanıştı. Onu görüp beğenen aile, Yağmur'u oğulları ile evlendirmek için çok çaba sarf etti. Defalarca ailesiyle konuşup Yağmur'u oğulları ile görüştürmeye çalıştılar. Hüseyin, Almanya'ya iltica ettiği için Türkiye'ye gelemiyordu. Bu nedenle, ailesi ona Yağmur'un telefon numarasını vererek kör bir randevu[4] ayarladı. Yağmur ve Hüseyin'in arkadaşlıkları telefon görüşmeleriyle ilerliyordu.

Yağmur, Hüseyin'i merak ediyordu. Telefonda konuştuğu adamın fiziksel özellikleri nasıldı acaba? Akrabalarından Hüseyin'in bir fotoğrafını istedi. Hüseyin'in akrabaları Yağmur'a bir fotoğraf gösterdiler ancak fotoğrafı vermediler. Gösterdikleri fotoğraf ile Yağmur'un gönlünü çelmeyi denemiş ve bunu başarmışlardı.

Yağmur, o dönemde 18 yaşındaydı, liseden henüz mezun olmuştu. Annesinin kuaför dükkânında çalışıyordu. Adıyaman'dan çok sıkılmıştı ve Suriye'den esen çöl sıcaklarıyla bazen boğulacak gibi hissediyordu. Evlilik yaşı ortalamasının düşük olduğu coğrafyamızda zaten o da bir gün evlenmeyecek miydi? Evlenerek Almanya'ya taşınmayı yeni bir hayata açılacak kapı olarak düşünen Yağmur, yavaş yavaş nişanlanma fikrini benimsemeye başlıyordu.

Kız isteme töreni yapıldı ve Yağmur'a hediyeler alındı, altınlar takıldı. Kısacası, yörenin deyimiyle, tatlısı[5] yenilmişti. Hatta nişan törenleri bir salonda yapıldı ama Hüseyin yurt dışına çıkış yasağı olduğu için Almanya'dan kendi

---

4 **Kör randevu:** Daha önce tanışmamış iki kişinin tanışma amacıyla buluşmasıdır. Ortak bir tanıdık ya da çevrimiçi arkadaşlık servisi aracılığıyla gerçekleşebilmektedir.

5 Adıyaman yöresinde söz-nişan merasimi evde tepsi tepsi yenilen baklava ve baklavanın yanına ikram edilen yoğurt ile kutlanmaktadır. Yaptığım araştırmaya göre, baklavanın kalorisini ve yoğunluğunu dengelemek için, hatta fıstığın alerjen etkisini azaltmak için yoğurt tüketildiğini öğrendim.

nişanına gelememişti. Yağmur, sonunda babasının devlet memurluğu sayesinde edindiği yeşil pasaportuyla Hüseyin'in yanına gitmeye karar verdi. Ver elini Almanya!

Ne var ki Almanya'da, karşısındaki adamın fotoğrafta gösterilen adam olmadığını hemen fark etti.[6] Hüseyin ile tanıştığı ilk anda ondan elektrik alamadığını hissetti. Hüseyin, kendisinden on iki yaş büyüktü. Yüzüğü Frankfurt'ta teslim etti Hüseyin'e. Hüseyin'in ağlamalarına ve yakarışlarına kulak tıkayan bu toy kız, sadece fiziksel özelliklerini değil oturmasını kalkmasını da beğenmediği bu adama yüzüğü iade etmekten hiçbir zaman pişman olmadı ve Türkiye'ye döndü.

İpek, üniversite okurken bir tatili sırasında eve döndüğünde, Yağmur'un kuaför dükkânına kaş aldırmaya gitmişti ve Yağmur ile nişanlanma süreci hakkında sohbet ederken Hüseyin'in akrabalarının Hüseyin'e ait olmayan bir fotoğraf göstererek Yağmur'u tavlama çabaları İpek'i çok şaşırtmıştı. İnsanlar ne kadar dolandırıcıydı! Hedeflerine ulaşmak için her yolu denemeleri iğrençti. İnsanları aptal yerine koymaları da cabası. Göz var, izan var! Yağmur, Hüseyin'in fotoğraftaki adam olmadığını fark etmeyecek miydi? Evet, toy olabilirdi ama kör değildi.

Yağmur, sosyal kişiliğiyle, kuaför dükkânında benimsediği esnaf ruhuyla herkesle muhabbeti olan ve Adıyaman'da tanınan biriydi. Çoğunluğun kara kavruk olduğu yöremizde, bembeyaz teni ve sarışınlığı ile dikkat çeken bir yönü de vardı. Lakin "üniversite okumuş" etiketinin

---

6 Sevgili okuyucu, ilgili dönemde Internet ve görüntülü konuşma teknolojileri gelişmemiştir. Dolayısıyla özellikle kör randevular fotoğraf göstermekle ilerlemekteydi. İlginç olan, on sekiz yıl sonra, Yağmur'un bu bilgileri bana Whatsapp görüntülü konuşma özelliği sayesinde vermesiydi.

çok önem verildiği şehrinde, bazı patavatsızların "Senin de okumakta hiç gözün yoktu!" söylemlerine kızarak Hüseyin ile nişanlanma fiyaskosundan tam 5 yıl sonra üniversite sınavına hazırlanmaya karar verdi. Yanlış tercih yaptığı için hemşirelik fakültesini kazanamasa da iki yıllık petrol üretimi ve sondaj bölümünde okumaya başladı Adıyaman'da. Aslında amcası onun puanının Kıbrıs'taki özel hukuk fakültelerine yettiğini görünce, Yağmur'u Kıbrıs'ta okutmak istemişti. Yağmur etraflıca düşündü. Dört yıl boyunca amcasına boyun eğemezdi. O nedenle, maddi koşullarını ve kendinden küçük kardeşlerini düşünerek "az olsun, benim olsun" bakış açısıyla iki yıllık bölümde okumaya başladı. Bu sırada, Türkiye Petrolleri Anonim Ortaklığı'nda staj yaptı.

***

2001-2008 yılları arasında kavgalarla, uyuşmazlıklarla ve tutkuyla dolu bir ilişkisi vardı Yağmur'un İbrahim'le. Bu ilişkiyi bütün mahalleli bilirdi. 2000'li yıllarda aşk, sevgilinin Facebook'taki duvarına aşk sözcükleri yazmak değildi, İbo'nun yaptığı gibi Yağmur'un evinin karşısındaki trafonun duvarına *"Sevom ha Allahsız!"* yazmaktı. Arabeskti aşk vesselam...

Yağmur'un doğup büyüdüğü Adıyaman, kültürel olarak birçok inanca ve etnik gruba ev sahipliği yapıyordu. Kürt ve Alevi bir aileye doğan Yağmur'un yaşadığı şehirde Sünni ve Türk olan kitle "Aboş" olarak adlandırılıyordu. Hatta, yıllar önce Adıyaman'ın çarşısının temelini oluşturan Eskisaray, Süryani halkın esnaflık yaptığı bir yerdi. O dönemde mahalleler ayrılmış vaziyetteydi, yani birine hangi mahalleden olduğunu sorarak etnik yapısını tah-

20

min etmek bir dakikalık bir işti.

Sünni ve Adıyaman'ın yerlisi olan sevgilisiyle olan ilişkisinde bir türlü dikiş tutturamadılar. İnanç farklılıkları (Alevi-Sünni), kültürel farklılıkları (Kürt-Aboş), İbo'nun Yağmur'un giyimine karışması ve "evlenince kapanacaksın" baskısını göz önünde bulundurunca Yağmur, bu ilişkide tünelin sonunu göremiyordu. Tam da bu sırada Yağmur'u en yakın arkadaşı Esra bayramını kutlamak için aramıştı.

- Yağmurcuğum, bayramın kutlu olsun! Nasıl geçiyor kız?

- Bitti Esra, mesaj attım bitirdim ilişkiyi.

- Saçmalama kızım. Barışırsınız yine, dayanamazsınız ki. Ne oldu yine? Ne yaptı da kızdırdı seni?

- Bugün, hepimiz köyde dedemlerin evinde toplaştık. Ailem; amcamlar, halamlar, nenem, dedem, kuzenlerim... Onu bu ortamda hayal ettim Esra. Olmuyor, uymuyor! Yaşantılarımız çok farklı. Zaten o da çok yoruldu, yıprandı.

- Orası doğru... Beş kez seni istediler, beşinde de ret cevabı aldılar sizinkilerden. Kim olsa çoktan vazgeçmişti.

- O da akrabalarına gitmiş bugün. Aynı şekilde beni o ortamda canlandırmış gözünde. Olmamış... "Yama" gibi hissediyordum ilişkimizi zaten.

- Hayırlısı olsun. Üzüldüm.

Bu sefer gerçekten bitmişti. Derin derin nefes alan Yağmur'un kalbinde acı kalmış, gözlerinden yaşlar süzülmüştü. Geriye kulaklarımızda İbo'nun mahalleden her gün aynı saatte arabayla geçerken çaldığı kornanın sesi ve tam da Yağmur'un evinin kapısının önüne geldiğinde son ses açtığı Hüseyin Turan'ın "Ah Le Yar Yar" şarkısı kalmıştı... Korna sesleri, zamansız frenler, şarkıların manidar sözleri aşkı göstermenin en vahşi yollarıydı nihayetinde!

İbo'dan sonra, İbo'dan daha da yakışıklı, esmer, uzun boylu Murat vurulmuştu Yağmur'a. Yağmur'u görür görmez evlenme teklif etmişti. İbo gibi Murat da Sünni ve Aboş'tu. Hiç risk almasına gerek yoktu Yağmur'un. Murat'la geleceği nasıl olurdu, bunu da tasavvur edemedi ve kibarca teklifi reddetti.

Mahallemizde ablalar, komşular pek bir çöpçatandı. Komşu demek, referans demekti... Çöpçatanlıkta usta Fidan Abla, çınaraltı sohbetlerinde Yağmur'u köşeye çekti.

- Yağmur, bak hele. Kaynımın oğluna kız bakıyoruz. Adam diş hekimi, kendi muayenehanesi var. Güzel kazanıyor, bizden. Bundan güzel kısmet bulamazsın.

- Bilmiyorum ki abla. Kaç yaşında?

- Senle yaşıt değil canım, büyüktür senden.

- Abla bilmiyorum ki! Hüseyin de yaşça büyüktü benden, ısınamadım.

- Kız hepiniz evde kalacaksınız bu seçicilikle, armudun sapı üzümün çöpü... Mis gibi adam...

Yağmur'un Aboş İbo, esmer Murat ve diş hekimi adaydan sonra kafası daha da karışmıştı. Kendisini işlerine odaklamaya çalışıyordu. TPAO'nun kolu olan *Turkish Petroleum International Company*'de açılan bir pozisyondan haberdar oldu ve bunun için Ankara'da iş görüşmesine gitmeye karar verdi. Otobüsle Ankara'ya doğru yola çıktı. Virajlı yollardan kıvrıla kıvrıla giden otobüste başını cama yaslamış Mezopotamya'nın bozkır topraklarına bakarken fonda Aynur Doğan'ın "Bir Gönüle Aşk Girince" türküsü çalıyordu. İrkildi.

"Benim gönlüme aşk ne zaman girecek?" diye düşündü. "Gönlüme giren aşk Murat gibi esmer olsun, uzun boylu olsun, yakışıklı olsun, adı da Murat olsun. Hatta ve hatta bütün yaşıtlarım gibi züppe olsun!" şeklinde geçiriverdi içinden.

Yağmur, Ankara'dan döneli henüz iki gün olmuştu. Görüşmesi de olumlu geçmişti. Ankara'da yeni bir hayat nasıl olurdu? Bir yandan heyecanlanıyor bir yandan da korkuya kapılıyordu. Görüşmenin sonucunu beklerken kuaför salonunda annesine yardım etmeye devam ediyordu. Bu sırada kuaför salonuna iki kadın girdi ve müşteri gibi işlemler hakkında soru sordular:

- Balyajı kaça atarsın?
- Komple ağda yapıyor musunuz?
- Sen kimlerdensin kızım?

Kuaför salonuna gelen iki kadının, Yağmur'un ailesinin kimlerden olduğunu anlaması neticesinde "kız bakma" sürecinin ilk aşaması tamamlanmış oldu. Kız güzeldi, boyu posu yerindeydi. Kızın ailesini de tanıyorlardı. Hemen komşulara sorarak ikinci aşamaya geçtiler.

Yağmur'un mahallesinde, bakkalın karısına sormuşlardı:

"Yağmur nasıl kızdır? Kuaförde maharetli görünüyordu, elinden iş gelir mi? Konuştuğu biri var mı?"

Bir ayağı çukurda bakkalın genç ve diri karısından Yağmur hakkında olumlu görüş aldıktan sonra, referans doğrulama işlemi de tamamlanmış oldu. Akabinde, kızın evlilik konusunda ağzını aramak için ev ziyareti aşaması vardı.

Bahçede mahallenin kadınları toplaşmış ekmek yapıyorlardı. Bahçe kapısı açıldığında, kuaför salonuna gelen iki kadını ve annesinin uzaktan bir akrabası olan Sultan Abla'yı gördü. Misafirler bir ara eve geçtiler. Yağmur ise mutfağa ayran almak için gittiğinde annesi Emine ve annesinin akrabası Sultan'ın konuşmalarına kulak kabarttı.

- Abla, oğlan esmer, uzun boylu, yakışıklı. Yaşı da Yağmur'a uygun, taş çatlasa iki-üç yaş büyüktür.

- Canım, nerede yaşıyor, ne iş yapıyor bu adam?

- Almanya'da yaşıyor, restoranda çalışıyor.

- Adı ne demiştin?

- Murat.

İşte bu anda, Yağmur içeri girdi ve adamın adını da duyunca dileğinin kabul olduğunu düşündü.

- (Kıs kıs gülerek): Duydun mu yoksa Yağmur?

- Yağmur, gurbetten nefret etmişti. İsviçre'ye gittiğinde eve dönüş biletinin tarihini bile öne almıştı.

Yağmur, o anda İsviçre'de dayısını ziyaret ettiği dönemi hatırladı, Zürih'in sokaklarını... Kendisi için İsviçre ve Almanya ölüler ülkesiydi. Daha da ötesi herkesin mezarda, yalnızca kendisinin canlı olduğu hissine kapılmıştı oralarda...

- (Başını sallayarak): Duydun duydun. Tanışmak ister misin?

- Oluuuur...

Yağmur'un annesi şaşkınlıkla bir Yağmur'un yüzüne bir de Sultan'ın yüzüne baktı. İlçeye bile gelin gitmek istemediğini düşünürken, kızı gurbette bir adamla tanışmaya "evet" demişti. Yağmur anlamıştı ki kuaför salonuna müşteri ayağına gelen ve evlerine de misafir süsüyle gelen bu iki kadından biri Murat'ın teyzesi ve biri yengesiydi. Takvimler 2010 yılının Ağustos ayını gösteriyordu. Bu "evet"i onu nereye sürükleyecekti, kim bilir?

Frankfurt, Nisan 2020, Karantina

- Yağmur, bacım, iki gündür arıyorum seni. Beni niye hep meşgule alıyorsun? Diğerleri de ulaşamamış sana. Bir sorun yok değil mi?

- (Gülerek) Meşgulüm de canım ondan.

- Saçmalama Yağmur! Karantinadasın, evdesin. Hayatında ilginç ne olabilir ki meşgul olasın?

- Hayatımın kendisi ilginç Eylem! İki gündür ne senin ne de diğer arkadaşların telefonlarını açamadım çünkü her gün dört-beş saat arkadaşımla konuşuyorum. Hayatım sana hiç ilginç gelmiyor olabilir ama ona ilginç gelmiş ki hayat hikâyemi yazıyor.

- Vayyy! Bize de imzalı bir kitabınızı verirsin artık.

***

Arabulucular, Yağmur'un telefon numarasını Murat'a ilettikten sonra Yağmur ve Murat telefonda görüşmeye başladı. Murat'ın ailesi Mersin'e göç ettiği için orada yaşıyorlardı ve oğullarının Yağmur ile görüştüğünü duyunca hemen gelin adaylarının ailesini ziyarete Adıyaman'a geldiler. Sohbet sırasında, Murat'ın ailesinin Yağmur'un eski nişanlısı ile aynı köylü, hatta uzaktan akraba oldukları anlaşıldı. Yağmur'un babası Kemal'in, Murat'ın ailesine Hüseyin ile nişanlanmasından haberdar olup olmadıklarını sormasına cevaben damat adayının ailesi bu durumun onlar için sorun teşkil etmediğini belirtti.

Yağmur ve Murat, MSN'de görüntülü sohbet etmeye başlamışlardı. İki aylık görüşmelerinin neticesinde, Murat konuşmalarıyla Yağmur'u cezbetmeye başlamıştı. Hatta "canımlı, cicimli" ifadeleri birbirleri için kullanmaya başlamışlardı bile... İş başvurularının sonuçlarını beklemesine rağmen, Yağmur'un odağı tamamıyla Murat'a kaymaya başlamıştı.

Murat, Yağmur'u görmeye Türkiye'ye gelmeye karar verdi. Akrabaları havaalanında Murat'ı karşıladıktan sonra Murat ve Yağmur güzel bir restorana yemeğe gittiler. Yağmur, heyecan doluydu. Çok güzel, çiçekli, şık bir bluzu, vücuduna çok yakışan bir kot pantolonla tamamlamıştı. Saçlarına romantik bluzuyla uyumlu, döneme damgasını vuran hafif dalgalı bir fön çektirmişti. İnce dudaklarını koyu kalemle dolgunlaştırmış ve bej bir parlatıcıyla son dokunuşu yapmıştı. Dayısının İsviçre'de iken ona hediye ettiği parfümü saçlarına ve bileklerine sıkıp aynada son görüntüsünü kontrol etmişti: Hazırdı.

Murat'ı kanlı canlı gördüğü ilk dakikada aralarında fiziksel bir çekim olduğunu hissetmişti. Murat da benzer duygular içindeydi ve görür görmez etkileşim olduğu aşikârdı. Üç dört görüşmeden sonra, Murat bir görüşmelerinde Yağmur'a Almanya'da evlenip boşandığını söyledi. İki ay boyunca, tanışma evresinde, Murat böyle bir evlilikten hiç söz etmemişti. Bunu duyar duymaz Yağmur'un göğsüne bir öküz oturdu. Yağmur ona daha önce nişanlanıp ayrıldığını söyleyince Murat, bunu ilk kez duyduğunu gösteren bir ifade takındı. Yağmur, şaşkınlık ve hayal kırıklığı içerisindeydi.

- Nasıl olur da bilmezsin? Ailen biliyor. Ailenle bu mevzuları konuşmuyor musunuz?

- Bilmiyordum güzelim. Ben zaten oturum almak için kâğıt üzeri evlilik yapmıştım. Aramızda gerçek bir evlilik yoktu ki!

(Yağmur'a göre, Murat'ın bu hamlesi tamamen şartları eşitlemek içindi. Sen nişanlandın, bilmiyordum. Ben evle-

nip boşandım, sen bilmiyordun. Tamam, aynı durumdayız.)

- Bana bunu daha önce söylemen gerekirdi Murat! Bu koşullar altında seninle evlenmem mümkün değil. Eve dönmek istiyorum şimdi. Kalkalım lütfen.

Yağmur, masada bu şok edici bilgi ile titremeye başlamış ve eve döndüğünde stresten ateşi yükselmiş, hastalanmıştı. Annesi görüşmesinin nasıl geçtiğini sorduğundaysa, Murat önceden evlenip boşandığı için onunla evlenmeyeceğini söylemişti.

- Aklın hâlâ o Aboş İbo'da kalmış senin! İş ciddiye binince çark ettin bakıyorum da. Hangi erkek tertemiz ki!

Gerçek şuydu ki, Murat Almanya'da evlendiği Fulya ile üç yıl evli kalmış, aslen Antepli, Almanya'dan doğmuş büyümüş bu kadından asla çocuk sahibi olmak istememişti. Hatta ilişkilerini gözlemleyen bazı insanlara göre Murat, Fulya'dan çocuk sahibi olmaktan öylesine korkarmış ki her gün Fulya'nın ağzına doğum kontrol hapını bizzat kendisi koyar, hapı yuttuğundan emin olmaya çalışırmış. Murat, bu kadının burnunu kırmış, süresiz oturum alma hakkı kazandıktan tam bir gün sonra kadına boşanma davası açmış. Biz, söyleyenlerin yalancısıyız. Bir gün daha bekleseydin be Murat! Bu ne hız...

Murat, masada Yağmur'dan ret cevabını aldıktan sonra ailesi ile başka gelin adaylarına bakmaya başladı. Yağmur için yine bir hayal kırıklığı! Sosyal hayattan elini eteğini çekmeye başladı, geleceğini gri görüyordu. Kimseyle görmek istemiyordu. Bir hafta sonra Yağmur'un arkadaşı Esra, babasının petrol istasyonundaki büroya Yağmur'u davet etti. Biraz laflamak ikisine de iyi gelir diye düşündü.

Esra, Yağmur'a bunalımdan çıkması gerektiğini söylerken bir anda Yağmur'un telefonunun ışığının yanıp yanıp söndüğünü gördü. Arayan Murat'tı. Hem de ısrarla arıyordu. Telefon açılmayınca Murat mesaj atmıştı:

- Seninle son kez yüz yüze konuşmak istiyorum Yağmur. Helallik almadan Almanya'ya dönmek istemiyorum. *(Yağmur'a göre, Murat ateist biriydi, öyle Allah ile helallikle hiçbir işi olmazdı. Tamamen duygu sömürüsü yapmak için böyle bir mesaj atmıştı.)*

Yağmur arabasına atlayıp Murat ile buluşmaya gitti. Bugün, Murat'ın çarşıda bir kafede üç saat kadar süren o buluşmada allem edip kallem edip onu evliliğe ikna ettiğini düşünüyor. Konuşmamızda bana söylediği; hipnotize olduğu ve üç saat boyunca ne konuştuklarını hatırlamadığı... O uzun görüşmeden hatırladığı tek şey Murat'ın "Ben seninle bir ömür geçirmek istiyorum. Eğer sen de istiyorsan, hemen bu akşam seni istemeye gelirim." cümlesiydi.

- (Göz kırparak) Hadi hemen kalkalım, sen süslü kızsın ancak hazırlanırsın.

Yağmur, Murat'ın teklifini kabul etmişti. Murat kendisinden o kadar emindi ki, Yağmur'u ikna edeceğini adı gibi biliyordu. Masaya oturmadan çiçekçiye çiçek siparişi vermişti bile!

Tüm bu dört saat boyunca Yağmur'u, arkadaşı Esra ile birlikte sanıyordu annesi. Yağmur, kafe çıkışı annesini arayarak evde eksik bir şey olup olmadığını sordu. Eve vardığında devlet memuru olan babası da yeni girmişti içeri. Annesi kravatını çözmek üzere olan babasına: "Canım kravatını çözme, akşama misafir geliyor. Yağmur, Murat'ın teklifini kabul etti" dedi.

Annesi ve babası şaşkındı Yağmur'un ani kararı nedeniyle. Hızlıca birtakım hazırlıklar yaptı Emine. Murat, bütün sülalesi ile Yağmur'un evine gelmişti. O akşam bir bakıma tanışma töreni havasında geçti. Asıl isteme töreni sonraki gün olacaktı. Pazar günü tatlılar yenildi, Yağmur'un evinin bahçesinde yüzükler takılarak aile arasında nişan töreni gerçekleşti. Murat da salı günü Frankfurt'a uçtu.

Yağmur'un nişanlılık dönemiyle ilgili çok güzel anıları var: Mersin'e, nişanlısının ailesine gelip gitmeler, akrabaları ile çiğköfte partileri, Murat'ın sürprizleri, MSN'de arkadaşlarını Yağmur ile tanıştırması... Kayınpederinin de kendisine çok ısındığını ve kendisini kızı gibi gördüğünü düşünüyordu. Bu arada, Adıyaman'da Almanca dil kursuna başlamıştı. Kursun masraflarının Murat tarafından karşılandığını biliyordu.

Murat, düğünün -kendi maddi olanaksızlıklarından dolayı- 2011 Eylül'ünde olmasını isterken, babası düğünün bir an evvel yapılmasını arzu ediyordu. Yöremizde, nişanla düğün arası hep kısa tutulur. Bu durumun neden böyle olduğu hakkında Yağmur şu yorumda bulundu:

"Çiftlerin birbirinden soğumaması için böyle bir uygulama var bence... Yoksa götlerinin pası görünür."

Kısacası, zamanla herkesin foyası ortaya çıkacağı için çiftlerin kafalarının karışmasını istememektedirler.

Nişanlılık süresince Yağmur'u işkillendiren tek şey Murat'ın ısrarla düğün sonrası altınları satmak istemesiydi. Yağmur'a göre Murat resmen köle gibi çalışıyordu. İki işe birden gidiyordu ve günde üç saat uyuyordu. Almanya'nın çalışma sistemini hakkında Yağmur'un en ufak bir bilgisi yoktu.

2011 Mart ayında Yağmur'a güzel bir düğün salonunda harika bir yöresel kına gecesi düzenlendi. Salonun bahçesinde yedi kazanda yanan odunun alevleri Adıyaman'ı aydınlatıyordu. Yağmur, zılgıtlar ve teflerle girmişti salona. Evliliklerinin bereketli olması için pirinç atılmıştı göklere! Gökyüzünün yedi katmanı, gökkuşağının yedi rengi gibi yedi mendille halaylar çekilmişti. En çok erkek çocuğu olan ve eşiyle mutlu olan kadın davetli Yağmur'un kınasını yoğurmuştu. Evlilikleri hep ağız tadıyla geçsin diye kazan kazan şerbet hazırlanmış ve misafirlere dağıtılmıştı. Kına pastası tam tamına bin kişilikti. Bütün sevenleri katılmıştı, salonda adeta şölen havası hakimdi.

Düğünü ise müstakbel eşinin ailesinin yaşadığı Mersin'de oldu. Balayı oteli için Murat, Mersin Hiltonsa'yı ayarlamıştı. Dalgaların sesini dinleyerek sahilde yürüyüş yaptılar, pırıl pırıl gökyüzünün tadını çıkardılar. Sonra kahvaltı yapmak üzere otelden ayrıldılar. Çarşıda, Murat hemen altınların bir bölümünü sattı ve paranın bir kısmını da dayısını verdi. Yağmur orada anladı ki Yağmur'un kurs parasını ödeyen kişi Murat değil, Murat'ın dayısıydı. Kurs parasının düğünde hediye verilen altınlarla ödenmesi Yağmur'u çok incitti. Altınların satılmasına canı sıkılmasına rağmen, düğünün öne çekilmesi nedeniyle fedakârlık yapması gerektiğine inandırmaya çalıştı kendini. Dili tutulmuştu ve kocasına karşı çıkamamıştı.

Birlikte Adıyaman'a döndüler. Yağmur, ailesinin evindeyken altınları nasıl saklayıp Frankfurt'a götürebileceğini sordu. Annesi bir tül çoraba sararak kese yapmasını söyledi. Anne ve babası tam da bu sırada, Yağmur keseyi yaparken altın kesesinin küçüldüğünü fark etti. Babası Yağmur'a çok kızdı. Zira altın, bir evlilikte kadının güvencesidir. Annesi de çok öfkelenmişti. İçeride Yağmur, anne ve babası altın için tartışırken Murat diğer odadan sesleri duyuyordu. Annesi, şimdilik bu konuyu burada kapattığını ancak konuyu daha sonra tekrar açacağını söyledi. Yağmur, düğünle dernekle evlenmesine rağmen henüz resmi nikâhı yoktu ve eğer Murat ile şimdi tartışırlarsa ve Murat da çekip giderse kızları ortada kalabilirdi. Hatta toplum bu ayrılığı altına bağlamazdı. El alemin ne düşüneceğine dair kaygılandı. Annesi, bu kaygılarını bertaraf etmek için demir leblebiyi yutmaya karar verdi.

Yağmur ise eşinden ilk darbeyi düğün altınlarının satışı nedeniyle yemişti. İlk günden ailesi ve eşi arasında kalmıştı bile. Yol boyunca gözyaşları dinmedi. Halbuki Murat, ailesinin ve toplumunun yarattığı profile tam anlamıyla uyuyordu. Ne etnik kimlik ne de mezhep açısından kimsenin kafasında bir soru işareti kalmamıştı. Bu sefer de olmamıştı maalesef, beklentilerini karşılayamamıştı Murat seçimi de...

Ich bin Auslander (Ben bir Yabancıyım)
Murat, Yağmur'a evdeki eşyaların bekârlık evinden kalma olduğunu iddia etse de kısa bir süre sonra Yağmur, Frankfurt'taki yaşamlarına Murat'ın önceki eşi Fulya ile yaşadığı evde devam ettiğini anladı. Sadece yatak odası yenilenmiş duruyordu. Bunu da Fulya'nın eski yatak odasını kendisiyle götürmesine bağlamıştı. Elli metrekarelik evini pek sevememişti.

İlk dönemlerde Murat, Yağmur'u evde tek başına bırakmamak için doğru dürüst işe bile gitmez olmuştu. Üç gün çalışsa beş gün evde oturuyordu. Patronu aradığında ise, belinin ağrıdığını veya eşinin hasta olduğunu söyleyerek türlü bahanelerle işi savsaklıyordu. Yağmur, evliliğinin bu zamanlarını çok güzel hatırlıyordu. Frankfurt'ta havalimanına yakın bir yerde oturuyorlardı ve hamburger yemeye gittikten sonra birbirlerine sarılarak uçakların iniş kalkışlarını izliyorlardı. Arada yakın şehirlere de gidip geziyorlardı. Murat'ın arkadaşlarıyla buluşuyorlardı. Yağmur'un çevresi ise Murat'ın çevresi olmuştu çünkü Murat kiminle arkadaşlık ederse o da onunla arkadaşlık ediyordu.

Evlendikleri ilk günden itibaren Murat çocuk sahibi olmayı delice arzuluyordu. Yağmur yirmi yedi, Murat ise otuz yaşındaydı. Murat, iki ay boyunca hemen hemen her gün hamilelik testi yaptırdı Yağmur'a.

Bir gün arabayla Murat'ın arkadaşlarından dönerken Murat iyice çığırından çıktı.

- Murat biraz yavaş sürer misin? Uçuracak mısın bizi?

- Acele etmeliyiz test alacağımız dükkân kapanacak birazdan.

- Kafayı yedin herhalde sen. Kırk gün olmadı evleneli, yirmi kere test yaptırdın. Bak midem bulanıyor. Murat çok ciddiyim çek sağa ineceğim.

- Yetişmem lazım! Ne biliyoruz, belki hamilesindir?

Yağmur'un başı dönmüştü hızdan. Kaza yapmaktan da çok korkmuştu. Neydi Murat'ın çocuk konusunda bu aceleciliği?

Yağmur'un görümcesi Gülşen de Frankfurt'ta yaşıyordu ancak Murat, ablası ile görüşmüyordu. Yağmur'un Frankfurt'ta kimi kimsesi olmadığı için Murat'ın ablası ile görüşmek istiyordu. Murat, evliliklerinin ilk zamanlarında Yağmur'u sadece Gülşen'in evine bırakıp evden alıyordu. Yağmur, Gülşen ile görüşmeye başlayınca, Murat ve ablası da yavaş yavaş görüşmeye başladılar.

Yağmur nikâh işlemlerini başlatmak için konsolosluğa Murat ile birlikte gitti. Aile nüfus tablosuna benzer bir kayıt çıkarıldı Murat için. Yağmur bir de ne görsün! Murat'ın kayıtlarında iki evlilik görünüyor.

- Bu iki kayıt nedir Murat?

- Yağmur, oturum alabilmek için kâğıt üstü evlilik, önemli bir şey değil. Nikâh yaptık ama hiç karı koca gibi yaşamadık Yağmur. Kızın ailesi faşistti, evlenmemize de müsaade etmediler. Kâğıtta kaldı yani. Abartılacak bir şey yok.

- Nikâhlandığını saklamak senin için bu kadar basit mi?

Konsolosluk binasında olay çıkarmak istememişti Yağmur. Dışarı çıkar çıkmaz bir sigara yaktı. Nefes almakta güçlük çektiği için sigarayı içine tam çekemedi ve sigaranın dumanı boğazında kaldı. Gözyaşları oluk oluk aktı gözlerinden, boynunda gözyaşlarının ıslaklığını hissettiği anda gerçeğe döndü. Kandırılmıştı! Öylesine elini sıkmıştı ki tırnakları avuç içine geçti, iz bırakmıştı.

Nikâh günü almaya gittiklerinde yaşanan tatsızlığı, Gülşen'in apır sapır konuşmaları takip etmişti. Nikâh sonrası arkadaşlarıyla kutlamaya giderlerken Gülşen'in arabada halen Fulya hakkında konuşması, "Fulya biraz idareli olsaydı Murat'ın evliliği yürürdü" gibi söylemleri Yağmur'un mutluluğuna gölge düşürmeye başlamıştı bile.

"Şu kadın bir çenesini kapatsa!" diye içinden söylendi. Yağmur, en özel günlerinden birinde, Gülşen'e tepki vermemek için tuttu kendini.

Gülşen'in saçma sapan yorumları Yağmur'a ev ziyaretlerine gittiğinde de sürdü.

- Yağmur, biliyor musun? Bu bardak setini Fulya ile birlikte çarşıdan almıştık. Kullandığınız çamaşır makinasını da ben aldım Fulya'ya.

Sadece Yağmur'un evinde değil kendi evinde de Fulya'dan söz ediyordu. İşi öylesine abartmıştı ki Fulya ve Murat'ın nişan ve evlilik albümlerini Yağmur'a göstermesi, fotoğrafları hakkında yorumlarda bulunması Yağmur'u bezdirmişti.

Yağmur'a göre Gülşen, evliliğini bu şekilde adım adım mahvetmişti.

Murat amacına ulaşmıştı, Yağmur hamileydi. Hamileliğinde altmış sekiz kilodan doksan beş kiloya çıkmıştı, evden doğru dürüst çıktığı yoktu. Yağmur, elli metrekarelik evinde adeta sürgün hayatı yaşıyordu. Dayanamadı ve Frankfurt'taki bu ıssız köyde geçen hayatını değerlendirdi. Bir kâğıt kalem aldı eline, yaşadıklarını yazmaya başladı:

Gülşen'den midem bulanıyor. Evime Fulya'nın hayaletini taşıdı gitti orospu... Evimde Fulya'nın gölgesiyle yaşıyorum. Cezveye dokunuyorum, bununla Fulya kahve yapmış mıdır? diyorum. Kahve içmek bile kabusuma dönüştü. Araba plakalarında bile Murat ile Fulya'nın baş harflerini yan yana görmeye dayanamıyorum. Geçen burada, Frankfurt'ta yaşadığım köydeki Türklerden Trabzonlu ve Yozgatlı kadınları gördüm. Yanlarına gidip bir merhaba demek istedim. Birkaç soru sordular. Muhabbet orada bitti. Sosyalleşmeye çalışsam da onlar yıllardır burada yaşıyor, çoluk çocukları arkadaş... Aralarına birilerini bu saatten sonra almaları imkânsız gibi bir şey...

Murat nereye götürürse oradan alışveriş yapıyorum. Otobüse binip bir yere bile gitmiyorum. Halbuki İsviçre'ye gittiğimde dayım bana otobüse nereden binilip inileceğini göstermişti. Tek başına gidecek gücüm ve cesaretim vardı. Ne oldu bana, Yağmur'a?

Evde neden her şey onun kontrolü altında? Hoparlörün

yerini, duruş açısını bile değiştiremiyorum. Bu kadar basit bir şeye bile yetkim yok. Hep Murat'ın hayatını yaşıyorum. Üstüme başıma hiçbir şey alamıyorum. Nereden ne alınır bilmiyorum. Hamilelik de çok zormuş. Neye elimi atsam, sen yapamazsın, diyor Murat. Özgüvenim darmadağın oldu, çöpümü bile dökecek enerji bulamıyorum..."

Yağmur ile Murat, Yağmur'un hamileliğinin son demlerinde Murat'ın arkadaşlarına ev oturmasına gittiler.

- Ooo Yağmur, tam da karnın burnuna gelmiş.

- Ben botlarımı çıkaramayacağım sanırım, eğilemiyorum.

Murat, "Dur canım, ben çıkaracağım" diyerek Yağmur'un botlarını çıkardı.

- Murat Abi, karına da çok iyi bakıyorsun...

Murat, Yağmur'un top yutmuş gibi koskocaman karnına bir öpücük kondurdu ve ekledi "Yağmur, çocuğumuzu taşıyor. Tabii ben çıkaracağım karımın botlarını."

Gülşen: (Gözlerini devirerek) Murat, çok hanım köylü. Bizim aileyi bırakmış, Yağmur'un ailesine katılmış.

Evin holünde bir sessizlik oldu, Gülşen'in patavatsızlığı nedeniyle herkes donakalmıştı.

Misafirlik dönüşünde Murat, türlü türlü konular açarak, komiklikler, şakalar yaparak Yağmur'un dikkatini dağıtıyordu. Yağmur'un Gülşen'in laflarına takıldığını biliyordu.

- Karnıma sancılar girdi ablanın iğneleyici laflarından. Şaklabanlık yapmana gerek yok, neyin ne olduğunun farkındayım.

Yağmur ve Murat arabada tartışarak eve döndüler. Evden çıkması ev gezmeleri ile kısıtlı Yağmur'un bu gecesi de her zaman olduğu gibi Gülşen'in saçmalıkları ve negatif enerjisiyle mahvolmuştu. Gülşen bunu hep yapıyordu. Gülşen, eşi ile birlikte Yağmur ve Murat'ın evine kahvaltıya gittiğinde, Yağmur kahvaltı sofrasını donatırdı. Sofrayı güzel peçeteler ve çeyizlik kaseleriyle süslerdi. Boğazına çok düşkün olan Gülşen'in eşi ise her kahvaltı sonrası "Gelin, hem gözümüz hem gönlümüz doydu" diyerek iltifat ederdi. Gülşen ise Yağmur'un aldığı övgüler karşısında kıskanç tavrını hiç esirgemezdi.

- Herif, biz seni evde aç bırakıyoruz zaten. Bi menemene bu kadar teşekkür ediyon. İki yumurta kırıp az soğan, azıcık acı biberi de attın mı, bitti gitti.

Gülşen'in yapmaya çalıştığı şey, Yağmur'un en ufak çabasını bile küçümsemekti. Yağmur'un doğumu yaklaşınca ebe olan kız kardeşi Zeynep, Yağmur'a yardım etmek için Frankfurt'a gelmişti. Gülşen sadece Yağmur üstünde değil, Zeynep üstünde de hegemonyasını kurmak peşindeydi. Zeynep ve Murat'ın Yağmur'un üstüne bu kadar titremesine tahammül edemiyordu. Halbuki kendisi de üç çocuk annesiydi. Kadınların fiziksel ve psikolojik açıdan en çok zorlandığı dönemlerden biri olan hamilelik dönemini herkesten iyi biliyor olmalıydı ancak bütün duygularını kapatmıştı. Gülşen, doğumun bir an önce bitmesini ve Zeynep'in evine dönmesi isteğini öyle net bir biçimde yansıtıyordu ki davranışlarına, Yağmur bu kadının Zeynep'e "kendisine kuma gelmiş" gibi davranmasına anlam veremiyordu.

Yağmur'un doğumu gerçekleşti, nur topu gibi bir oğlu oldu. Vatan hasreti tavan yapmıştı, Türkiye'ye giderse ilk işi doğduğu büyüdüğü toprağı öpmek olacaktı. Oğullarının adını "Toprak" koydu Murat.

Yağmur, güneşin doğuşunu düşündü Adıyaman'da. Kardeşlerini, arkadaşlarını... Mahalledeki kankaları Asya ve Zeliha geldi aklına. Asya'nın ana-babası yaşlı olduğu için çok dışarı çıkamazdı. Genellikle görüşme merkezi Asya'nın eviydi. Yıldız Tilbe'nin şarkıları radyoda bangır bangır çalarken darbukanın melodisi eşliğinde göbek atarlardı.

"Ben o yare canımı, ömrümü, hayatımı, seve seve her şeyimi...

Ben o yare kalbimi, yatağımı, döşeğimi sererim haberi olsun."

Çok büyük hayalleri yoktu bu kızların, hayatlarının aşkını bulmak dışında. Bütün ruhlarıyla ve bedenleriyle kendilerini aşka teslim etmeye hazırlardı.

- Zeynep, Gülşen yine laf mı çaktı? Neden ağlıyorsun?

- Yok ya abla, kadın manyak zaten. Başta bozuluyordum ama bunun huyu buymuş demek ki. Seni çocukla nasıl bırakacağım onu düşünüyorum.

(Zeynep, yıllar sonra bir itirafta bulundu: Asıl ağlama nedeni ablasının çaresizliğine dayanamaması, yerdeki halıflekslerin eskiliğine tahammül edememesi, ablasının eprimiş pijamalarıyla pejmürde görüntüsüne dayanamaması, Avrupa'ya gelin gittiği diye eşrafın alkış tuttuğu, sözde zenginliğine imrenilen ablasının sefalet içinde olması ve hiçbir zaman Murat'a içinin ısınmamasıymış meğer.)

Zeynep, Türkiye'ye döndükten kısa bir süre sonra, Toprak henüz yirmi günlükken, Yağmur'un aniden kanaması oldu. Birkaç gün sonra doktora gittiler.

- Eşinizin plasentası vücudunun içinde kalmış. Önce ilaç tedavisi uygulayıp düşürteceğiz. Bu yöntem başarılı olmazsa, kürtaj yapmamız gerekecek. Kesinlikle eşinizi yalnız bırakmayın. Hem lohusalığın hem de ilaçların etkileri olacaktır, baş dönmesi ve bayılma gibi...

Doktordan çıkıp eve geldiklerinde Gülşen aradı.

- Bizimkileri aradım, baba rahatsızlanmış. Açık kalp ameliyatı yapacaklarmış. Türkiye'ye bilet al bize, gidelim hemen. Bizim oğlanları da Yağmur'a bırakırız.

- Tamam abla, sen kapat alacağım biletleri.

Murat, Yağmur'a ablası ile acilen Türkiye'ye gideceklerini söyledi. Yağmur, bebeği nasıl tutması gerektiğini bile bilmiyordu. İlaç kullanıyordu, kız kardeşi yeni gitmişti. Bir de Gülşen'in üç oğluna mı bakacaktı?

Yağmur, yeni doğmuş bebeği ve üç oğlanla burada tek başına ne yapacağını düşünüyordu. Sesini çıkarmadı ve Murat'ın valizini hazırlamaya başladı. Bu sırada, annesi Yağmur'u aradı. Yağmur'un moralinin çok bozuk olduğunu hemen fark eden annesi, olayın detaylarını öğrenince çok öfkelendi. Kızı yeni sezaryen olmuştu, annelik deneyimi yoktu, ülkede yapayalnızdı ve tek dayanağı olan eşi onu bırakıp Türkiye'ye gidiyordu.

Yağmur'un annesi bu konuşmada bir şey demedi fakat telefonu kapatır kapatmaz Murat'ı aradı.

- Oğlum biliyorum baban çok rahatsız. Şöyle yapalım: Ben Mersin'e gideyim, hastanede babana refakatçilik yapayım, ama sen ne olur Yağmur'u orada yalnız bırakma. Kız, lohusa. Çok tehlikeli oğlum...

Bu konu hakkında alevli tartışmaları devam etti Yağmur ve Murat'ın. Ertesi gün ise, Murat Yağmur'un gözlerinin önünde biletini yırttı ve Türkiye'ye gitmekten vazgeçti. Gülşen, Mersin'e tek başına gitti ve Yağmur'un duyduğu kadarıyla Gülşen, Mersin'de herkesi Yağmur'a karşı doldurup evliliklerinde kontrolün Yağmur'un elinde olduğunu söylemişti.

Gülşen Türkiye'den döndükten sonra ise, Yağmur'a göre Murat ile ilişkileri daha da kötüleşmeye başladı. Eşi ona eskisi gibi ilgili davranmıyordu, haliyle Yağmur da onun bu ilgisizliğine karşılık bütün enerjisini ve sevgisini oğluna yönlendirmişti. Çift olarak birbirlerinden uzaklaşmaya başlamışlardı. Murat, Yağmur'un pişirdiği pilava bile bahaneler buluyordu.

Yağmur, "Ne boktan hayat bu! Bıktım usandım" dedikten sonra günlüğünde şu satırlara yer verdi:

"Kendi kuaför salonu olan, otizmli çocuklar için vakıf kuran, varlıklı insanlardan para toplayıp fakir fukaranın çocuklarına yardım eden Yağmur nerede? Bedenimden nefret ediyorum. Kendimi sümük gibi hissediyorum, hiçbir fonksiyonum yok. Özgüvenim nerede? Şu eve girince daha da kapanıyor her şey... Bu evden, bu hayattan nefret ediyorum!"

Yaza kadar Murat ile ilişkileri kavga dövüş devam etti. Yine bir gün Murat ile kavga ettikten sonra, Gülşen çıkageldi. Meğer kavga sonrası Murat ablasına koşmuş, kavga ettiklerini yetiştirmiş. Kapıya gelen Gülşen'i ve enişteyi görünce, havuza dolan son su damlası misali, Yağmur hiddet ve öfkesini Gülşen'e kustu. Yağmur için o gün zincirlerini kırdığı gündü neredeyse.

- Bana bak sürtük karı, burama kadar geldi! Elini evliliğimden çek artık! Eşimin ablası, dedim. Aramız iyi olsun, dedim. Gittin geldin bana Fulya'yı anlattın, eşimi hep bana karşı doldurdun. Burada daha yeni doğum yapmıştım, hadi gidek gidek diye tutturdun Mersin'e. Sen ne biçim bir kadınsın. Siktir ol git evimden. Kapımda işin yok!

Gülşen'in eşi kıpkırmızı olmuştu ve Gülşen'e baktı. Kocasının yanında kuzu postuna bürünen Gülşen bir şey yapmadığını söyledi ısrarla.

Evden kovulan Gülşen'in çıkarken son sözü: "Seni bu evden göndereceğim, yuvanı yıkacağım. Seni çocuklarınla ortada bırakacağım. Kardeşimin koynuna da başka kadın aldıracağım" oldu.

***

Frankfurt, Nisan 2020, Karantina

Yağmur, bu kavgayı anlatırken sesi ve sigarayı tutan parmakları tir tir titremişti. Bir an ses gitmişti, görüntünün donduğunu düşünmüştüm. Kafasını kollarının arasına saklamış, küçülmüştü. Ona kısa bir mola vermeyi teklif ettim, kabul etmedi. Her şeyi kusmak istedi. Sabah dörde kadar konuştuk.

"Neye üzülüyorum biliyor musun? "dedi. "Gülşen, çok başarılı bir şekilde bu dediklerinin hepsini yaptı. Yuvam gerçekten yıkıldı, çocuklarımla ortada kaldım ve Murat'ın koynunda başka kadınlar var. Gülşen ise gücüne güç, zenginliğine zenginlik kattı."

Yağmur'da, bütün bu kavgaların ötesinde mağlubiyetin de verdiği bir acının olduğunu hissettim. Bu duygular bana o kadar tanıdıktı ki...

Yağmur kâğıt üstünde başarısız görünebilirdi ancak hayatta neler kazandığının veya neler başardığının farkında değildi.

***

Yaşanan bu tatsız kavgadan sonra Murat gece yarısı çıkageldi. Yağmur'u mutfakta ağlarken buldu ve çömelip o da ağlamaya başladı. Özür diledi ve saatlerce konuştular. Murat, Yağmur'a onu affetmesi için yalvardı, her şeyin düzeleceğini ve bu kötü günlerin geçeceğini söyledi. Yağ-

40

mur'un dayısı da onları barıştırmak için İsviçre'den gelmişti. Gülşen de Yağmur'dan özür dilemişti. Murat, böylece aylarca süren tartışmaya son vermişti. Evlilikleri iyi kötü devam ediyordu. Yavaş yavaş evin eksiklerini tamamlamaya çalıştılar.

İlerleyen günlerin birinde Murat laptopa gömülmüş hesap kitap yapıyordu. Yağmur, elindeki meyve tabağıyla Murat'a yaklaştı.

- Canım, ben evin giderlerini biliyorum az çok. Aslında gelirlerini de bilmek istiyorum. Yani ne bileyim, gelirleri bilsem ona göre hareket ederim.

- (Elindeki laptopu fırlatarak) Sen beni ne sandın kızım? Baban gibi kılıbık mı sandın? Anan gibi mi olmak istiyorsun?

Bu tartışma sonucunda da Yağmur'un eline hiçbir şey geçmemişti. Deforme olmuş bedenine nereden kıyafet alacağını, marketlerde neyi nereden bulacağını bilmiyordu. Zaten Murat düğünden kalan altınların kalan bölümünü, aldığı BMW'nin borcunu ödemek için satmıştı bile...

Bir gün sohbet ederken Murat, aynı iş yerinde çalıştığı Urfalı lakaplı adamın Frankfurt'ta yatmadığı kadın kalmadığını ağzından kaçırmıştı. Karısı, beş çocuğuyla birlikte Urfalı ile yaşamaya devam ediyordu. Yağmur, Urfalı'nın karısının buna nasıl göz yumduğunu sorunca Murat, "Beş çocukla kadın nereye gidecek?" diye cevap vermişti. Murat ve çevresindeki erkeklerin genel kanısı, karılarının çocuklu olmaları nedeniyle evliliğe katlanmak zorunda olduklarıydı.

Murat, Toprak'ın doğumundan sonra Yağmur'a şiddet uygulamaya da başlamıştı. Hatta öylesine bir okkalı şamar atmıştı ki günlerce yüzü simsiyah kalmıştı.

Yağmur, şimdi kavrıyordu ki Murat'ın asıl amacı ona bol bol çocuk doğurtup onu evine, yuvasına bağlamaktı. Yağmur, eşiyle zaman geçirdikçe aralarındaki kültürel uçurumun daha da derinleştiğini hissediyordu. Yağmur, kitap okuyan, haber takip eden biri iken Murat haberlere bakmaz, dönercilerden öğrendiği bilgiler dışında dünya hakkında bir şey bilmezdi. Murat'ın Yağmur'dan beklentisi çocuk doğurması, yemek yapması, evi temizlemesi ve yatağını onunla paylaşmasıydı. Yağmur, her geçen gün kendini daha da değersiz hissetmişti. Çünkü mutluluklarının sadece Murat'ın mutluluğuna bağlı olduğunu fark etmişti.

Tam da bu düşünceler ve farkındalıkların ortasında, Toprak henüz dokuz aylık iken yeniden hamile kaldığını fark etti. Almancayı hiç bilmediğini ve hayatında hiçbir şeyin oturmadığını düşünüyordu. Hamileliğin üçüncü ayına geldiğinde ağır bir depresyona girmişti bile. Gün boyu uyuyordu. Jaluzileri kapatıp karanlıkta kalıyor, kendisinin ne kadar değersiz olduğunu kendi kendine söyleyip duruyordu. Eşinin gelmesine iki saat kala uyanıp yatağını topluyor, yemek yapıyordu. Moralinin daha iyi olduğu günlerde bile, Toprak ile in cin top oynayan sokaklarda dolaşırken yalnızlıktan ve çaresizlikten dolayı ağlamaktan alıkoyamıyordu kendini. Kronik mutsuzluk hakimdi dünyasında. Kendisinden öylesine uzaklaşmıştı ki hamilelikte dahi sigara içmeye devam ediyordu.

Bu hamileliğinde onu bayıltana kadar dövmüştü Murat. Yağmur'un dayısı, yine İsviçre'den gelip onları barıştırmaya çalışmıştı. Aylarca birbirlerinin yüzüne bakmadılar. Dayısı, Yağmur ve Murat'ın hava değişikliğine ihtiyacı olduğunu düşünüyordu. Ortamdan uzaklaşırlarsa biraz toparlanabilirlerdi belki.

- Baldız, biletlerimizi alır mısın? Biz gelince seninle bilet parası için hesaplaşırız.

- Olur abi, bilgilerinizi iletir misin?

- Haa Zeynep, THY olsun, en iyisi o.

Murat tabii ki Zeynep'e yüklemişti kendisinin, eşinin ve çocuğunun bilet parasını. Bugüne dek de bilet parasını ödemedi ki yüzsüzlükte son nokta olarak tanımlayabiliriz bunu. Madem ödemeyeceksin, hangi yüzle ille de THY olsun diye tutturabiliyorsun?

Şubat sonunda öğlen gibi Frankfurt'tan önce İstanbul'a sonra da Adana'ya inmişlerdi. Gecenin bir yarısı Mersin'e varmışlardı. Kayınvalidesi yarım ağızla, "Açsanız yeşil fasulye var, ısıtayım. İsterseniz yanına pilav da yaparım" dedi.

Yağmur'un ağzına altı yedi saattir hiçbir şey girmemişti. Aslında Adana'da indiklerinde kaynı onlara kebap ısmarlamak istemişti fakat Yağmur yol yorgunluğu ve çocuklu olması nedeniyle bir an evvel eve geçmek istemişti.

Bu nedenle fırının üstündeki soğuk yeşil fasulyeyi ekmekle yedi Yağmur, hem de katıksız.

Mart ayında, Toprak'ın ilk yaş gününde Yağmur, telefonları hiç susmadığı için kayınvalidesinin yatak odasına geçti. Tam bu sırada eve misafirler gelmişti. Yağmur, yatak odasında ailesi ile görüşürken birden içeri Murat girdi.

- (Sinirli bir şekilde) N'apıyorsun burada Yağmur? İçeriye, misafirlerin yanına geçsene.

- Telefondayım görmüyor musun? Konuşmam bitsin.

- İçeri geç diyorum sana!

- İçeri gelmiyorum. Toprak'ın doğum günü için konuşuyo...

Henüz cümlesinin sonu gelmeden Murat'ın attığı şamarla oracıkta bayıldı Yağmur... Biraz ayılınca odaya sırasıyla kaynının, görümcesinin ve kayınvalidesinin girdiğini gördü.

Kayınvalidesi, "Sessiz olun, babanız hasta. Duyarsa çok üzülür. Sorunlarınızı Adıyaman'a gidince çözün. Ayrılır mayrılırsanız da aman bizden uzak olun! Bizi işlerinize bulaştırmayın. Misafirler gelip gidiyor ona göre davranın" dedi.

Pes! Pes! Pes! Kayınvalidesinin hiç ilgilenmemesi ve aralarını düzeltmeye çalışmamasını şaşkınlıkla izledi. Murat, Yağmur'a fazla tepki gösterdiğini düşündüğü için Mersin-Adıyaman yolunda ona iyi davranmaya çalıştı.

Yağmur'un ailesinin evine vardıklarında ise harika bir ortam onları bekliyordu. Annesi, Adıyaman'a özgü ne kadar yemek varsa hepsinden hazırlamıştı: Dolmalar, lahmacunlar, kebaplar, baklava çeşitleri, patlıcan kebabı... Akla hayale gelebilecek bütün sevilen yemekleri...

Kadayıflar geliyor, meyveler gidiyordu. Çerezler ikram ediliyordu. Evde tam bir cümbüş vardı! Toprak'ın ilk yaşı olduğu için evi balonlarla süslemişlerdi ve oda dolusu oyuncak almışlardı Toprak'a. Annesi, Yağmur'un sevdiği arkadaşlarını da davet etmişti. Asya ve Zeliha sımsıkı sarıldılar Yağmur'a. Uzun zamandır böyle güzel bir ortamda bulunmamıştı Yağmur. Ailesinin ve arkadaşlarının sevgisini bir kez daha hissetti. Öte yandan Murat'ın yüzündeki ifadeden, buradaki bolluktan, bereketten ve Yağmur'a gösterilen şefkat ve sevgiden rahatsız olduğu okunabiliyordu. Kendi evlerinde buz gibi yeşil fasulye ile biraz bayat ekmek yemişlerdi, hem de yanında ayran[7] bile olmadan.

---

7 Adıyaman mutfağında ayran çok önemlidir, sudan sonra en önemli içecektir. Adıyaman yöresinde, kahvaltıda bile ayran içilir.

Bu şatafatlı gecenin sabahında Murat, teyzesine gideceğini söyleyerek kayınpederinin evinden ayrıldı ve üç gün ortadan kayboldu. Yağmur'un annesi Emine, damadını telefonla aradı ancak telefonu kapalı olduğu için ona ulaşamadı.

Yağmur, teyzesi ve kuzenleri ile bahçede otururken kapı açıldı ve Murat içeri girdi.

Yağmur'un annesi haykırdı, "Oğlum neredesin?".

- Üç gündür yoksun piyasada, nerelerdesin? Çıktın teyzeme diye, yoksun! Neden haber vermiyorsun?

- Sana hesap mı vereceğim!

- Başına bir iş geldi diye korktuk. Ne bok yedin? (Yağmur bu sırada, göbeğinden tutarak Murat'ı itti.)

Murat, Yağmur'un itişine tokatla karşılık verdi.

- Bebeğim gitti!

- Bu adamdan çocuğu olmasın zaten! dedi kardeşi.

Yağmur, tokadı yiyince yere yığılmıştı. Kendini banyoda, sular içinde buldu. Murat onu banyoya sokmuş, yüzüne su atarak ayıltmaya çalışıyordu uyandığında.

Kavga sonrası, Murat'ın boynunda Emine'ye ait iki tırnak izi vardı ve tişörtü yırtılmıştı.

Yağmur'un babası çiftin arasındaki gerilimi azaltmak için Murat'a, Yağmur'un bir süre Adıyaman'da kalmasını önerdi. Böylece, Toprak'a bir süre onlar bakacak, Yağmur da hamileliğini daha kolay atlatacaktı. Birbirine her dakika diş gösteren bu çift belki birbirini özleyecek ve evliliklerinin kıymetlerini anlayacaklardı. En azından adamcağızın temennisi böyleydi. Yağmur, ertesi gün uyandığında Murat'ın yastığının altına 450 TL bırakıp Mersin'e gittiğini öğrendi.

Yağmur, Murat'ı Mersin'deyken aramamıştı. Murat da

Yağmur'u aramamıştı. Kocasını aramayan kadını ben niye arayayım, düşüncesindeydi.

Bir süre sonra Toprak'ın maması bitti, yeni elbiselere ihtiyaç duymaya başladı. Murat o sırada süresiz oturumu sayesinde 180 euro civarında çocuk yardımı alıyordu. Zaten altına alerjisi olduğu için Toprak'ın doğum gününde takılan altınları da Adıyaman'da hemen satmıştı.

- Murat, bize biraz para gönderir misin? Çocuğun maması bitti, elbise almam lazım. Başka ihtiyaçlarım da var.

- Para mara yollamıyorum. Baban baksın size, beni ilgilendirmez.

Şak diye telefonu Yağmur'un suratına kapattı. Facebook'tan Yağmur'u ve Yağmur'un aile üyesi olan herkesi sildi. Yağmur, ailesi ve arkadaşları ile türbeye gitmişti. Emine, kızı ve torunu Toprak için bir adak adamıştı. Bir keçi kesip türbede akrabalarına davet vermişti. Buram buram et kokuları her yeri sararken, Yağmur sabırsızlıkla pilavın pişmesini bekliyordu. Pilavın buharında kaybolmuşken, Almanya'da bu sıcak ortamları ne kadar özlediğini hatırladı. Göçmen olmak ne zordu... Bu türbe yüksekte bulunduğu için internetin çekmediği bir yerdi. Arkadaşları Yağmur'u arayarak, Toprak'ın Facebook'ta en çok yorum alan fotoğrafının altına Murat'ın "Oğlumu size bırakacağımı mı sandınız?" şeklinde bir yorum yazdığını söyleyerek bu yorumu sildirmesi için onu uyardılar. Yağmur, Adıyaman merkezdeki kardeşi Cem'i arayarak Facebook şifresini verdi ve sosyal medyadaki utanç verici yorumdan bir an evvel kurtuldu. Âşık olduğu adam niçin bir çocuk gibi hareket ediyordu?

Yağmur artık yedi sekiz aylık hamileydi. Bir gün Essen'de yaşayan dayısı aradı:

- Yağmur kızım n'apıyorsun?

- İdare eder dayı. Az kaldı işte.

- Yağmur, senin vize statün Murat'a ve çocuklara bağlı. Eğer doğumu Türkiye'de yaparsan Almanya'ya daha sonra giremezsin.

Yağmur düşündü taşındı. Doğum için Almanya'ya dönecek ve Murat'tan da boşanacaktı. Ailesi Yağmur'u küçük erkek kardeşi Cem ile Essen'deki dayısının yanına gönderdi.

Cem'in yüreği elvermedi ve eniştesi Murat'a bir mesaj attı.

"Abi, Almanya'ya geldik, ablam polise gitmeyi ve senden boşanmayı düşünüyor."

Maalesef Murat'tan bir cevap gelmedi. Essen'de bir kaza oldu ve Toprak'ın eli yandı, Yağmur'un Essen'deki halası "kocanı ara, gelsin seni alsın" dedi. Bir hafta kadar sonra, Yağmur halasının ısrarıyla ve çocuğunun ortalıkta heba olmaması için Murat'ı aradı.

Yağmur: Murat bizi almaya gelir misin? Toprak'ın eli yandı, hastaneye götürdük.

Murat: Evinin anahtarı var, trene atla bin gel. Ben gelip seni alamam.

Parkta otururlarken Yağmur halasına dönerek "Bu iş bitti" dedi.

Atak I

Yağmur, Essen'de belediyeye giderek eşiyle anlaşamadığını ve boşanmak istediğini anlattı, maddi yardım talebinde bulundu. Belediyedeki yetkililer ise, kendisine internetten veya emlakçıdan bir ev bulması gerektiğini söylediler. Yağmur, bir gün içinde evi buldu. Bu evi nasıl döşeyeceğini düşünüyordu, çünkü kıyıda köşede hiç parası yoktu. Bu sırada, ikametgâh adresini de Essen'e aldırdı. Bu durumda otomatik olarak Murat'a eşinin ikametgâh değişikliğine ilişkin mektup gitti. Böylece, Toprak için devletin Murat'a yaptığı yardım kesilerek Yağmur'a aktarıldı.

Murat, mektup eline geçer geçmez Yağmur'u aradı:

- (Ağlayarak) Çocuğumu istiyorum Yağmur.

- Paran kesildi diye mi ağlıyorsun? Paraya mı üzülüyorsun?

Murat aslında Yağmur'un Essen'de kalamayacağını, tıpış tıpış evine döneceğini düşünüyordu. Ancak durumun böyle olmadığını anlayınca 250 kilometreyi arabayla kat ederek sabah Essen'e vardı. Murat, Toprak'ı kucağına almış severken, dayısı Yağmur'u mutfağa çağırdı.

- Yağmur, kızım sen bilirsin ama Murat'ın hareketleri bana tutarlı gelmiyor. Bunca zaman seni aramadı, devlet mektubu gelince ne oldu da pat diye geldi? Hiç mi düşünmüyor seni? Toprak'ı, karnındaki masum bebeği? Bana kalsa sana burada sıfır bir hayat kurarız ama son karar sana aittir. Ben söyleyeceğimi söyleyeyim.

- Dayı, benim kafam da çok karışık. Murat, dengeli değil. Ama bir yandan da evlatlarımı babasız büyütmek istemiyorum. Kimim kimsem yok.

- Biz varız Yağmur, sen kimsesiz değilsin.

Bu konuşmaya rağmen Murat, Yağmur'u eve dönmesi konusunda ikna etti. Üstelik epeydir birbirlerinden uzak olduklarından dolayı tekrar eski konuları gündeme getirmemek ve tartışmaya engel olmak için bir hafta kadar Murat'ın teyzesinin oğlunda kalmaya karar verdiler.

Yağmur, Toprak'ın eşyalarını arabaya taşırken Murat'ın, teyze oğlundan 50 euro istediğini duydu. Murat'ta

50 euro bile yoktu. Bunca zaman bebek parası alan adam, bu paraları ne yapıyordu?

Akrabalarındaki bir haftalık ziyaretten sonra Frankfurt'taki evlerine döndüler. Yağmur, Essen'de devletin verdiği bebek parası için hesap açmıştı ve daha Frankfurt yolundayken Murat, Yağmur'a devletin verdiği kartla hesaba para yatıp yatmadığını kontrol ettirmişti.

Evin kapısı açılır açılmaz içeriden gelen kesif bir koku Yağmur'un midesini kaldırdı. Normalde titiz bir adam olan Murat'ın, evi ahıra çevirdiğini görünce gözlerine inanamadı. Tezgâhın üstüne kola dökülmüştü. Su içmek için dolabı açtığında temiz su bardağı kalmadığını fark etti. Demek ki hiç bardak yıkamıyordu Murat. Bunca zaman bir bulaşık makinesinin olmaması, her gün elde bulaşık yıkaması Yağmur'u çıldırtıyordu. Yerlerde çekirdek kabukları, içilip atılmış bira kutuları, içki şişeleri, küflenmiş yiyecekler... Murat'ın bütün kıyafetleri yerlerde, anlaşılan çamaşır da yıkanmamıştı.

Yağmur'un deyimiyle evi adam etmesi bir ayını almıştı. O kadar pislenmiş ki evleri fayansların arasındaki kurtları temizlemek haftalarını almıştı. Göbeği de büyüdüğü için mutfakta yere oturmuş, bebeği karnında dönerken fayanstaki kurtları temizlemişti.

Doğumu yaklaştıkça Murat'la mecburen aynı evde yaşamak zorunda olan iki yabancı gibi hissetmeye başlamıştı Yağmur. İlerleyen günlerde Katolik Hastanesi'ne yatırılmış ve on gün boyunca sancılar içinde normal doğum için bekletilmişti. Toprak ise bu süreçte halası Gülşen'de kalıyordu. Yağmur, doğum sonrası Toprak'ı erkek kardeşi ile tanıştırdığında oğlunun hareketlerinden Gülşen'in evinde şiddet gördüğünü anlamıştı. Yağmur Murat'tan, doğumu müjdelemek için kendi ailesine bir mesaj atmasını isteyince Murat, Yağmur'un büyük erkek kardeşine buz gibi bir mesaj atarak bebeğin de Yağmur'un da iyi olduğunu söylemişti. Doğum defteri önüne geldiğinde, Murat'ın bebeği kayıtlara "Tekin" adıyla geçirdiğini fark etmişti. Böyle anlaşmamışlardı, Toprak'ın adını Murat koymuştu ve Yağmur, olursa, ikinci çocuklarının adını "Umut" koymak istemişti. Bebeğinin anlamsız hayatına umut olmasını istiyordu Yağmur...

- Murat, seninle biz böyle mi konuşmuştuk? Tekin kim? Oğlumun adının "Umut" olacağını söylemiştin. İlkini Toprak dedin, Toprak koyduk. Şimdi hemşire ile konuşup kayıt defterindeki ismi değiştiriyorsun.

Murat, Yağmur'un kararlılığını fal taşı gibi açılmış gözlerinde fark edince hemen aşağı inip bebeğin adını değiştirmişti. Arkadaşı Suna, hastanede Yağmur'u ziyaret etmeye gelmişti ve Yağmur bahçeye basma pijamaları ile inmişti. Suna, Yağmur'u görünce kılık kıyafetinin sefaletine çok üzülüp gözyaşı dökmüştü. Sonraki gün, iki takım kadın pijamasını Yağmur'a giymesi için vermişti.

Yağmur, Umut bebekle eve döndüğünde Murat, Yağmur'a doğum hediyesi olarak fırın, bulaşık ve çamaşır makinesi almıştı. Yağmur'un daha fazla elde bulaşık yıkamasına gönlü razı olmamıştı. Öte yandan Murat, interneti ve telefonu kapattı. Yağmur, Murat'ın telefonuyla kısıtlı bir şekilde ailesi ile konuşabiliyordu. Kısaca, bütün ailesi ve arkadaşları ile iletişimi kocası tarafından koparılmıştı. Doğumdan sonra Yağmur'un hayatı köşeye sıkıştırılmış gibiydi adeta.

- Murat, Umut hep ağlıyor, Toprak böyle değildi. Kakasını da yapamıyor. Acaba çocuğun bir hastalığı mı var?

- Olmadı bir doktora gösterelim.

Umut'u doktora götürdüler ve birtakım testler yapıldı. Ama test sonucunda herhangi bir hastalık çıkmadı. Ne var ki Umut hep ağlamaya devam etti.

Yağmur, bir yandan Toprak, bir yandan aralıksız ağlayan Umut ile cebelleşirken iki ay içerisinde doksan kilodan yetmiş kiloya düşmüştü bile. Bu dönemde Murat, restorandaki işinden ayrılmış ve daha çok para kazanılan inşaat işine başlamıştı. Frankfurt dışındaki inşaatlarda çalışıp haftada bir kez eve dönüyordu. Yağmur'un hayatı Murat'ın çamaşırlarını yıkamak, kurutmak ve iki oğluna bakmak arasında bir kısır döngü halinde geçip gidiyordu.

Haftada bir kez market alışverişine gidiyorlardı Murat'la. Murat, inşaat işine gidince evde eksik olsa bile dışarı iki çocukla çıkması mümkün değildi Yağmur'un. Hepi topu bir bebek arabası vardı ve dışarısı buz gibiydi. Murat, uzaktaki işini bitirip eve döndüğünde ise evde terör estiriyordu. Bu dönemde Murat, Facebook'ta kadın fotoğrafları beğenmekten de hiç çekinmiyordu.

Murat, Yağmur'a karşı parasal konularda da iyice zalimleşmeye başlamıştı. Yağmur'un 50 euro'luk bir bütçesi vardı ve aldığı gıdanın faturasını masanın üstüne koymak zorundaydı. Gelecek haftanın alışveriş bütçesi bu haftanın bütçesi kadar olacaktı. 48.5 euro'luk bir alışveriş sonrasında Murat diğer haftaki limiti 48.5 euro'ya düşürmüştü örneğin.

Yağmur'un yine Murat ile kavgalı ve aç olduğu bir gece, Umut aralıksız ağlamaya devam ediyordu. Sabaha karşı dört-beş civarı, bir plan yaptı kafasında. Önce Umut'u ağzını kapatarak öldürebilirdi, böylece ağlama sesinden kurtulurdu. Toprak daha büyük olduğu için onu yastıkla öldürmenin daha doğru olacağını düşündü. Sonra çocukları ölür ölmez kendisinin ölmesi gerektiğini düşündü. Ancak kendisine hızlı bir ölüm yöntemi bulamadığı için kendisini ve çocuklarını ortadan kaldırma fikrinden vazgeçti.

Bu fikirden şimdilik vazgeçmişti ama ara ara aklına yine ölüm senaryoları geliyordu. Murat'ın da çocuklarla ilgilendiği yoktu. Dolayısıyla, çocukları öldürmesinin Murat'ı pek etkilemeyeceğini düşünüyordu.

Tam da Yağmur'un bu sağlıksız düşünceleri beynini kemirirken, eve kendi adına bir mektup geldi. Ama Yağmur, Almancası olmadığı için mektubu Murat'a verdi.

Essen ve Frankfurt iki farklı eyalette yer almaktadır ve çocuk yardımı, çocuğun ikamet ettiği eyalette ödenmektedir. Meğer Murat, Yağmur'un ikametgâhını Essen'den Frankfurt'a aldırmış, böylece Yağmur'a çocuk parası hem Frankfurt'tan hem de Essen'den yatmaya başlamış. Durumu anlayan yetkililer de Yağmur'a çifte ödeme alması nedeniyle 3000 euro ceza göndermişti. Halbuki Murat, ikametgâh değişikliği yapılması gerektiğini adı gibi biliyordu fakat iki eyaletten çocuk parası almak işine gelmişti.

Yağmur, eşinden bir kere daha tiksindi. Nasıl bir adamdı Murat? Onun yüzünden dolandırıcı konumuna düşmüştü. Evliliklerinde bardağı taşıran son damla, Yağmur adına eve ceza gelmesi olmuştu. Alman otoriteleri ile Yağmur'un ilk münasebeti maruz bırakıldığı "dolandırıcılık" nedeniyle olmuştu.

Atak II

"Bu evden artık gitmeliyim, burada durmamı gerektirecek hiçbir şey kalmadı."

Sabahın erken saatlerinde uyandığında;

- Artık bu evden gitmeni istiyorum, aynı çatı altında yaşamamız dayanılmaz!

- Sen git evden! Ben evimden gitmiyorum. Gitmek istiyorsan siktir ol git!

- Sen siktir olup gideceksin, ben çocuklarımla evde kalacağım.

Yağmur, o gün hayatının dönüm noktalarının birinde olduğundan bihaber bir halde, iki arkadaşından polise giderken yardım etmeleri konusunda destek istedi. Kadınlar, polis merkezinde ona eşlik edeceklerini söylediler. Yağmur sonra ailesine, Essen'de yaşayan dayısı ve halasına evi terk edeceğinin haberini verdi. Arkadaşları polis merkezinde olanı biteni Alman polisine anlattı. Alman polisi, evin kilidini değiştirmeyi ve Murat'a uzaklaştırma vermeyi önerdi. Yağmur ise bunu kabul etmedi. Essen'deki akrabalarının yanına gitmek istediğini belirtti. İşte bu noktada Alman Çocuk Dairesi (Jugentamd) yetkilileri devreye girerek Yağmur'a bu geceyi bir otelde geçireceğini, sabah treni ile Essen'e gönderileceğini belirttiler. Hemen, Yağmur'a telefonunu kapattırdılar.

Yağmur, iki arkadaşıyla evine döndü. Nefes nefese çocuklarının ve kendisinin kıyafetlerini toparladı, Murat bu saatte gelmezdi ama küçük bir ihtimal de olsa yakalanma ve bu evden kaçamama ihtimalini düşündü. Murat'ın masaya bıraktığı 50 euro'yu ve arkadaşlarının verdiği 150 euro'yu alarak cüzdanına yerleştirdi. Arkadaşları ve çocukları ile evden ellerinde çantalar ve bavullarla çıkarlarken

Arap komşusu onları gördü. Komşu kadına her zaman selam vermesine rağmen, bu defa onu görmezden gelmek zorunda kaldı. Hızlıca evden uzaklaştılar. Korkudan ölecekti.

"... Murat ya beni döverse? Ya çocuklarımı elimden alırsa? Ya Çocuk Dairesi çocuklarıma el koyarsa?"

Yerleştirildikleri otelde gece boyunca gözünü bile kırpmadı. Ama sonunda evden kaçmıştı.

Çocuk Dairesi'nin karşıladığı tren biletleriyle Essen'e doğru yola çıktı. Dayısı ile Essen Tren İstasyonu'nda buluştular. Dayısı Yağmur'u istasyondan alıp halasının evine bıraktı. Evi terk ettikten üç gün sonra, halasında kaldığı sırada, Murat Yağmur'u aradı ve ağlayarak, "Sen benim çocuklarımı nasıl alırsın?" diye serzenişte bulundu. Meğer, Yağmur'un evi terk ettiği gün Murat da evi terk etmiş ancak üç gün sonra eve eşyalarını almak üzere döndüğünde asıl kendisinin terk edildiğini fark etmişti. Komşulara sormuş, Yağmur'un selam vermediği Arap komşusu iki kadınla birlikte evden çantalarla çıkıp gittiğini anlatmıştı.

Halasının bir arkadaşı Yağmur'a, Essen'e arabayla 15-20 dakika mesafedeki Herne'de bir kadın sığınma evi buldu. Ne yazık ki Essen'deki kadın sığınma evinde yer yoktu. Yağmur'un boşanma işlemleri ve çocukların velayeti için kadın sığınma evine müracaat etmesi gerekiyordu prosedür gereği. Hafta sonunu halasında geçirdikten sonra Yağmur, dayısı ile Herne'ye gitti. Dayısı, Yağmur'a 100 euro'luk bir harçlık verdi. Bu parayla en azından çocuklarına mama alabilirdi. Kadın sığınma evi yetkililerinin belirttiği süpermarketin önünde yetkililerle buluştular.

Üç katlı bir kadın sığınma evine yerleştirildi. Sığınma evindeki Türk kadının tercümanlığı ile yetkililerin sorduğu soruları detaylı bir şekilde cevaplandırdı. Yetkililer, Yağmur'a ailesine ve arkadaşlarına asla yerini söylememesi yönünde uyarıda bulundular. Bir yetkili Yağmur'a sığınma evini gezdirdi.

Alt katta mutfak, oturma salonu ve tuvalet bulunuyordu. Hepsinin kullanımı ortaktı. İkinci katta ise sadece yatakların sığabileceği büyüklükte yatak odaları bulunuyordu. Üç yatak odasına bir banyo düşüyordu. En üst katta ise çocuk oyun alanı mevcuttu ki burası Yağmur'un gördüğü en kirli yerlerden biri olabilirdi, hijyen sıfırdı. Oturma gruplarında oturacak yer bulmak ne mümkün! Çocuklar kirli yerlerde sürünüyordu. Yağmur, çocukları mikrop kapıp hasta olacak diye endişeleniyordu.

Bu sığınma evinde geçirdiği üç gece Yağmur için kâbus gibi geçti. Arabası olan Türk bir kadının yardımıyla 8-10 dakikalık araba mesafesindeki markete gidip çocuklarına kavanozda çocuk maması, kendisine ise makarna ve sebze aldı. Mutfakta yemek yapmak bile sıraylaydı ve sıranın Yağmur'a gelmesi bile büyük şanstı. Çocuklarıyla dar, basık, boğucu kokularla dolu bir odada kalıyordu ve bu oda dağa bakıyordu. Yağmur, dağa baktıkça çileden çıkıyordu. Dağın görüş alanını kapatması, geleceği hakkında hiçbir fikre sahip olmayan Yağmur'un geleceğiyle ilgili bakış açısını da kapatıyordu sanki. Yeri ve gökyüzünü özgürce görmek varken, bu yüksek dağ da neyin nesiydi? Bir an Murat'ı arayıp ondan af dileyip kendisini bu cehennemden almasını istemeyi düşündü, sonra bu düşüncesinden vazgeçti hemen. Evi de cehennemin farklı bir tonuydu ne de olsa. Bu üç gün süresince adıyla müsemma hep ağladı Yağmur.

(Yağmur, bu tabutvari odadan sonra klostrofobi oldu.

Kapalı alanlarda kesinlikle duramadığını, hiçbir odanın kapısını tam kapatamadığını söyledi.)

Üçüncü gecenin sabahında Yağmur'u danışmadan çağırdılar ve Essen'deki kadın sığınma evinde yer açıldığını söylediler. Yetkililer, Yağmur'u ve çocuklarını sığınma evi yakınındaki süpermarketin önünde dayısına teslim ettiler. Yoldayken Murat, Toprak'ın doğum günü olduğu için aradı.

- (Ağlayarak) Babacığım, kurban olduğum... Yağmur! Beni evlatlarımdan neden ayırdın? Çocuklarımı niçin beraberinde götürdün? Çok özledim onları.

Yağmur, dayısının yardımıyla Essen'deki kadın sığınma evine yerleşti. Bu ev, Herne'deki sığınma evinden kat be kat iyi koşullara sahipti. Üç katlıydı ve her katında ikişer dairesi bulunuyordu. Dairelerde iki yatak odası, bir mutfak, iki tuvalet ve iki banyo bulunuyordu. Yağmur'un üçüncü katta olan dairesinde ev arkadaşı siyahi bir kadındı ve dört beş yaşlarında bir kız çocuğu vardı. Kız çocuğu Toprak ile oynamak istedi hemen. Toprak ve Umut ilk kez böylesine yabancı yüzlerin olduğu bir ortamda bulundukları için adapte olamadılar ve iki gün boyunca odada saklandılar. Odaya yerleşir yerleşmez yönetim Yağmur'a elzem ihtiyaçlardan oluşan bir paket teslim etti. Pakette diş macunu, diş fırçası, sabun, kavanoz yemekleri gibi malzemeler bulunuyordu. Yağmur'un cüzdanında topu topu 50 euro kalmıştı, çünkü iki çocuğuna da bez alıyordu. Yağmur, yaşadığı strese bağlı olarak bebeklerine hiç süt verememişti, parası da ancak kavanoz maması ve bebek bezi almaya yetiyordu.

Essen'deki sığınma evinde kaldığı gecenin ilk sabahı, bağırış çağırışlarla uyandı. Zaten kabuslar yüzünden bölük pörçük uyuyordu. Kadınların feryatları, bir felaketin geldiğinin habercisiydi. Toprak ile Umut da korkudan ağlamaya başlamıştı.

Yağmur hemen binanın holüne çıktı, bir de ne görsün! Polis, savcı, sığınma evi yetkilileri... Ortalık savaş alanına dönmüştü. Ambulans görevlilerinin sedye ile alt kata girdiğini gördü. Tek kelime Almanca bilmediği için ne olduğunu anlamıyordu. Ortada büyük bir sorun vardı ama neydi? Kısa bir süre sonra, kadınların ağlamaları ve çığlıkları ile ambulans görevlilerinin içeriden bir kadın cesedi çıkardıklarına şahit oldu. Görebildiği tek şey sedyede yatan cansız bedenin mosmor olmuş bacaklarıydı.

Sığınma evinde kalan Türk bir kadından öğrendiği kadarıyla Rus bir kadın, eşinin barışma talebini kabul edip eşinin yanına dönmüş. Evinde kaldığı birkaç gün boyunca, eşinin yemek ve içki molaları hariç, aralıksız darp edilmiş ve şiddet görmüş. Eşi uykudayken evden kaçan talihsiz kadın, hemen hastaneye gitmiş ve görevliler kadının kırılan kolunu sargıya almışlar. Ardından sığınma evine dönmüş. Kapısını kilitlemiş ve ev arkadaşına uyuyacağını söylemiş. Döndüğü gecenin sabahı, dairesini paylaştığı arkadaşı defalarca seslenmiş, kapısını çalıp uyandırmaya çalışmış ancak ses alamamıştı. Hemen danışmaya koşup, dün geceden beri arkadaşından hiçbir tepki alamadığını söyleyince, danışma kapıyı kırmış ve içeri girdiklerinde kadının cansız bedeniyle karşı karşıya kalmışlardı. Kadının otopsisi yapılmış ve ölüm raporuna dayak yemekten kaynaklı beyin kanaması notu düşülmüştü.

Yağmur, şahit olduklarının şokuyla odasına döndüğünde gürleyen gökyüzü, kadınların çığlıklarını bastırmaya çalışıyordu.

Allah'ım gökyüzünün kaprisinin zamanı mıydı şimdi?

Şimşek çaktı ve Yağmur, hem içinde hem sığınma evinde hem de dışarıda kopan fırtınalardan kaçmak istercesine yorganın altına girdi. Bir süre gözlerini kapattı, iki gündür yemek yemediğini fark edince dayısının sığınma evine girmeden önce aldığı ekmek geldi aklına. Fırtınanın devam ettiği ilerleyen birkaç gün de dışarı çıkamadı, zaten alışveriş yapacak gücü de yoktu. Ekmekle idare etmeye devam etti. Rus kadının cesedini gördükten sonra bir ay kendine gelemedi.

Yine, "Ben nereye düştüm?" diye sordu kendine. Çaresizlikten her gün ağladı, adı sığınma evinde "ağlayan kadın"a çıkmıştı. Daire arkadaşının temiz ve düzenli olmaması nedeniyle mutfağın, lavaboların kirine pasına ve daireye sinmiş pis kokuya da artık dayanamıyordu. Midesi bulanıyor, sürekli kusuyordu. Kilo kaybetmeye devam ediyordu.

Dostoyevski'nin *Ölüler Evinden Anılar* kitabındaki gibi zorunlu ortak hayata alışmak zorundaydı. Kitabı okurken altını çizmişti:

Ortak hayat başka yerlerde de vardır tabii ama hapiste öyle insanlar var ki, onlarla bir arada yaşamak herkesin arzuladığı bir şey değildir ve eminim sürgünlerin çoğu bilinçsiz de olsa bu azabı duymuştur.

Kendi hapishanelerini düşündü sonra, Adıyaman'da boğulduğu günleri, Murat ile yaşadığı asla evim diyemediği evini ve son olarak kadın sığınma evini...

Sığınma evindeki Hoppa Nursel'den ona tercümanlık yapmasını ve odasını değiştirme talebini danışmaya iletmesini rica etti. Danışmadan aldığı yanıtla bir kez daha hayal kırıklığına uğradı. Ölen Rus kadının odası müsait olan tek yerdi. Eli mahkûm olduğu için kadının darp edilmekten mosmor olmuş bacaklarını aklına getirmemeye çalışarak o odaya yerleşti. Daire arkadaşları sıklıkla değişiyordu.

Essen, Mahkeme

Yağmur, sığınma evinde üç ay kaldıktan sonra danışmadan çağrıldı:

- Yağmur, ilk mahkeme tarihin belli oldu. Şık giyinip güzel olacaksın. Makyajını yap ve güçlü ol. Sakin ol, dik dur ve sakın ha sakın ağlama. Yapacağın tek şey sorulara düzgün cevaplar vermek ve kendini ifade etmek.

Yağmur, Çocuk Merkezi'ni sürekli tepesinde hissediyordu. Çocukların boyu ve kilo değişimi çok dikkatli bir şekilde takip ediliyordu. Zaman zaman aniden dairesine girip çocuklarla ne yaptığına bakıyorlar, evin temiz olup olmadığını kontrol ediyorlardı. Nitekim Yağmur, dairesine taşındığı ilk günden itibaren ortamı kendi yaşam alanlarına çevirmişti. Çocukların odasını süslemişti. Aldığı hortumla her yeri yıkıyor, düzenli olarak toz alıyordu. Her şeyi kaybedebilirdi ama çocuklarını asla! Aylık raporlarında hep "iyi anne" olarak değerlendiriliyordu. Ne yazık ki Yağmur'un, çocuklarını temizlik nedeniyle kaybetme korkusu ilerleyen zamanlarda temizlik hastalığına yol açacaktı.

Mahkeme günü gelip çattığında, Yağmur tam de sığınma evi yetkililerinin söylediği gibi şık giyinmiş, makyajını yapmış ve ayna karşısında kendisine üç kez "Güçlü ol!" diyerek telkinde bulunmuştu. Mahkemeye doğru yol alırken bir melodi çalındı kulağına, hem de çok tanıdık. Kuaför salonunda radyoda çalan şarkının, mahkeme gününe yazılmış olacağını nereden bilebilirdi ki?

Hayli zor oldu sevdandan vazgeçmem
Her şeyden acı bile bile aldanmak
Çok yazık oldu seninle geçen zamana
En büyük suçtu inanmak yalanlara
Olamazdım senle yapamazdım senle
Yaralıydı her gün gönlüm seninle
Olamazdım senle yapamazdım senle
Bitecekti elbet günün birinde
Bırakıp da gitmem sanıyordun seni
Acımasız gerçekler zorladı buna beni
İlk kez yenildim, ilk defa mağlup oldum
Yıkıldım, yoruldum, varlığınla tükendim

Mahkeme salonuna, sığınma evi yönetimi eskortluğunda, Murat ile ayrı kapılardan girdiler. Polis, mahkeme salonunun dışında önlem amaçlı bekliyordu. Ev terk etme vakalarının hassas olarak ele alındığını duymuştu Yağmur arkadaşlarından. Kare oturma düzeninde oturdular, hâkim neden evi terk ettiğini sordu. Yağmur nedenlerini sıraladı. Hâkim, kendisinin veya çocuklarının şiddet görüp görmediğini sorduğunda ise, kendisinin dayak yediğini fakat çocuklarının hiç şiddet görmediğini anlattı. Hâkimin son sorusu "Murat nasıl bir baba?" olmuştu. Yağmur bu soruyu, "Pek iyi bir baba olduğu söylenemez" diye yanıtladı.

Bu sırada Murat mahkeme salonunda ağlamaya başladı. Hâkim, ağlama faslı bitince sözü Murat'a verdi:

"Çocuklarımı annelerinden ayırmak gibi bir niyetim yok. Annesi onlara benden daha iyi bakar." (Yağmur'a göre Murat'ta çocuklara bakacak göt yoktu.)

Mahkeme neticesinde ortak velayet kararı alındı. Çocuklara ilişkin imza ve ikametgâh yetkisi Yağmur'a verildi.

Kararı duyan Murat, mahkeme salonunun ortasında "Neden böyle yaptın Yağmur?" diye haykırarak yere yığıldı. Yağmur, mahkeme salonunu terk ederken Murat, Yağmur'a doğru yürüdü. Kapıda bekleyen polisler hemen teyakkuza geçtiler. Murat'ın konuşmak istediğini anlayan Yağmur, tercümanına dönüp onlara kısa bir konuşma molası vermesini rica etti.

- Seni çok seviyorum Yağmur! Çocuklarımı çok seviyorum...

- Senin için de bizim için de böyle olması daha uygun.

Murat çocuklarını görmek istemişti fakat Çocuk Dairesi bu talebine bu aşamada olumsuz yanıt vermişti. Bir çocuk terapisti eşliğinde çocuklarıyla görüşebileceğini belirttiler. Yağmur, ayrılma durumunda Alman yetkililer için önemli olanın, evlerin ayrılması olduğunu, boşanmanın önemli olmadığını arkadaşlarından öğrenmişti. Devlet yetkilileri Yağmur'a, ev bulup sığınma evinden çıkması ile ilgili mektuplar gönderiyordu, eğer bunu yapmazsa sınır dışı edilerek Türkiye'ye gönderileceği yönünde tehdit ediliyordu. Yağmur, bu bilgileri Murat ile paylaşınca Murat, Yağmur'u tekrar eve çağırdı. Bir süre daha birlikte görünürlerse bu sıkıntıların son bulacağını belirtti. Yağmur, Nuh dedi peygamber demedi ve Murat'ın teklifini kabul etmedi. Ona çok net bir şekilde son sözünü söylemişti:

Senin hiçbir şeyini istemiyorum!

İlerleyen günlerde, baba ve oğullarını bir araya getiren bir görüşme organize edildi. Çocuklar görüşmede çok ağladı. Yağmur da çocuklarının durumuna dayanamayıp ağladı. Toprak, babasına sarılıp bir saat boyunca ağlamıştı.

Umut, babasına yabancı gözlerle bakıyordu.

Terapi sonrası Yağmur, çocuklar, Murat ve Murat'ın iş yerinden arkadaşı Selim restorana yemeğe gitmişlerdi. Yağmur ve Selim ayrı masada, çocuklar ve Murat ayrı masada oturdular. Yağmur, bir süre tuvalete gittiğinde Murat, Yağmur'un çantasına 150 euro koymuştu. Yağmur, parayı sığınma evine döndüğüne fark etti.

Yağmur günlüğünde sığınma evinden şu şekilde bahsetmişti:

"Bugün bu sığınma evinde altıncı ayım doldu. Su gibi geçti demek isterdim ama kalbime hançerler saplana saplana geçti günlerim. Bana 900 euro aylık para bağladılar, sadece elektrik, su parası ödüyorum. Dikkat ediyorum harcamalarıma, geçen ay 52 euro fatura geldi sayacıma. Artık istediğim gibi yavrularıma mama, oyuncak alabiliyorum. Kendime de birkaç parça giyecek aldım. Duya duya, göre göre Almanca bile öğrendim. Gönül isterdi ki kursa gitme imkânım olsun, olmadı. Sağ olsun çevremdeki Ermeni, Lübnanlı, Tunuslu ve Afrikalı kadınlar her şeyi bana öğretiyorlar. Artık market alışverişi yapmayı biliyorum. Ne nerden alınır biliyorum. Raflardaki etiketleri okuyabiliyor, satış danışmanlarına soru sorabiliyorum. Dilsiz Yağmur yok artık! Sohbet bile edebiliyorum.

Çirkin, siyah saçlarımdan kurtuldum. Son halim sarışın. Makyaja başladım, pembe ruj aldım kendime. Eski kiloma da döndüm. Buradaki kadınlar olmasaydı ne yapardım? Onlar beni burada var etti. Şimdi kadın oldum, güçlendim ve kendimi daha iyi bir anne olarak görüyorum. Ben burada kaybettiğim Yağmur'u buldum.

Hafta sonu kadınlarla bahçede mangal bile yaktık. Yavrularım en çok bahçeye çıkınca mutlu. Uyku saatleri dı-

şında hep dışarıdalar ve sığınma evindeki diğer çocuklarla oyun oynuyorlar. Onları yarın diğer kadınlarla birlikte çocuk oyun merkezine götüreceğiz."

Yağmur, yeni Yağmur'u iliklerinde hissettiğinde artık sığınma evinde suyunun ısındığını fark etti. İnterneti çok rahat kullanmayı öğrendiği için kendisi ve çocukları için Türk bir emlakçıdan harika bir ev buldu. Üç odalı, seksen beş metrekarelik, balkonlu bu evi görür görmez içi hemen ısındı. Burası kendisi ve çocukları için bir yuva olabilirdi. Devlet, ev kirası hariç kendisine 900 euro ödemeye başladı çocuklar için. Bu para, Çocuk Dairesi tarafından ödeniyordu.

Yağmur, Ağustos 2014'te nihayet yeni evine taşındı. Murat, Frankfurt'ta kalan ıvır zıvır eşyaları ve Toprak'ın yatağını Yağmur'a getirdi. Yağmur, beyaz eşyaları da almak istedi fakat Murat vermedi. Frauenhaus, yani kadın sığınma evinde iken buldukça çatal-bıçak gibi ucuz mutfak gereçleri almaya başlamıştı yeni evinde kullanma ümidiyle.

Dayısından aldığı borçla IKEA'dan sipariş verdiği mutfak dolabı üç gün sonra teslim edildi. Dolabın parasını taksitler halinde dayısına ödedi. Duvar kâğıdı ve parke yaptırarak evi yaşanılabilir kıldı. TV parasını annesi verdi, komşularının çöpe attığı mobilyalardan kendisine TV ünitesi yaptı. Arkadaşı Suna, ona bir gardırop hediye edene kadar, bir yıl boyunca, bir giysi dolabı yoktu. Bir odaya naylon serip, kendisinin ve çocuklarının elbiselerini naylonların içinde gruplandırmıştı. Tamı tamına iki yıl boyunca yerdeki minderde yattı, bir yatağı yoktu. Her sabah beli tutulmuş şekilde uyanıyordu. Örümcekler ısırdı, vücudunda kabartılarla yaşamak zorunda kaldı. Hep içinde bugünlerin geçeceğiyle ilgili umudu vardı.

Bir yılbaşında anne ve babası sürpriz yapıp Yağmur'u ziyaret ettiler. Evin bütün halıları ve perdelerini annesi tamamladı. Çocuklar da anneanne ve dede sevgisiyle daha bir mutlu oldular.

Yağmur'un Essen'deki sığınma evi sonrasında hayatına iki insan damga vurmuştu: Herr Volf ve Frau Schmidt. (Bay Volf ve Bayan Schmidt)

Oturduğu evin birinci katında yaşayan Nazi yanlısı, faşist Herr Volf, Yağmur'a ırkçılık kavramının ne olduğu öğretti. Bebek arabalarını bodruma itmekle kalmayıp, Yağmur'un posta kutusuna çöp ve kemik bırakıyordu. Yağmur, adamla muhatap olmak istemese de bir gün Yağmur'u görünce "Yabancı orospu!" deyip kapıyı kapatması Yağmur'un canına tak ettirdi. Emlakçıyı arayarak karşı karşıya kaldığı ırkçılığı anlattı. Emlakçı da ev sahibi ile temasa geçerek Herr Volf'e davranışlarına dikkat etmesiyle ilgili mektup gönderdi. Herr Volf, olayın yaşandığı gün sarhoş olduğunu söyleyerek olaydan sıyrılmaya çalıştı çünkü içini polis korkusu sarmıştı ve ırkçılık büyük bir suçtu. Bu olaydan sonra adamın sesi kesildi ama Yağmur, adamın çirkin bakışlarını hep üzerinde hissetmeye devam etti.

Frau Schmidt ise mahallelinin dip boyalarının geldiğini asla görmediği, ihtiyar ama *cool* sevgilisinin evinin kapısının önüne Mercedes'ini çekip ellerinde çiçeklerle beklediği, süslü püslü, yaşlı teyzesiydi. Yetmiş yaşındaki bu kadın, Yağmur'u bahçede her gördüğünde selam verirdi. Ona hayatın güzelliklerinden söz ederdi ve hayatında birisinin olmasını öğütlerdi. Frau Schmidt, sevgilinle seks yapacaksın ama ayrı evlerde yaşayacaksın, derdi. Yağmur, kendi kendine bu kadar âşık olan Frau Schmidt'e imrenirdi, bu yaşta aşk yaşadığı için. Kendisinin de en az bu kadın kadar kendisini sevmesi gerektiğini düşünüyordu.

Kendi içine döndüğü bu günlerde kadın sığınma evinde tanıştığı pedagog Aysel, hayatında giderek yer etmeye başlamıştı. Aysel, Yağmur'a Essen'in en ünlü psikoloğu ile randevu ayarlamıştı. Beş seanslık görüşme sonucunda, Yağmur'un terapi notlarına "kendisini çok iyi ifade eden, güçlü, kendini bilen fakat yorgun bir anne" notu düşülmüştü. Depresyonda olduğunu düşünüyordu ancak psikoloğu depresyonda olmadığını, sadece ruhunun çok yorulmuş olduğunu anlatmıştı Yağmur'a. Ruhu nasıl yorgun olmasındı ki? Çocukları hastalanınca mağduriyet içinde buluveriyordu kendini. Sabahın beşinde, eksi on derecede tramvaya çocuklarını bindirip hastaneye götürdüğü günler olmuştu. Sabah saatlerinde ambulans çağırsa bile gelmiyordu, onu tramvaya yönlendiriyorlardı.

"Bazen el, yedi kat yabancı sana daha iyi geliyor" diye geçiriverdi içinden Yağmur. Aysel, ona psikolog ayarlarken, onun artan egzamalarına çare ararken, kısacası bütün süreçlerinde yanında iken öz halasından ses seda çıkmıyordu. Halasının evine gitmek, bir hava değişikliği yapmak istese de halası türlü bahanelerle Yağmur'u evine almıyor, onunla sokaklarda, bahçelerde, kafelerde görüşüyordu. Halasının kendisine sırt çevirdiğini görünce başka insanlarla tanışmaya çalıştı. Ukraynalı, Rus ve Lübnanlı kadınlarla arkadaş olmaya başlamıştı. Hatta Yağmur'un özgüveni yükselmeye başlamıştı. Frankfurt'ta tanıştığı, eşinden ve kayınvalidesinden eziyet gören bir kadına Essen'deki evini açmıştı, onu kadın sığınma evine yerleştirmişti. Sonra da ona ev tutup onun yeni bir yaşama başlaması için ön ayak olmuştu.

Murat ise Yağmur'a haber vererek bazen iki haftada bir bazen de ayda bir çocuklarını ziyarete Essen'e gidiyordu. Ara sıra da Yağmur'un hayatında biri olduğu şüphesiyle ansızın Essen'de buluyordu kendini. Yağmur'un ağzını arıyor, şayet evlenirse onu çocuklarından koparmakla tehdit ediyordu. Yağmur'dan istediği yüzü bulamıyordu. Neticede Yağmur, Murat'a zerre güvenmiyordu. Murat, kendisinde de değişecek bir güç ve cesaret bulamadığı için 2016'da Yağmur'a boşanma davası açtı.

Yağmur'un yaşadığı Huttrop Strasse, zenginlerin yaşadığı bir muhitti. Çocuk yuvasına yağmurda, çamurda, bebek arabasının üstünü naylon ile kapatarak çocuklarını bırakırken, evli, mutlu, çocuklu ailelerin çocuklarını Porsche'lerden, Audi'lerden, BMW'lerden, Jeep'lerden indirmesi çok zoruna gidiyordu. Daha da küçülüyor, yerin dibine batıyordu. Hem ona destek olan bir eşi olmadığı için hem de çocuklarını okula bir gün olsun babaları bırakmadığı için kahroluyordu.

Çocuk Yuvası'nda yapılacak aile kahvaltısı öncesi Toprak çok hırçınlaşmıştı. Kahvaltıya bütün çocuklar anne ve babasıyla katılıyordu. Sadece bir arkadaşının annesi ve babası ayrıydı. Bu arkadaşının da ebeveynleri medeni insanlar olduğu için bütün kahvaltılara ve toplantılara eksiksiz, birlikte katılım sağlıyorlardı. Toprak da küçücük yaşına rağmen durumunu sorguluyordu.

Yağmur, çocuklarının üzüldüğünü görünce iki kat üzülüyordu. Bir üzüntü sarmalının içinde kayboluyordu. Bir yandan da hayata daha iyi tutunabilmek için Almanca kursuna yazılmıştı. Kurstaki sıra arkadaşı bir gün kan kustu ve verem şüphesi nedeniyle sınıfı kapattılar. Bütün öğrencileri teste çağırdılar. Yağmur da test için hastanede kan vermişti. İranlı arkadaşı Leila, Almancası yeterli olmadığı için Yağmur'dan yardım istemişti. Hastaneye vardıklarında Yağmur, kurs isimlerini söyleyerek arkadaşı Leila'nın da kan vermek istediğini söyledi Almanca.

Bankodaki görevli: Arkadaşınızı koridorun bitimindeki sondan ikinci odaya alalım. Bu arada, Frau Yağmur Gezer'i tanıyor musunuz? Ona acilen ulaşmamız lazım, test sonucu ile ilgili acil bilgi vermemiz gerekiyor. Aslında evine mektup gönderdik ama çok acil!

- (Dizleri titreyerek) Buyrun, benim.

Bankodaki görevli "Test sonucunuz pozitif çıktı. Bir an evvel akciğer hastalıkları hastanesine gitmeniz ve röntgen çektirmeniz gerekiyor."

Yağmur, Leila'nın kan verme odasındaki işi biter bitmez otobüse atlayıp hastaneye ulaştı. Ona hemen bir nefes testi yaptılar.

- Testiniz pozitif ancak iyi yanı henüz verem aktifleşmemiş. Size yazacağım ilaçları düzenli kullanırsanız sorunsuz atlatırsınız.

Yağmur, egzamadan sonra vereme de yakalanmıştı. Yorgun ruhu, yorgun bedeniyle bir ölüm dansı yapıyordu adeta... Üstelik tesadüfen öğrenmişti verem olduğunu. Uzun bir tedavi döneminin ardından bu illet hastalığı çocuklarına bulaştırmadan kurtuldu.

...Şimdi bütün bu yaşananlar Yağmur'a kötü bir rüya gibi geliyor.

Dayısının yanında küçük bir iş bulmuştu. Çuvallarla gelen sebzeleri kasalara eşit ağırlıkta olacak şekilde diziyordu, arta kalan sebzeleri dayısı ona veriyordu. Böylece, manavdan sebze almasına gerek kalmıyordu. Hatta bazen bu sebzeleri komşularıyla da paylaşıyordu. Dayısından aldığı ücret de cabasıydı!

Toprak ile Umut, babalarının her ziyaretinden sonra daha da mahzunlaşıyorlardı. Bir gün Murat, tam da Yağmur'un balkondan plakayı netlikle okuyabileceği şekilde kırmızı, sıfır BMW'sini Yağmur'un karşı apartmanının önüne çekmişti. Çocuklar arabaya bayıldılar, direksiyon koltuğunda oturmak için birbirleriyle yarıştılar. Hatta Murat Essen'den Frankfurt'a döndükten sonra bile bir hafta boyunca hep o güzelim kırmızı arabayı konuştular. "Anne arabanın motoru çok güzel, müzik çalarının sesi harika, süper hızlı gidiyor, navigasyonu çok iyi çalışıyor" diye dillerinden düşürmemişlerdi bu arabayı. Yağmur'un canı daha da sıkılmıştı. Çocukları babalarından mahrum kaldığı gibi babalarının çocuklarından öç alır gibi arabayı Essen'e getirip burunlarının dibine sokması, sonra da arabayla çekip gitmesi ne demekti? Çocuklar bu arabanın kime ait olduğunu sorduklarında bir arkadaşından ödünç aldığını söyleyebilirdi. Ne vicdansız adamsın Murat? Murat, çocukların ağzına bir tutam bal çalıp gidince, Yağmur çok büyük beddua etti:

"Bir daha o arabaya binmesi nasip olmasın, arabasıyla birlikte Murat da paramparça olsun inşallah Yüce Rabbim!" diye haykırdı.

Toprak ve Umut her geçen gün babalarını daha da özlüyorlardı. Murat, çocuklarını eskisi kadar ziyaret etmez olmuştu. Yağmur ile Azeri komşusu Şehla bahçede otururlarken Toprak, "Şehla Teyze inşallah sizin çocuklarınız da bizim gibi babasız kalmaz" dedikten sonra Toprak'ın haline çok üzüldü Şehla.

- Yağmur, bak bebelerin babalarını çok özlüyorlar, adam bir gün gelse iki ay piyasada yok. Çocukları senin üstüne atıp çıkıyor hayatınızdan. Frankfurt'a taşın Yağmur, yazık bu bebelere...

Yağmur, Murat'a bir mesaj gönderdi ve ondan Frankfurt'ta kendisi ve çocukları için ev aramasını istedi. Murat, hemen ev bakmaya başlayacağını söyledi. Gel zaman git zaman, Murat'tan pek hazzetmeyen köylüsü Zeynal'ın karısından, Murat'ın geçirdiği trafik kazası sonrası kırmızı arabayı pert ettiğini öğrendi. İçinin kini biraz olsun dinmişti ama!

- Yağmur, canını sıkmak istemem ama bir manita yapmış diyorlar Frankfurt'un biraz dışında. Kaza raporunu görmüş bizim dükkândakiler. Kadına giderken araba paramparça olmuş. Murat'ın da kaburgası kırılmış diyorlar.

Yağmur, Murat'ın hiçbir zaman değişmediğini ve değişmeyeceğini bildiği için bu taze bilgi onu hiç şaşırtmamıştı. Ona içten beddua etmesinin üstünden sadece üç hafta geçmişti.

Allah'ım, bedduamı duydun. Dualarımı da duy, yalvarırım!

Yağmur, onu aradığında ise Murat, "Sana ev bakmaya giderken yolda kaza geçirdim. Çocuklarım için her şeye değer, ölümden döndüm" diyerek duygu sömürüsü yapmaktan hiç kaçınmamıştı.

Murat, Yağmur'un ev taşıma sürecine yardımcı olmaya çalışmıştı. Önce tanıdıkları vasıtasıyla Yağmur'a uygun bir ev buldu, eşyalarını getirtti. Yatak odası kurulurken Yağmur, Murat'ın biriyle mesajlaştığını fark etti. Zeynal'ın bahsettiği manitası bu kadın olmalıydı. Hatta Yağmur içeri aniden girdiğinde, Murat'ın ağzından "O benim çocuklarımın annesi, hiçbir şekilde bu konunun içinde olamaz" laflarının çıktığına şahit oldu. Murat, hemen telefonu kapatmıştı. Ev ortamı henüz yaşamaya uygun olmadığı için Yağmur, çocukların bir süre Murat'ta kalmasını istemişti fakat Murat'ın, çocuklarını eve almamak için ayak dirediğini fark etti. Sebebi ne olabilirdi ki? İçine bir kurt düştü, acaba manitasıyla mı takılıyordu?

Birkaç gün sonra:

- Yağmur, çocukları hazırla Onları McDonalds'a götüreceğim. Çıkışta da biraz dolaştırırım, etrafı gezdiririm.

- Tamam, hazırlıyorum. Kaç gibi evde olursun?

- Yarım saat, kırk beş dakikaya sendeyim.

Toprak ve Umut McDonalds'tan döndükten sonra:

- Çocuklar nasıl geçti gününüz babanızla? Sevdiniz mi gezdiğiniz yerleri?

- (Hep bir ağızdan) Eveeet, çok güzel geçti anne.

- Aaa bakayım, babanız size oyuncak mı aldı?

- Yok anneciğim, babamın yanındaki abla aldı.

- Hımm, nasıl bir abla Toprakçım?

- Abla işte, oğluna da oyuncak aldı.

Yağmur, Murat'ın henüz ilk günden bu kadını kapısının önüne kadar getirmesini çok onur kırıcı bulmuştu. Bu manita durumunu sindirmekle uğraşırken ve konu komşu da apartmana yeni taşınan kadının kim olduğunu anlamaya çalışırken, etraftaki tek tanıdık yüz olan Zeynal'in karısı aradı:

- Yağmur, canım ne yaptınız? İşleri kolayladınız mı?

- Biraz toparladım sayılır, sağol.

- Çay demlemiştim, biraz da kekim var. Sana uğrayacağım, azıcık ucundan tutarım işlerin.

Yağmur ile Zeynal'in karısı, keklerini yiyip çay içerken Zeynal'in karısı Facebook'ta dolaşmaya başladı. Bir anda karşısına Murat'ın pavyon görüntüleri çıktı, kucağına da bir kadın oturmuştu. Kadeh tokuşturuyor, işveli bakışlar ve şuh kahkahalar atıyorlardı. Yağmur'a gösterdi hemen:

- Allah'ın cezası! Biz burada talaşın içinde uğraşırken o gönlünü gün ediyor el âlemin karılarıyla. Allah kahretsin seni Murat!

Zeynal'ın karısı da ne diyeceğini şaşırmıştı. Yağmur, üzülerek evinin darmadağınık haline baktı. Murat'ın hayata karşı kayıtsız hallerini aklına getirdi. İçinde zerre iş yapma isteği kalmamıştı. Bir sigara yaktı. Donakalmış vaziyette dururken Facebook'ta Murat ve manitasını gördüğü sahneler gözünün önünde canlandı, sigarasının külü ayağının dibindeki talaşa düşmüş ve talaş alev almıştı.

Zeynal'ın karısı kovadaki suyu alevlere hemen boca etmese hali perişandı. Bir yandan da düşündü, içindeki yangını mı yoksa evindeki alevleri mi söndürsündü?

***

Frankfurt/ Londra, Nisan 2020, Karantina

Pelin: Bugün evlilik kararı alma arifesinde bir kadına tavsiyen ne olurdu?

Yağmur: Biliyorsun, ben Murat'ın adına, esmerliğine, boyuna, yakışıklılığına vuruldum. Alevi ve Kürt olduğumuz için başka etnik gruplarla evlendirilmeyeceğimizi zaten biliyorduk. Başka etnik gruplardan birileriyle birlikteliği denedik ama İbo'da olduğu gibi sevdadan öteye gidemedi. Adamın nasıl bir ailede büyüdüğü çok önemli. Yani aile bireylerinin birbiriyle olan bağı, sevgisi, ilişkileri... Mesela, bu kadar olaylar yaşandı, boşandık. Ailesinden bir kişi aramadı, sormadı. Arayıp küfretseler bile razıydım. En azından benimle, evliliğimle ilgili olduklarını bilirdim. Birbirine kayıtsız bir aile ile kimse bir araya gelmesin. Adamın olgun olması önemli. Benim eski kocam, sabahleyin çocukları eski BMW'si ile alıyor kapıdan, öğleden sonra ise yeni model BMW'si ile eve bırakıyor. Ergen gibi, bana hava atma peşinde! O hep markalı, fiyakalı kıyafetler giysin, Paris'e gitmesiyle çocuklarıma böbürlensin...

Geçen gün Umut, yeni aldığı oyuncakla arkadaşlarına hava atacağını söyledi. Oyuncaklarını paylaşması gerektiğini söyledim. Hava atmakla ilgili böyle lafları kimden duyduğunu sorguladım. Ne yazık ki babasından öğrenmişti.

Anneler ve babalar çocukların rol modeli... Şayet kadının çocuk sahibi olma isteği varsa şu soruyu sorsun kendine: "Ben bu adamdan çocuk sahibi olmak ister miyim?"

Kötü alışkanlıkları olmasın, bu nokta da çok önemli. Burada döner dükkânlarında bile para atılıp kumar oynanan otomatlar var. Geçen gün çocuklarımla gezerken kumar oynanan dönercinin önünden geçtik. Toprak, "Anne biz de para atalım dönen şeye" dedi. Ufak bir şok yaşadım. Oğullarım babalarını bilsinler diye buraya taşındım ama Murat, çocukların yanında otomata para atıyor, göz göre göre kumar oynuyor çocuklarının yanında.

Özellikle gurbete gelin gidecek olanlara da en büyük tavsiyem, çok büyük bir riske girdiklerinin farkında olsunlar. Gurbet çok zor, insanı nefessiz bırakır... Eş adaylarından emin olmadıkça evlilik kararı almasınlar.

Pelin: Sence boşanmana neden olan en önemli duygun neydi?

Yağmur: Evimi asla evim, yuvam gibi hissedemedim. Eşyalarımda Fulya'nın yaşanmışlıkları vardı, görümcem de çok çomak soktu evliliğime. Ailemle bütün sorunlarımı paylaştım, sanırım sınırı çizemedim. Diğer kardeşlerimin evlilikleri benimki gibi olmadı. Biraz ilk çocuk olmanın acemiliğine de denk geldim. Evlilik demek düzen demek. Murat'ın özellikle evliliğimizin son dönemlerinde şehir dışında çalışması bizi birbirimizden çok kopardı hem fiziksel hem ruhsal anlamda.

Beni sindirmiş gibi hissediyordum, bir kadın olarak kendimi güzel bulmuyordum. Şimdi dönüp bakınca anneliğe de bilinçsizce adım attığımı görüyorum. Şimdiki aklım olsa en başta bir dil kursuna yazılır ve sosyalleşirdim. İnsan olduğumu kadın sığınma evinde öğrendim.

Göçmen olmanın verdiği yükün altında kaldığım çok zamanlar da oldu. Kendi çevremin olmaması beni ben olamamaya itti. O evde nasıl üç yıl yaşadığımı bir türlü anlamıyorum.

Pelin: Yaşadıklarını kaleme alırken çok zorlandım bazı bölümlerde. Yeniden evlenmek veya hayatına birini almak konusunda ne düşünüyorsun?

Yağmur: Otuz altı yaşındayım. Flört etmek bana gezegenler kadar uzak. Arada birileriyle tanışıyorum fakat çocuklar farklı bir sorumluluk yarattığı için her adam böyle bir sorumluluğu almak istemiyor. Kendimi çok yorgun hissediyorum. Önce duygusal açlıklarımı tatmin etmeliyim.

Pelin: Şimdi maddi durumun nasıl? Geçinebiliyor musun? Frankfurt'u sevdin mi?

Yağmur: Frankfurt evim, yuvam... Sanki burada doğmuş, büyümüş gibi hissediyorum. Burayı çok seviyorum. Devlet yardımları ile kıt kanaat geçiniyorum. Arada bir evlere temizliğe gidiyorum. Türkiye'deki diplomamın burada denkliğini aldım, ehliyet sınavı için bir yandan para biriktiriyorum. Devlet, benden yarı zamanlı da olsa çalışmamı bekliyor. Karantinadan sonra iş aramaya başlayacağım. İş bulursam vatandaşlığa da başvurabileceğim.

Pelin: Bedeninle barıştın mı? Mutlu musun şimdi?

Yağmur: Bilinçaltı meditasyon ile on altı kilo verdim ve buna devam edeceğim. Bu konuya çok kafa patlattım. Mutlu değil ama güçlü bir kadınım!

***

Yağmur ile görüşmemizi, kitabımızın Frankfurt'taki imza gününde buluşma hayaliyle sonlandırdık. Ona kurmak istediği iş için iş planı hazırlayacağım ve birkaç yıl sonra umuyorum ki karşınıza iş kadını olarak çıkacak. Yağmur'a kitabımızın basım aşamasında kapak tasarımını gönderdiğimde bana ehliyet sınavını geçtiği müjdesini verdi. Daha gidecek çok yolumuz var Yağmur!

II.
ZANA

1. Frank Sinatra- Can't Take My Eyes off You
2. Los Sabandenos- Islas Canarias

Zana ile İpek'in annesi Adıyaman'da Süryani Mahallesi'nde doğmuş büyümüşlerdi, genç kızlık yıllarında birbirlerinin en yakın arkadaşıydılar. Zana üniversiteye başlayana kadar Adıyaman'da yaşıyordu. Ege Üniversitesi tekstil mühendisliği bölümünde okuyordu. İngilizcesini geliştirmek, yeni bir kültürü tanımak ve yeni arkadaşlar edinmek için Erasmus değişim programına başvurdu. Kalbinde her zaman yurt dışında yaşama isteği vardı. Bunun için de Erasmus programı bittikten sonra TOEFL sınavına girmeyi, mezuniyetten sonra da Amerika'da veya İngiltere'de çalışmayı hedefliyordu.

Not ortalaması çok yüksek olmadığı için yapacağı tercihler arasından üçüncü ve sonuncu tercihi olan Finlandiya'yı çıkardı ve onun yerine Romanya'yı ekledi. Romanya başvurusu hemen kabul edildi. Romanya'daki okulla kendi üniversitesi yeni bir anlaşma yapmışlardı, dolayısıyla Zana okulundan Romanya'ya kabul alan ilk öğrenciydi. Bu nedenle, Zana'ya Romanya'ya vardığında çok güzel bir karşılama yapıldı. Teknik okuldaki tek kız öğrenciydi. Otuz kişilik sınıfının yirmisi İspanyol'du. Sınıfındaki Slovenyalı ve Portekizli arkadaşlarıyla da kaynaşarak üçlü bir arkadaş ekibi oluşturdular.

Avrupa'daki yurtlar karma olduğu için Zana da karma bir yurtta kalıyordu ve mutfak, ortak kullanım alanıydı. İspanyol grubundaki Mateo ile de herkesle olduğu gibi bu dönemde tanıştı. Zana'nın, Romanya'ya gelmeden önce, Türkiye'de sürekli ayrılıp barıştığı bir erkek arkadaşı vardı. Okuldan arkadaşlarıyla iki-üç günde bir yaşamakta oldukları Iasi'de gece eğlencelerine katılıyor; müzelere, tarihi ve turistik yerlere gidiyorlardı. Türkiye'deki erkek arkadaşı ile ilişkileri bu sırada koptu. Zana, hiç Rumence bilmediği için bu dili öğrenmek üzere kursa yazıldı ve kursun "başlangıç düzey" sınıfında, kaldığı yurttan arkadaşı olan Mateo da öğrenciydi. Romanlar, İspanyol pembe dizilerini bayıla bayıla izledikleri için Romanlar ve İspanyollar çok güzel bir iletişim kurabiliyordu. Zana de içten içe bu iletişime imreniyordu.

İspanyol grubundan Alberto, Zana ile açık açık flört ediyordu. Alberto çok yakışıklı, ilgi çekici bir gençti. Alberto'nun arkadaşları da Alberto ile Zana'nın çöpçatanlığını üstlenmişti. Ortamlarda onları bir araya getirmeye çalışıyorlardı. On kişilik bir grup, topluca araç kiralayıp Braşov'a gittiler. Zana, Alberto'nun arkadaşlarının kendisine Alberto'nun sevgilisi gibi davranmasından rahatsızlık duyuyordu.

- Alberto, seni ve beni sevgili olarak görünüyorlar ama durum böyle değil. Bunu açıklığa kavuşturalım mı?

- Tamam, ben arkadaşlarımla konuşurum, rahat ol.

Başlarda gitar çalması, sosyal kelebek olması, Zana'yı çiçeklere ve hediyelere boğması Zana'yı etkilemiş olsa da Zana zaman içinde Alberto ile duygusal bağ kuramadığını fark etmişti. Muhabbetlerinin de çok derinliği yoktu maalesef. Aralarındaki durumu netliğe kavuşturmuşlardı. Üstelik Alberto, gezide tanıştığı İtalyan bir kızla hemen yakınlık kurmuştu bile. Daldan dala konan kuş misali...

Yurttaki arkadaşlıkları, Zana ve Mateo'u arkadaş grubundan ayrı takılmaya yöneltti bir anda. Yemeklere gidiyor, sohbet ediyor ve Iasi sokaklarında dolaşıyorlardı. Nihayet birbirlerine karşı hissettikleri duyguların arkadaşça duygulardan öte olduğunun farkına varmışlardı ki eğlenmek için baş başa gittikleri bir gece kulübünde öpüştüler. Bugün Mateo ve Zana'ya soracak olsak, ilk adımı kimin attığı tartışma konusu...

Zana'nın eğitim süresi altı ay, Mateo'unki ise bir yıldı. Son sınıf öğrencisi olan Zana'nın iş bulabilmesi için Türkiye'ye dönmesi gerekiyordu çünkü iş piyasasında alımlar mayıs dönemine denk geliyordu. Bu nedenle Zana'nın ikinci dönemi Türkiye'de geçirmesi gerekiyordu. Romanya'ya ve Erasmus'a veda partisi yapılır yapılmaz, şubat sonunda, Zana Türkiye'ye dönmüştü. Romanya'dan dönerken Zana ve Mateo ilişkilerinin bir geleceği olmayacağını düşünerek ilişkilerine son vermiş ve arkadaş kalmaya karar vermişlerdi.

Zana, Türkiye'ye döndükten sonra arada bir ufak tefek yazışmaları oluyordu fakat Zana kariyeriyle meşguldü, üniversitesinin düzenlediği "Kariyer Günleri" etkinliklerine katılıyordu ve soluksuzca iş başvuruları yapıyordu. Uzun süre Mateo'ya cevap veremedi. Mateo da benzer şekilde kesintisiz bir iletişim kuramıyordu. Üst üste Mateo'dan cevap alamayınca Zana, çok sinirlenmişti. Tepesi attığı anda, Mateo'yu bütün sosyal medya hesaplarından sildi. Bir sene boyunca hiç görüşmediler, iletişimleri sıfırdı. Zana, Mateo ile bütün iletişim kanallarını koparınca kendisinin beklentiye de girmeyeceğini düşünüyordu.

Bir tekstil firması ile görüşmesi olumlu geçmişti. Malatya'daki fabrikada işe başlamak üzere gittiği son görüşmede, İngilizcesi iyi olduğu için İstanbul ofisinde çalışmasının daha etkili olacağını düşünerek onu İstanbul ofisine yönlendirdiler. Böylece Zana, İzmir'den İstanbul'a taşındı. Kariyer odaklı hayatının temellerini atmıştı. Uluslararası bir tekstil firmasının pazarlama-ihracat ekibinde görev alıyordu ve Londra'daki tasarım ofisiyle sık sık toplantılara katılıyordu. Yeni sezonu çalıştıkları İngiliz ekiple birlikte numuneleri hazırlayıp maliyetler çıkarıyordu. Buna ek olarak, siparişin fabrikada yürütülmesi ve teslimata hazırlık faaliyetlerini yönetiyordu. İş hayatına, kurumsal hayattaki pozisyonuna ve İstanbul'daki hayatına adapte olmaya çalışırken başını kaşıyacak zamanı yoktu.

Zana, İngiltere'deki iş ortakları olan firma ile çoğunlukla Skype aracılığıyla görüşüyordu. Bir gün Zana'in iş için kullandığı Skype hesabını bulan Mateo, Zana'ya yazdı ve İstanbul'a geleceğinin haberini verdi. 2010 Kasım ayı, bayrama denk gelen bir dönemdi. Zana, işlerinin yoğunluğu nedeniyle memlekete gitmek için uygun olduğu bir tarihe bilet bulamamıştı. Zana, kız kardeşini de İstanbul'a davet etti ve hep birlikte vakit geçirdiler. Mateo, İstanbul'da on gün kaldı ve Zana, İstanbul'un en güzel mekânlarını Mateo'ya gösterdi. Mateo, Tarihi Yarımada'yı gezdiklerinde adeta büyülenmişti. Zaten bir Roma İmparatorluğu hayranı ve tarih meraklısı olan Mateo, tadı damağında kalan bir tatil geçirmişti. Bu tatil sonunda Zana ile çoktan sevgili olmuşlardı. Bundan sonra da düzenli iletişim kurmaya başladılar. Uzak mesafeli ilişkilerini üç ayda bir Mateo'un Türkiye'ye gelmesi ile yürütmeye çalışıyorlardı.

2011 Noel'inde ise, Zana, Mateo'yu ziyarete gitti. Önce Mateo'nun ailesinin Kanarya Takım Adaları'nın en büyük adasında bulunan evine gitti. Mateo'nun ailesi çok misafirperverdi. Noel'i ve yeni yılı takım adalarının en doğusundaki, eski bir balıkçı köyü olan, aktif volkanik dağın bulunduğu Lanzarote'de kutladılar. Bu ada, sade ve küçük bir ada olmasına rağmen, lav akıntıları ve siyahımsı/kırmızımsı yüzeyi nedeniyle Mars'ı andıran, halen yer altındaki hareketlilikten suların fokurdadığı, yerin birkaç metre altına bırakılan yemeklerin bir süre sonra kendiliğinden piştiği, bir yüzü okyanusa diğer yüzü dağa bakan romantizm dolu bir yerdi. Okyanus kıyısındaki şirin evlerinde, Mateo'nun babası dünya mutfaklarına ve damak tadına çok düşkün olduğu için özel yemekler hazırlamıştı: Tütsülenmiş etler, Türkiye'deki pastırma benzeri jamon serrano, biber kızartması, Kanarya Adası'na özgü, oldukça ince zarlı patatesler ve patates için tuzlu, sirkeli, acılı ve kimyonlu bir sos olan mojo, mısır unundan yapılan mıhlama benzeri soğanlı Gofio sosu, sarımsaklı karides ve daha neler neler...

Mateo'nun hayatının en önemli parçaları olan çocukluk arkadaşlarıyla tanışmış, zamanda yolculuk yapmış, farklı bir gezegeni keşfetmiş, aşka huzur penceresinden bakmış, sessizliğin ve dinginliğin sularına kendine bırakarak yeni yıla yüzerek girmişti. Olağanüstü deneyimlerle dolu bir tatil oldu Zana için.

Türkiye'de döndüğünde ise, toplumsal bir baskı olan "evlen" baskısı başlamıştı bile. Akrabaları ve komşuları hiç durur mu? Zana'ya birini uygun görmüşlerdi. Zana, sırf ağızlarının kapanması için "uygun kısmet" ile görüşmüştü. Coğrafyasında okulu bitirince evlenmek gerekti. Kısmetleri püskürtmek için ve aslında risk alarak Mateo'yu 2012 yaz döneminde Adıyaman'a götürdü. Güneşin doğuşunun ve batışının muazzam olduğu Nemrut Dağı'na çıktılar. Mateo, Cendere Köprüsü'nü ve hikâyesini olağanüstü bulmuştu. Mateo'nun Adıyaman'a gelmesi ile ilgili babasından tepki almamak için annesinden yardım almıştı Zana.

2012 Kasım'da Zana ve Mateo, on günlük dolu dolu bir Barcelona-Madrid turu yaptılar. Daha çok turist gibi takıldıkları, koşuşturmaca dolu bu tatilde Madrid'deki müzeleri bile gezmeye fırsatları olmadı.

Mateo, işinden izin aldıkça soluğu Türkiye'de alıyordu, bu da en erken üç ayda bir görüşmek demekti. 2013 yılının Sevgililer Günü'nde sürpriz yaparak İstanbul'a geldi ve Zana'nın bu sürprizle ayakları yerden kesildi. Zana'nın ev arkadaşının ağustos sonunda Muğla Akyaka'da yapılan düğününe Mateo ile birlikte katıldılar. Mateo, Türkiye'deki evlilik adetlerinin provasını bu düğünle yapmış oldu, yavaş yavaş adetlerimizi öğrenmeye başladı. Düğün sonrasında, Zana ve Mateo, denizde yüzerken birden denizin ortasında Mateo, Zana'yı durdurdu.

- (Zana'nın gözlerinin içine bakarak) Sevgilim, benimle evlenir misin?

- (Şaşkınlık dolu bakışlarla) Eveeet.

Eylül ayı başında Mateo'nun teklifine "evet" cevabı veren Zana, Mateo ile düğün tarihini konuşmaya başladı. Olumlu cevabını ailesi ile paylaştı, ailesi de kızlarının mutluluğuna ortak oldular.

***

Düğün öncesi Zana için çok stresli geçti. Birkaç gelinlik arasında kaldı. Mateo Türkçe bilmediği için davetiyelerle ilgili bütün görüşmeleri Zana'nın organize etmesi gerekti, davetiyeleri Mateo ile seçtiler. Düğün mekânı için Zana'nın ailesi Adıyaman'da düğün mekânı bakıyor ve buraların fotoğraflarını Zana'ya iletiyordu. Düğün, bayram dönemine denk geliyordu.

2014 yılı Ekim başında Mateo'nun annesi, babası, abisi, halası ve eşi, amcası ve eşi, kuzenleri ve eşleri İstanbul'a geldiler. Daha önce İstanbul'a hiç gelmedikleri için doyasıya İstanbul turu yaptılar. Sonra Adıyaman'a geçtiklerinde, Zana'nın ailesi dubleks ve oldukça geniş bir evde yaşadıkları için misafirlerini evde ağırlamak istediler. Ancak arada kültür farkı olduğu için henüz tanışma evresinde olmalarına bağlı olarak İspanyol ekip otelde konaklamayı tercih etti. Onun yerine Zana'nın arkadaşları düğün esnasında Zana'nın ailesinin evinde kaldı. Mateo'nun arkadaşlarının çoğu tarihten ötürü düğüne katılamadı, bir arkadaşı hariç.

Zana, kendisine kalsa sade bir törenle evlenmeyi arzu ediyordu fakat ailesinde evlenen ilk çocuk olduğu için bütün aşamaların yöresinin gelenek ve göreneklere uygun olmasını istiyordu, amacı ailesinin de bu süreçte mutlu olmasıydı. İsteme töreninde en leziz yemekler hazırlandı, evleri yapılan dip köşe temizlik sayesinde ışıl ışıldı. Mateo ve ailesi ellerinde çiçek buketi ve çikolatalarla Zana'yı istemeye gittiler. Önce Mateo'nun ailesiyle akşam yemeği yenildi, sonra da yakın akrabaları akşam dokuzda isteme törenine katıldı. Zana, Mateo'ya en tuzlusundan, baharatlısından bir Türk kahvesi pişirdi. Mateo, gelenekler hakkında bilgilendirildiği için bozuntuya vermeden güçlü damat adayı olarak kahvesini içti. İsteme anında bir sessizlik oldu. İspanyolca birbirlerini istediler. Evet, yanlış duymadınız. Ortamda Türkçe, İspanyolca, Kürtçe ve İngilizce konuşuluyordu. Zana da kendisi için "Verdim, gitti!" dedi. Böylece ilk adımı atmış oldular.

Zana'nın gönlü hiç büyük bir kına töreninden yana değildi ve bu fikrini annesiyle paylaştı. Annesi de anlayışla karşıladı ve küçük bir kafenin terasında sadece çok yakın akrabaların katılacağı ufak çaplı bir eğlencede karar kıldılar. Kına törenini de yine annesini kırmamak için yapan Zana, sade ve mor tonlarda bir bindallı ile gökyüzünün alabildiğine uzandığı Mezopotamya'da, yıldızları kıskandıracak kadar parlıyordu. Allah'ın vergisi iri, kahverengi gözlerden nasiplenmişti. Türkan Şoray bakışlı ve benli, alımlı mı alımlı bir genç kadındı.

Kına gecesi, yemek töreni ile başladı. Kına töreni Güneydoğu Bölgesi'nde olur da yemeksiz olur mu? Törene katılan İspanyolların deyimiyle "Lakmasun" (lahmacun) yediler, sasik (cacık) içtiler. *(İspanyollar "h" harfi yerine "k", c yerine de "s" kullanmaktadır.)* İspanyollar acılı, ekşili yemekleri yedikçe mide orgazmı yaşadılar.

Zana, bütün gelenek ve görenekleri kusursuzca yerine getirmek için Mateo'nun ailesine kınada gelinin avucuna konulan altından tutun da Trabzon setine kadar her şeyi aldırmıştı. Mateo'nun ailesi de farklı bir kültüre uyum sağlamak için ellerinden gelen çabayı gösteriyorlardı.

Kınada, İspanyollar halaya girmek için birbirleriyle yarışıyordu. Referans noktaları ise gelinin annesiydi. Zana'nın annesinin yaptığı bütün hareketleri kopyalamaya çalışıyorlardı. Geline kına yakıldı, avucuna altın konuldu, zılgıtlar ve halaylar çekildi. Kına törenine katılan kadın - erkek herkes gayet memnun bir şekilde mekândan ayrıldı. Yarınki düğüne enerji toplamak için bir an önce evlerine dağılmaları gerekiyordu.

Düğün

Düğün günü sabahı, kötü bir sürpriz bekliyordu herkesi: Adıyaman'da sular kesilmişti. Akrabalarının lüks, siyah bir arabasının gelin arabası olarak belirlemişlerdi ve bu araba kir içindeydi. Bu arabanın temizlenmesi ve yıkanması için Zana'nın kardeşi kaç oto yıkamacıya gittiyse de olumlu bir sonuç alamadı. Gelinle damadın düğün alanına gitmesine az bir süre kala arabayı kendi imkânlarıyla yıkamak zorunda kaldı, ancak arabanın kirinin kabasını alabilmişti delikanlı. Maalesef otomobil tertemiz olmamıştı.

Başka bir sorunumuz daha vardı: Gelin kız, Zana, stres olduğunda ishal oluyordu ve ne su vardı ne de buna uygun koşullar... "Ya gelinliği giydikten sonra da ishal sorunu devam ederse?" diye düşünmekten kendini alıkoyamıyordu. Bunları düşündükçe tuvalette buluyordu kendisini Zana...

Arabanın su kesintisi nedeniyle hazır olamaması ve Zana'nın daimî tuvalet ziyaretleri nedeniyle gelin ve damat, fotoğraf çekimi için geç kalmıştı bile. Üniversite kampüsündeki fotoğraf çekiminde güneşin batışını ancak yakalayabilmişlerdi. Her ne olursa olsun fotoğraf çekimini tamamlayıp düğün salonuna zamanında varmaları gerekiyordu. Kendi düğünlerine de geç kalacak halleri yoktu ya!

Düğün salonuna Frank Sinatra'nın *"Can't Take My Eyes off You!"* şarkısı eşliğinde girdiler ve düğün dansını hiç çalışmamış olmalarına rağmen Mateo'nun piste çıkar çıkmaz kendince oluşturduğu bir koreografi ile romantizm dolu ilk danslarını misafirlerin hafızalarına kazıdılar. Nikâh için Mateo'nun İspanya'dan gelen arkadaşı nikâh şahidi olarak kabul edilmemişti ama nikâh esnasında Mateo'ya destek olmak için masada duruyordu.

- Damat Bey, nerelisiniz?

- Diyerbekir...

Salon kahkahalara boğulmuştu... Mateo, beyaz tenli olmasına rağmen güneşte hemen bronzlaşıyordu. Türkiye'nin kızgın güneşinde kara kaşı, kirpiği, bronzlaşmış teniyle doğulu gençlerden hiçbir farkı kalmamıştı. Zana ve Mateo, Akyaka'da tatil yaparken garsonlardan birinin, "Yenge, damat abimiz nereli?" sorusuna Zana "İspanyol" diye cevap verince garson, Mateo'nun İspanyol olmasına hiç ihtimal vermemiş ve "Yenge, bu bildiğin Diyarbakırlı" demişti. Mateo'nun aklında böyle kalınca nikâh memuruna haliyle "Diyarbakırlıyım" demişti.

Düğün, bütünüyle geleneksel olduğu için sağdıç bile vardı düğünde. İspanyollar, kolları kırmızı kurdelelerle bağlı bu insanları aşırı merak ediyordu. Sağdıçların ne amaca hizmet ettiklerini öğrenince de kısa bir şok yaşadılar. Düğün pastası kesildikten sonra İspanyolların da minik bir sürprizi vardı ve "Islas Canarias" adlı şarkıda hep birlikte dans etmeye başladılar. Bu şarkı da Kanarya Adaları'nın geleneksel şarkısıydı ve bütün misafirler bir anda gaza geldi. Düğün bitiminde de eğlenceye devam ettiler, gelin ve damada kadeh kaldırdılar. Unutulmaz bir düğün olmuştu. Adıyaman, Adıyaman olalı böyle uluslararası düğün görmemişti.

Düğünden sonra damat da gelin de oldukça yorgun düşmüşlerdi. Henüz Adıyaman'dan ayrılırken ikisi de kendisini hasta hissetmeye başlamıştı. Biri grip oldu, diğeri ateşlendi. Bu halsizlik, genç çifte İstanbul-Roma uçağını kaçırmalarına patladı. Bu durumda, balayı için ayarladıkları otel de iptal olmuştu. Bütün rezervasyonları yeniden yapmaları gerekti ve bu sırada İstanbul'da üç gün daha kalıp dinlenmiş oldular.

Roma, her köşesinden tarih fışkıran bir şehir olduğu için Mateo, Zana'ya her eseri en ince detayına kadar anlatıyordu. Gelato'larını[8] yiyor, pizza kokulu sokaklarda

---

8 **Gelato:** Roma'ya has dondurma.

geziyor ve piazzalardaki[9] kafelerde ufak molalar vererek nereleri gezeceklerini belirliyorlardı. Roma'daki dört-beş günlük balayını tamamlayarak İstanbul'a döndüler, burada da biraz vakit geçirdiler ve Mateo, İspanya'ya döndü. Zana, iş yerinde bir ay kadar çalıştıktan sonra istifa etti. Ailesiyle vedalaşmak için Adıyaman'a döndü ve iki hafta kalıp gurbet öncesinde ailesine doya doya sarıldı. Annesi, kızını hiç ama hiç gurbete göndermek istemiyordu. Mateo, Türkçe kursuna bile gitmiş, bir dönem İstanbul'da ciddi ciddi iş aramıştı ancak bulamamıştı. Bu nedenle, yaşamak için Mateo'nun memleketi Kanarya Adaları'nı tercih etmişlerdi.

Zana, Tenerif aktarmalı bir uçakla Kanarya Adaları'na gidiyordu. Mateo ise Zana'ya sürpriz yaparak Tenerif'e gelmişti. Uçuş saatlerine kadar gün boyunca Tenerif'te dolaştılar. Zana, eşinin bu sürprizine bayılmıştı. Zaten Mateo'nun gizemli ve sürprizli yanlarına âşık olmamış mıydı?

Böylece Zana ve Mateo'nun Kanarya Adaları hayatı başladı.

Bienvenidos (Hoş geldiniz).

***

Kanarya Adaları/Londra, Mayıs 2020, Karantina

Pelin: Yaşadığın adayı bize biraz anlatır mısın?

Zana: Burası, takım adalardan oluşan ve Las Palmas olarak adlandırılan bir yer. 1970'lerde eğlence odağı ve dönemin İbiza'sı olarak anılırken, hatta Zeki Müren'in zamanında tatillerini geçirdiği ve Kurban Bayramı'nda kurban kestirdiği bir yer iken günümüzde Kuzey Avrupa ülkelerinin emekli ve yaşlı halkının "D" vitamini depolamak için geldiği bir adaya dönüşmüş. Şimdi emekli ve gay turizminin uğrak yeri diyebiliriz.

---

9 **Piazza:** İtalyan şehirlerindeki meydan.

Pelin: İspanya'da yaşadığın en komik şey neydi?

Zana: Evliliğimizi İspanya'da saydırmak için mülakata girdik. Bize birbirimiz hakkında sorular sorup evliliğimizin gerçek bir evlilik olup olmadığını araştıracaklardı. Bana nerede ve ne zaman tanıştığımızı ve onun nerede evlenme teklif ettiğini sordu görevli. Hepsini çok rahat cevapladım. Mateo'un abisinin adını sorduklarında da "Juanma" diye cevap verdim. Görevli, "Emin misiniz? İyi düşünün" diye uyarınca panikledim. Bildiğim başka bir adı yoktu. Sonra görevli "Juanma, bir kısaltma olabilir mi?" diye tüyo verince Juanma adının nereden geldiğini düşündüm. İki amcasının adının birleşimi demişlerdi. "Juan Manuel" olarak yapıştırdım cevabı. Görevliyle kahkahalara boğulduk. Mateo, görüşmemin nasıl geçtiğini sorduğunda ise neredeyse kısaltma ad yüzünden ülkeden postalanacağımı söyledim. Mateo da çok komik buldu bu durumu tabi...

Pelin: İspanya'da alışmakta en çok zorlandığın konu ne oldu?

Zana: Yemek saatlerine alışmam çok zor oldu. Burada öğle yemeği, bizdeki akşam yemeği gibi ağır oluyor. Saat iki-üç gibi birkaç çeşit yemek yeniliyor. Akşam yemeği ise salata veya yumurta gibi daha hafif yiyeceklerle geçiştiriliyor. Bu değişiklik biyolojik saatime pek uymadı ve gelir gelmez on kilo aldım. Buraya taşınan diğer gurbetçilerde de benzer durumları gözlemliyorum. Sanırım İspanyol yaşam biçimi kilo aldırıyor. (Gülerek) Geçen yıl aralık ayında göçmen annelerle kilo vermeye çalıştık. Intermittent fasting[10] yöntemini deniyorlardı ancak bu diyeti uygularken akşam yedide yemek yemeyi

---

10 **Intermittent fasting:** Oruç diyeti.

bitirmek gerekiyordu. Bu diyet de benim yaşam tarzıma uymadı maalesef.

Pelin: Türkiye ile ilgili en çok neleri özlüyorsun?

Zana: Adamakıllı bir Türk kahvaltısı yapmayı çok özlüyorum. Burada kahvaltı, kahve ve biraz atıştırmalıktan ibaret. Şöyle sucuklu yumurtalı, ballı-kaymaklı kahvaltıları sevdiklerimle yapabilmek isterdim. Mateo'nun ailesi dünya mutfağına çok açık olduğu için yavaş yavaş mercimek çorbası içmeye başladılar, kısır yapıyoruz. En son turşu bile kurduk.

Ayrıca Türkiye'deki yakın arkadaşlıkları bulamıyorum. Mateo'nun arkadaşlarıyla arkadaşım. Size tuhaf gelecek belki ama adada açılan bir kebapçı sayesinde Türk insanlarla arkadaş oldum. Yine Linkedin aracılığıyla dört tane Türk kadınla tanıştım, dördünün de eşi İspanyol. Türk pikniği organize ettik ve kendimi evimde gibi hissettim. Çok keyifli zaman geçirdik, bir halay çekmediğimiz kaldı. (Gülerek)

(Halay, kültürümüzün en önemli ögelerinden biri. Asker uğurladığımızda, düğünde, eğlencede, kısacası coşmak istediğimizde hep kol kola girip halay çekmez miyiz?)

Pelin: Dil konusunda kendini nasıl hissediyorsun?

Zana: İspanyolca'ya hakimiyetim B2, yani üst seviyede. Okuduğumu ve dinlediğimi anlamada hiçbir sorun yaşamıyorum, yüzde yüz anlıyorum diyebilirim. İstanbul'da bir kur İspanyolca almama rağmen çok etkisi olmadı. İspanya'da yaşamaya başlar başlamaz gündelik konuşma diline maruz kaldım, bu nedenle de dil bilgisine odaklanamadım. Öğretmenlerim çok şaşırıyor çünkü çok fazla dil bilgisi hatası yapıyorum. Hamileyken de dil kursuna devam ettim. Şu anda iletişim sorunu yaşamıyorum.

Pelin: Göçmenlik konusunda en çok hangi konuda zorluk yaşadın?

Zana: Büyük emekler vererek eğitimini aldığım tekstil mühendisliği alanında iş bulamadım. Şu anda manevi olarak en çok ihtiyacım olan şey tekrar çalışmak. Türkiye'de iken çalıştığım firmada çok güzel işlere imza atıyorduk, farklı yerlerden de cazip teklifler alıyordum. Burada da Valencia-Alicante arasında bir dijital pazarlama şirketinde işe girdim ve konaklamamı da karşıladılar. Firmanın sunduğu evde altı ay kadar yaşadım. Başlangıçta iş, farklı bir sektörde olmasına rağmen hoşuma gitmişti ancak foreks piyasasındaki kanuni kısıtlamalardan dolayı pazarda genişleme hedefimiz varken işe son verildi. Akabinde Kanarya Adaları'na döndüğümde Linkedin aracılığıyla bana ana ofisi Madrid'de olan yine aynı türde bir firma ulaştı, çalıştığım ilk firma referans oldu. Ben hamile iken adadaki ofis kapandı. Bahsettiğim gibi dijital reklamcılık benim uzmanlık alanım değil ve İstanbul'da yaptığım işte kendimi daha güçlü ve memnun hissediyordum. Kurumsal bir yerde çalışmanın verdiği bir özgüven ve hava vardı bende. Şimdi ise, kendi alanımda bir iş sahibi olmak ve kendime yeni bir çerçeve yaratmak istiyorum.

Pelin: Mateo ile evlenip yurt dışına taşınmadan önce endişelerin/korkuların oldu mu?

Zana: Olmaz mı? Evliliği yürütüp yürütemeyeceğim konusunda korkularım oldu. Ortak hayatımız nasıl olacaktı? Uzak mesafeli ilişki ile aynı evde yaşamak bir değil. Hele uzak mesafeli ilişkiyi çok riskli buluyordum. Yeni ortamıma tutunmakla ilgili endişeler yaşıyordum. İş bulamama korkusuyla karşı karşıya kaldım. Bir de yalnızlık fobim vardı. Yapamazsak İstanbul'a döneriz diye düşünüyordum.

Pelin: Anneliğe hazır olarak mı hamile kaldın?

Zana: Benim annelikle ilgili durumum biraz farklı gelişti. Evlenmeden önce rahmimde üç santimetrelik bir kist vardı ve bana endometriozis[11] teşhisi konulmuştu. İspanya'da kitlem büyümeye devam ediyordu. On iki santimetreye ulaştığında doktor kistin alınması gerektiğini söyledi ve annem apar topar İspanya'ya geldi. Laparoskopi[12] ile kist ve sol yumurtalığım tamamen alındı. Doktorum, operasyon sonrası anne olmayı istiyorsam hemen anne olmamı, kararsızsam da yumurtalarımı dondurmamı önerdi. Ben ve eşim evlat edinmek istemiyorduk, olursa kendi çocuğumuza sahip olmayı tercih ettik ve akışına bırakmaya karar verdik.

Bir süre doğum kontrol hapı kullandım. 2017'de çocuk sahibi olmak istedik ancak normal koşullarla hamile kalamadım. Doktorum, tüp bebek yapılmasına karar verdi. Göbeğimden iğne oluyordum böylece yumurtam daha hızlı büyüyordu ve kese takibi yapılıyordu. Ortalama bir kesede sekiz ila on yumurta gelişirken bende dört-beş adet yumurta oluşmuştu. Oldukça zor bir işlemle yumurtalar alındı ve ben, kendi kendime "çok heveslenme Zana" diyordum. Doktorum omzuma dokunarak, teselli veren bir vücut diliyle bana "Yumurta toplamı işlemi bitiminde sadece bir yumurta gelişti ve bu yumurtanın kalitesi de A'dan

---

11 **Endometriozis:** rahim içini döşeyen endometrium tabakasının rahmin dışındaki başka bir bölgede büyümesi sonucu gelişen bir hastalıktır.

12 **Laparoskopi:** Hasar görmüş veya hastalıklı bir organın çıkarılmasına ilişkin cerrahi işlem.

E'ye kadar değerlendirdiğimizde 'D' kalite bir yumurta."
dedi. Bu sırada, elimde D kalite yumurta olduğunu an-
nemle telefonda paylaştım ve ikimiz de gözyaşlarına bo-
ğulduk.

Birden fazla yumurta gelişmiş olsaydı, bütün döllenme
yöntemlerini uygulamak istiyorlardı ancak daha garanti
olması için yumurtaya sperm enjekte edildi. Normalde,
üç-beş gün gözlem yapılmasına rağmen, bana ikinci gün
döllenmiş yumurta transfer edildi. İlk günler diken üstün-
deydim ve on ikinci hafta bebeğin kalp atışlarını duyana
kadar kimseyle hamile olduğumu paylaşmadım. Bebek
tutunamayabilirdi, düşük yapabilirdim... Bu senaryolar
kafamdan geçtiği için "Derdim bende kalsın" diye düşü-
nüyordum. Bebek tutununca, doğum kurslarına katıldım.
Hamilelik dönemim çok rahat geçti, bulantı veya kusma
sıkıntıları yaşamadım. Sadece hormonlardan dolayı çok
sinirli ve tahammülsüzdüm.

Annem, doğumum yaklaştığında bana destek olmak
için İspanya'ya geldi. Onunla karnavalda dolaşırken bir
anda ciddi sancılar hissetmeye başladım ve hemen do-
ğum suyum geldi. Doğum için maksimum yirmi dört saat
bekletiyorlardı, epidural[13] yöntemi tercih ettim. Suni san-
cı aldım ve doğumum saat birde başladı. Saat beşte bebe-
ğim nihayet dünyaya "merhaba" dedi. İspanya'da doğumla
ilgili ciddi bir sorun olmadığı sürece jinekolog doğuma
girmiyor, ebelerle yürütülüyor. Doğumumu yaptıran iki
ebe, güney İspanyalıydı ve sürekli benimle İngilizce ko-

---

13 **Epidural doğum:** Sezaryen doğumdaki genel anestezi yerine özel
bölge anestezisi kullanılarak ağrıların hissedilmeyecek kadar azaltıl-
dığı ve bebeğin normal yollarla doğduğu doğum şeklidir.

nuşmaya çalışıyorlardı. İngilizceleri berbattı ve bir yandan ıkınırken bir yandan da "Benimle lütfen İspanyolca konuşur musun?" diye bağırıyordum. Oğlum Roni'yi (göz ışığı) "mucize bebek" olarak etiketlemek istemiyorum çünkü Mateo da ben de akışa bırakmıştık, kısmetimizde anne-baba olmak varmış. Onu da yaşadık.

Pelin: Yirmi sekiz yaşında evlenmiştin, bugün yirmi sekiz yaşında evlilik kararı alacak bir kadına önerilerin neler olurdu?

Zana: Kadınlar beklentilerini net olarak ortaya koymalı. Yani çok anlayışlı bir eş bekliyorsan ancak sevgilin anlayışlı biri değilse, evlendikten sonra hokus pokusla anlayışlı birine dönüşmüyor. "Kimse değişmez." Bunu bir kenara yazmaları şart. Ailelerin sınıf uyumu çok önemli. Benim annem babam devlet memuru, Mateo'un ailesi de benzer meslek grubundan. Yani, ikimiz de orta sınıf ailelerde doğduk, büyüdük. Aileler arasında uyum ve ahenk evliliğin sürmesinde çok kritik bir önem taşıyor. Erkek tarafı maddi-manevi üstte olursa kadının ailesini hor görebilir, dengeler bozulabilir. Öte yandan tersi durumda da kızın ailesi "Kızımızı kötü bir aileye gelin verdik" düşüncesiyle kızlarını dolduruşa getirebilir. Kısacası, aileler arası sınıf farkının komplekse ve karşı aileye saldırılara neden olacağına inanıyorum. Ailelerimiz uyumlu olduğu için geçen yıl Eylül'de kayınvalidem ve kayınpederim, Mateo ve ben Adıyaman'a birlikte gittik ve çok keyifli zaman geçirdik.

Son olarak da bir evliliğin gerçekleşebilmesi ve yürüyebilmesi için kadın ve erkek arasında çekimin kuvvetli olması gerekir. İster elektrik deyin ister tensel uyum... Ne olarak adlandırırsanız adlandırın, bu yoksa veya yetersizse evliliğin uzun ömürlü olacağını düşünmüyorum.

***

Sevgili okuyucu, Zana'nın hikâyesi bütün ithal gelinlerin evliliklerinin ve göçmenlik hikâyelerinin mutsuzlukla sonuçlanmadığını bize gösteriyor. Aşkı, tutkuyu, mücadeleyi, çabayı ve uyumu işaret ediyor bu evlilik. Çiftler arası iletişimin de önemine vurgu yapıyor ayrıca. Çocuk yapma konusunda karşı karşıya kaldıkları zorlukları birlikte göğüslemek onların birbirine daha da kenetlenmesini sağlıyor. En güzel aşk hikâyelerinde bile ayrılığın, acının, sorunların olması, hayatta da iyiliğin ve kötülüğün birbirinden ayrılamaz bir bütün olduğunu sergiliyor.

III.
BURCU

Oğuz Aksaç - Adıyaman

Burcu, hikâyemizin bir diğer kızı. İpek'le aynı mahallede doğup büyüyen Burcu, ondan birkaç yaş küçüktü ve İpek'i "Muz" diye çağırırdı. İpek ve kendisi sarışındı mahallede sadece. Muz gibi tatlı, muz gibi tombik ve muz kabuğu gibi sarı saçları olduğu için... İpek nereye Burcu oraya, hep onunla oynamak isterdi.

Çocukluk arkadaşlığı dünyada, aile sevgisinden sonra, sevginin en nahif hali bana göre. Ne kadar yıl geçerse geçsin, araya ne girerse girsin o, senin bebeklerle oynadığın, sırtını yasladığın çocukluk arkadaşın.

Burcu ile İpek yıllardır görüşmüyorlardı. Evlenip yurt dışına taşınmışlardı, farklı kıtalara dağılmışlardı hatta. İpek, Burcu'nun hangi ülkeye taşındığını bile bilmiyordu. Karantina günlerinde, Avrupa'da ölümün arttığı dönemde, ortak tanıdıklardan numarasını alarak İpek'e mesaj göndermişti. İpek'in İngiltere'ye taşındığını duyunca durumunu çok merak etmişti. Burcu'yla da İpek vasıtasıyla tanışmış olduk.

***

Henüz 24 yaşında iken yengesinin bir yakını Burcu'ya talip olmuştu. Burcu, o dönemde kendisini evliliğe hazır hissetmiyordu. Hal böyle olunca tamamen görücü usulüne dayalı bu evliliğin içinde kendisini bulmak istemiyordu. Damat adayı İsmail ile görüştüğünde ne fiziksel görünümünü beğenmişti ne de konuşmalarını. En basitinden dişlerinin sarı ve sağlıksız görünümü dişlerini fırçalamadığını ele veriyordu. Ailesi, İsmail uzaktan akrabaları olduğu için bu evliliğin gerçekleşmesi için biraz baskı yapıyordu ama Burcu'nun bu evliliğe hiç mi hiç gönlü yoktu.

İsmail, Burcu'dan beş-altı yaş büyüktü ve çiftçilik ile uğraşıyordu. Üzüm bağlarından elde ettikleri üzümleri, kuru üzüm haline getirip satışından elde ettiği gelirle geçimini sağlıyordu. Evlendiklerinde de Burcu köye yerleşecek gibi görünüyordu çünkü İsmail'in şehir merkezine uzak köyünde, kendisinden başka bağ bahçe işlerinden anlayan kimse de yoktu. Burcu, köye taşınma fikrine de hiç sıcak bakmıyordu.

Ailesinin baskısına dayanamayıp istemeyerek de olsa İsmail'in evlilik teklifini kabul etmiş bulundu ve tatlısı yendi. Ne gönlü ne de gözü razıydı İsmail'e... Nişan için hazırlıklar başladı. İsmail, nişan alışverişi için Burcu'yu Adıyaman'da Oturakçılar Pazarı'nın[14] olduğu aşağı çarşıya götürdü. Bu noktada, Burcu hemen irkildi... Çünkü aşağı çarşı köylüler tarafından şalvar türü giyim alışverişi yapılan, daha yaşlı kesime hitap eden ve tesettüre özgü kıyafetler satılan bir çarşıydı. Demirciler Pazarı'nın dibindeki bu çarşıda, Burcu'nun kendi stiline göre bir nişan kıyafeti bulması mümkün değildi. Zira Burcu, bugüne kadar Aşağı Çarşı'ya kıyafet alışverişi için hiç gitmemişti,

---

14 Adıyaman çarşısında bahsi geçen yıllarda herkes herkesi tanımaktadır. Önceki kahramanlarımda belirttiğim gibi, ayrılmış toplum olgusu vardı ancak hücredeki her organelin farklı bir yapısı veya farklı bir görevi olması gibi Adıyaman'da da her etnik grubun farklı bir çehresi veya yapısı vardı. Kimse kimsenin işine karışmaz, mükemmel bir sistemle herkes kendi görevine bakardı ve hücrede olduğu gibi hemostasis yani denge sağlanırdı. Gerekirse kuyumcudan borca altın bile alınırdı, söz senetti.

alışveriş yaptığı mağazaların hepsi Yukarı Çarşı'daydı. Burcu, yaşam tarzı farklılıklarını ilk andan itibaren gözlemlemeye başlamıştı. İsmail'i Aşağı Çarşı'da kendisine uygun bir şey bulamayacağı yönünde ikna ettikten sonra, birlikte Yukarı Çarşı'da alışverişe gittiler. Burcu'ya bir yüzük ve bir çift küpe alındı. Bir hafta boyunca her gün saatlerce çarşıda dolaşmalarına rağmen nişanlısı onu bir kez yemeğe çıkarmadı. En basitinden kebapçıya bile gitmediler ya da pastanede ufak bir mola bile vermediler. Burcu'nun kafasında her an yeni soru işaretleri beliriyordu. Nişanlısı onunla baş başa zaman geçirmek istemiyor muydu?

Nişan alışverişinden sonra Burcu eve döndü, amcası da evdeydi.

- Burcu, kızım nasıl geçti alışveriş? Çarşı bugün kalabalıktı.

- Amca, Oturakçılar'daydık bugün.

- (Gülerek) Kızım orada ne işin var? Nenen oradan alışveriş yapıyor.

- Sonra geçtik Yukarı Çarşı'ya, epey kalabalıktı.

- Neler var altın kesende bakalım?

- Amca, bir yüzük, bir çift de küpe aldık.

- (Sinirlenerek) Kızım nerede görülmüş bir çift küpe ile bir yüzükle nişan yapıldığı? Sen bizim Havin'in (Burcu'nun amcasının kızı) nişanını görmedin mi? Bilezikler, setler alındı. Sen set istediğini söyle.

Ertesi gün İsmail, Burcu'yu çarşıda kendi ahbabı olan bir kuyumcuya götürdü ve Burcu'ya içi boş setler gösterildi. Burcu'nun beğendiği veya takabileceği setlerden değildi bunlar ama Burcu sorun çıkarmadı. Setin alındığı gün İsmail, ödemeyi bilahare yapacağını söylemişti kuyumcu arkadaşına.

Bir ay kadar sonra, Burcu çarşıda kuyumcunun önünden geçerken:

- Bacım, nasılsın? İsmail ödemeyi yapmadı. Söyle nişanlına ya parayı getirsin ya da altınları getirsin.

- Tamam abi, ben konuşurum.

(Burcu, kuyumcuyla yaşadığı bu diyalogdan sonra yerin dibine batmış gibi hissetti. Ne demek kuyumcuya parayı ödememek? Burcu o sırada kafasına koymuştu, baştan beri içine sinmeyen bu nişanlılıktan kurtulacaktı.)

Hemen akşam, nişanlısını arayarak kuyumcu ile konuştuklarını anlattı ve İsmail'i şehre çağırdı. Ailesine de bu işe nokta koymak istediğini söyledi, artık daha fazla devam edecek gücü de yoktu. Tatlısı yenildikten tam kırk gün sonra İsmail, bağ işlerini halledip Burcu'nun evine babası ve halasıyla geldiğinde nişanlılığının sona ereceğini bilmiyordu. Burcu, ayrılmak istediğini söyleyip yüzüğünü, küpesini ve içi boş setini teslim etmek istediğinde evde bir fırtına koptu. İsmail'den kurtulmak öyle kolay olmayacaktı, köyden şehre gelirken harcadıkları benzinin parasını bile talep ettikleri için bu parayı dahi ödemeye razıydı Burcu! Tatlıların ve yoğurdun parasını, yol parasını...

Burcu bana bu hikâyeyi anlatırken, Yeşilçam filmlerindeki bir sahneyi hatırlattı bana.

Şaban, babasının giderlerini sayarken "Süt, süte katılan su parası..." diye sıralıyordu. Yol parası, beni can evimden vurmuştu. Neyse ki sosyokültürel anlamda hiçbir noktada kesişimlerinin olmadığı bu eş adayıyla ayrılması Burcu için hayırlı olmuştu. Genel kanı da öyle değil miydi zaten? Köy şartları zorludur, köyde doğmuş bir kadın şehre nispeten alışabilir ancak şehirde doğmuş, büyümüş kadın ne tarla ne hayvan işlerinden anlar ne de köy hayatına uyum sağlayabilir... Burcu zaten çocukken inek teptiği için fobi derecesinde hayvanlardan uzak duruyordu. Hal böyle olunca, Burcu'nun köyde hayvanlarla iç içe bir hayat sürdürmesini beklemek çok olağan dışıydı...

Burcu'nun ilk hikâyesi hüsranla son bulmuştu, ailesi de kızlarına baskı yaptıkları için pişman olmuşlardı.

Üç yıl sonra, Burcu yirmi yedi yaşına geldiğinde çevreden "artık evlenmelisin" sesleri yükselmeye başlamıştı. Hayatına bir yön vermesi gerekiyordu. İzmir'e yıllar önce gelin giden ablasının eşinin ailesi aslen Kayserili'ydi. Eniştesinin köylüleri ve uzaktan akrabaları Burcu'ya talip olmuşlardı. Burcu, ablasının eşinin köylülerini beğenmiyordu. Buna ek olarak, damat adayı Çetin'in uyumlu biri olduğu fakat Çetin'in annesinin baskın ve fena bir kadın olduğu ile ilgili kulağına laflar gelmişti. Çetin ile evlenecekti, annesiyle değildi ya! Bu dedikodulara kulak asmayacaktı. Burcu, damat adayının ailesini tanıdı önce İzmir'de. Çetin, Burcu ile tanışmak için Adıyaman'a gelmişti.

Özel bir şirkette makam şoförlüğü yapan Çetin esmer, uzun boylu ve yakışıklı bir gençti. Burcu ile aynı yaştaydı. Adeta şirketin CEO'sunu havalimanından karşılar gibi hazırlık yapmıştı. Jilet gibi takımını giymiş, sinek kaydı tıraşını yaptırmış, en maskülen kokusunu sıkıp Burcu ile buluşmaya gitmişti.

Burcu; orta boylu, uzun sarı saçlı, narin bir kızdı. İlk nişanından sonra ruhunda oluşan tahribattan kurtulmak ve zedelenen özgüvenini yerine getirmek istiyordu. Giydiği saten gömleğin şıklığını üzerine güzel oturan kot pantolonu ile pekiştirmişti. Fönlü, uzun saçları ışıl ışıldı. Bedeni, gömleğindeki desenler gibi çiçek kokuyordu. O yıllarda moda olan uzun, düz saçaklı küpelerden takmıştı.

Burcu, Çetin'i gördüğünde fiziksel özelliklerini beğenmişti. Maraş Pastanesi'nde karışık tatlı tabağını dondurma eşliğinde yerlerken birbirlerini tanımaya çalıştılar.

- Ben yuva kurmak istiyorum. Çalışıyorum, işim var.
- Ben de ciddi düşünüyorum.
- Kendi çabalarımla ev aldım, eğer teklifimi kabul edersen her şey senin istediğin gibi olacak.

Burcu, Çetin'in ciddi konuşmalarından etkilenmişti. Karşısında ne istediğini bilen bir erkek olduğunu fark ediyordu.

Burcu ilk görüşmeden sonra evlilik kararını almıştı, Çetin'e "evet" diyecekti. Pastanedeki görüşmelerinden bir hafta sonra, güzel bir sonbahar gününde, Burcu'nun tatlısı evlerinin arka bahçesinde yenildi. Burcu'ya nişanlısı mağazadan bir elbise almıştı. Konu komşu davet edilmişti, damat adayı da yabancı değildi. "Bizden mi?" diye sorana "Hee, İzmir'deki eniştesinin memleketinden, Kayseri'den köylüsü" denilmişti. Burcu'ya tatlı yapılmadan önce, kuyumcudan bir çift bilezik ve yüzük alınmıştı.

Tatlıdan yaklaşık dört ay sonra, Burcu'nun Adıyaman'da yapılacak nikâhı için Çetin ve ailesi Adıyaman'a gelmişlerdi. Burcu, altın olarak Hint seti istemişti. O dönemlerde, Adıyaman'da moda takı Hint setiydi.[15]

Nikâh yapıldıktan sonra Burcu ve nişanlısı eve döndüler. Burcu'nun babası ile kayınpederi parkta buluşup çay

---

15 Yörenin altın kültürü, diğer şehirlere kıyasla farklılık göstermektedir. Daha ağır, işlemesi bol takılara rağbet edilmektedir. Ayrıca bir genç kadının nişanlı olduğu, düğünlerde, davetlerde bütün altınlarını takması ile anlaşılmaktadır.

içtiler. Sohbet esnasında;

- Farklı yörelerdeniz. Siz bizim adetleri bilmiyorsunuz, biz de sizin adetlerinizi bilmiyoruz. Adetlerinize göre, gelin alındığında set takılmıyor mu?

- Biz seti aldık fakat getirmedik.

- Keşke getirmiş olsaydınız, şimdi gelin ve damat nikâh fotolarında altınsız çıkacak.

(Burcu, davetlere altınsız katılmaktan rahatsız olduğunu, kimsenin onun nişanlı bir kız olduğunu bile anlamadığını ifade etti. Yörenin geleneklerine göre altın, nişanlılık ve düğün gibi konularda bir statü sembolüdür. Burcu bu durumdan, aldıkları altının yetersiz olduğunu ve bu nedenle altını getirmediklerini anlıyordu.)

Nikâh sonrası, Çetin'in ailesi İzmir'e dönecekti ve onları havaalanına Burcu'nun abisi bırakacaktı. Ancak abisi evi arayarak işten izin alamadığını ve misafirleri havaalanına bırakamayacağını söylediğinde, Burcu hemen bir çözüm bulmaya çalıştı. Şehir merkezinden havaalanına giden servis için de geç kalmışlardı, çoktan hareket etmiş olmalıydı. Adıyaman'da taksicilik hiç gelişmediği ve bu tür olağanüstü durumlarda akrabadan, eş dosttan yardım istendiği için aile dostlarını aradı. Aile dostları beyefendi, babasının ahbabıydı. Evli ve iki çocuk babasıydı. Adam, Burcu'nun ricasını kabul etti ve Burcu'nun evinin önüne gelerek damadın babası ve annesini havaalanına yetiştirmeye çalıştı. Nitekim havaalanına zamanında yetiştiler. Arabada damat ve ailesi hop oturup hop kalkıyordu.

"Neden bu adam onları havaalanına bırakıyordu? Bu adam kimdi? Burcu ile ilişkisi neydi?"

Resmen Burcu'ya, adamla ilişkisi varmış gibi davranmışlardı. Burcu, hayal kırıklığının doruğundaydı. Nasıl böyle düşünebilirlerdi? Ahbapları jest yapıp götürmüştü ve bu fikri babasına danışıp uygulamıştı. Çetin ve ailesi akıllarını peynir ekmekle yemişlerdi herhalde, böyle bir saçma düşünceye nasıl olur da kapılabilirlerdi?

Çetin, otobüsle döneceği için Burcu'nun evine döndü. Burcu'nun babası arabada yaşananlardan haberdar olmuştu ve Çetin'i köşeye çekerek böyle bir şeyi akıllarına getirmenin bile çok ayıp olduğunu, teşekkür etmeleri gereken yerde iftiraya yol açmalarına çok bozulduklarını belirtmişti.

Konu konuyu açmış, mevzu set meselesine gelmişti. Burcu'nun babası, Çetin'e ailesinin bir set aldığını fakat seti nikâha getirmediklerini söylediğinde Çetin, ailesinin set altın aldığından haberdar olmadığını belirtmişti.

Daha sonra Çetin, Burcu'ya annesinin bir set aldığını fakat bundan haberi olmadığı belirtti. Eğer böyle bir şey yaptılarsa o seti sattırıp "Sana senin beğendiğin, kullanacağın seti aldıracağım" dedi ve Burcu'ya İzmir'de alınan set altının fotoğraflarını gösterdi. Burcu ise, kendi beğendiği set olmadığı için bu seti takmayacağını bastıra bastıra söyledi.

Çetin İzmir'e döndüğünde ise, "Elimizdeki altın bu, takıyorsan tak" diyerek altın seti konusunu kestirip attı. Burcu ise daha önce belirttiği gibi bu seti takmayacağını söyledi.

Nikâhtan kısa bir süre sonra Burcu, ev eşyası alışverişi için İzmir'e gitmişti. Düğüne iki ay gibi kısa bir süre kalmıştı. Burcu, İzmir'de ablasının evinde kalıyordu ve ablasının çocukları küçük olduğu için düğün alışverişine ablası katılamayacaktı. Burcu, sahipsiz hissettiği düğün alışverişini çok kötü anılarla hatırlıyor.

Burcu'nun ablası ile kayınvalidesi aynı apartmanda oturuyordu. Burcu ve nişanlısı apartman girişinde buluştular.

- Annen nerde?

- O, önden gitti. Sokağın başında bizi bekliyor. Burcu, yanımızda sadece iki bin lira var, ona göre harcayalım. Annem, dayımlardan para borçlandı.

Burcu, alınacak bunca şey için iki bin lira gibi bir limit konulmasına bir anlam verememişti. Hani her şey dört dörtlük, Burcu'nun gönlüne göre olacaktı? Annesi, komutan gibi önden önden gitmişti. Soğuk ve rüzgârlı bir Mart gününde, ayaklarına kara sular inene kadar yürüyerek ilçelerindeki çarşıya gitmişlerdi. Minibüse dahi binmekten imtina etmişlerdi.

İlk durakları mobilyacıydı. Mobilyacının sunduğu mobilyalardan sonra;

- Hanım kızımız, hangi mobilyaları beğendin?

- Ben ferah tonları seviyorum, şu ortadaki açık pudra pembesi rengindeki oturma grubu hoşuma gitti.

- O hemen kirlenir. Bak ben evde koyu kahverengi oturma grubu kullanıyorum. Bir de üstüne iki tane aynı tonda örtü serdin mi, kir mir belli olmaz.

- Ben koyu renkleri sevmiyorum, ev üstüme üstüme geliyor.

- Gelin tecrübesiz, bilmiyor tabii. Sen bize girişteki koyu kahverengi takımı en son kaça bırakırsın? Kredi kartına taksit istiyoruz bak ona göre. (Gülerek)

- Ben girişteki takımı beğenmedim ki...

Henüz düğün alışverişinin ilk anlarında kayınvalidesi ile çelişmişler ve en basiti, renk konusunda uyuşmazlık yaşamışlardı. Bu durum, Burcu'yu çok huzursuzlaştırmıştı.

Neden müdahale ediyordu? Bu dizilecek ev Burcu'nun olacaktı. Onun kendi evi vardı, kendi zevkine göre döşemişti. Bıraksaydı, Burcu de kendi evini kendi zevkine göre dizebilseydi...

Burcu'nun içinden şu sorular geçmeye başlamıştı: "Neden her şeye kayınvalidem karar veriyor? Acaba evlenirken içinde bir şeyler ukde mi kalmış?"

Daha sonra, gelinlikçiye gideceklerini söylediler ve bir gelinlik mağazasına girdiler. Vitrinde duran üç gelinlikten birini seçmesini istediler. Burcu'nun sadece üç seçeneği mevcuttu, birinden birini seçmeliydi. Burcu'nun tahminlerine ve kayınvalidesi ile mağaza sahibinin konuşmalarına göre kayınvalidesi ile mağaza sahibi önceden anlaşmıştı. Burcu, bu üç seçenekten kendisine en uygun olanını seçti fakat her geçen an hayal kırıklığı daha da büyüyordu. İzmir, Türkiye'de gelinliğin merkezi değil miydi? Yani en azından Adıyaman'daki kuaförlerden öyle duymuştu. Yengelerine gelinlik seçtiklerinde, mağaza sahipleri gelinlikleri İzmir'den aldıklarını söylemişlerdi.

Neden Kemeraltı'na gitmiyorlardı? Düğün alışverişi için a'dan z'ye her şeyin bulunabileceği bir yer değil miydi orası? Ablası, Burcu'yu İzmir'i ilk kez ziyaret ettiğinde önce Konak Meydanı'na götürmüştü. Sonra Tarihi Kemeraltı Çarşısı'na yürümüşlerdi, otantik mekânlarda Türk kahvesi içmişlerdi. Orda gördüğü gelinliklerin modelleri çok hoşuna gitmişti. Peki, neden şu anda bir ilçenin küçük bir sokağındaki köhne bir dükkânda, geçen sezonlardan kalma gelinliklere boyun eğmesi bekleniyordu? Bu sırada ağlamamak için kendisini zor tuttu.

Gelinliğin altına giymek için abiye gelinlik ayakkabısı baktılar ve Çetin, bu ayakkabı alışverişinden hiç memnun olmadığını beden diline yansıtıyordu.

- Senin beyaz ayakkabın yok mu? Bari düz beyaz al da sonra da giyersin...

Burcu, gelinliğine uyabilecek beyaz, tüllü ve çiçekli bir ayakkabı beğendi ve bu ayakkabı alındı. Acıkıp yemeğe gittiklerinde ise masada;

- Sen bu ayakkabıyı bize aldırdın, eğer düğün sonrası giymezsen bu topuğu kafanda kıracağım, deyince Burcu, yeni bir şok yaşadı. Onunla nasıl böyle konuşabiliyordu Çetin? Burcu, daha önce nişanlanıp ayrıldığı için her şeyi, bütün lafları yutuyordu.

- Akşam bize gelecek misin?

- Çok terledim, gelinlikleri dene çıkar dene çıkar. Eve gidip hemen duş almak istiyorum.

Burcu eve döndüğünde ablası heyecanla alışverişin nasıl geçtiğini sordu ancak Burcu hiç renk vermedi, ablası üzülmesin diye alışverişte yaşadığı olumsuzluklardan hiç söz etmedi. Duşa girdi. Tavandan süzülen su, Burcu'nun banyodaki sessiz çığlıklarına ve tuzlu gözyaşlarına karışıyordu. Kalbi titriyordu, acıyordu. Neden yine bıçak sırtı bir durumla karşı karşıyaydı? Büyüklerimizden bize miras kalan "Bir insanı tanımak için ya alışveriş etmeli ya yola gitmeli" atasözüne göre önce havaalanına giderlerken arabada olay çıkarmaları, kaos yaratmalarıyla bir miktar tanımıştı nikâhlandığı adamı ve aileyi. Bugünkü alışverişte ise, büsbütün tanımış oldu.

Alışveriş sırasında ödemeleri annesinin yapması tuhaf değil miydi? Neticede erkek olan Çetin'di, masada veya ortamda erkek varken kadın ödeme yapmazdı ki onun bildiği, gördüğü dünyada!

Geçen gün hamburger yemeye giderken bile annesinden 30 TL istemişti, maaşını alıp tamamen annesine vermesi ve arada annesinden harçlık alması da garip bir duruma benzemiyor muydu? Neden yetişkin bir insan olarak kendi ekonomisini yönetmiyordu?

Beynini yiyen onlarca soruya kendince cevap bulamazken, duştan çıktı ve giyindi. Eniştesinin bir akrabası vefat etmişti ve epeydir erteledikleri başsağlığı ziyaretine gideceklerdi. Gidecekleri ev de kayınvalidesinin evinin üst katıydı, uzak ya da yabancı biri değildi. O sitelerde yaşayanlar aynı köydendi çoğunlukla. Burcu, kayınvalidesini arayarak, "Biz başsağlığına gitmemiştik henüz, bu akşam gideceğiz. Sen de gelmek ister misin?" diye sormuştu ve kayınvalidesinden ret cevabı almıştı.

Ablası ile taziye evinde bir çay içip başsağlığı dilediler. Ardından da alt kata kayınvalidesinin evine geçtiler. Burcu'nun ablası her şeyden bihaber kız kardeşinin gelinliğini ve damatlarının damatlığını merak ediyordu. Kayınvalidesine geçtiklerinde ablası gelinlik ve damatlığa bakarken, Burcu, kayınvalidesine Çetin'in nerede olduğunu sordu ve odasında olduğu cevabını aldı. Çetin'in odasına geçti. Burcu, odaya girdiğinde:

- Çetin, geldiğimizi duymadın mı? Ablam gelinliği-damatlığı merak etti.

- (Kapıyı kilitleyerek) Sen benim annemi peşinden sürük-le-ye-mez-sin!

Bunları söyledikten sonra Burcu'yu bileklerinden tutup sıkıca kavrayarak duvara yapıştırdı. Çetin'in gözleri yuvalarından çıkacak kadar büyümüştü. Eliyle Burcu'nun ağzını kapattı, köşeye tamamen sıkıştığından emin olduktan sonra boğazını sıktı. Burcu, Çetin'in elinden kurtularak kapıyı açar açmaz, kendisini salonun kapısına attı.

Dışarı çıktığında salonun ve mutfağın kapısının kapalı olduğunu fark etti. Bağırışını, haykırışını salondaki ablası ve mutfaktaki kayınvalidesi duymamıştı. Hüngür hüngür ağlıyordu ve kıpkırmızı olmuştu. Ablası da ne olduğuna anlam verememişti.

- (Yüksek sesle) Gidiyoruz abla!

Ablasıyla evlerine dönerken halen titriyordu. Eve gittiklerinde gördüğü şiddeti eniştesi ile paylaştı ve eniştesi, bir kere şiddet uygulayan kişinin daha sonra da şiddet uygulayacağını, henüz babasının kapısında iken ona böyle davranıyorsa aynı çatı altına girdiklerinde daha da şiddet göstereceğini söyledi ve "bitir" dedi. Burcu, kim ne derse desin bitirmeye kararlıydı zaten.

Ablası ise, kız kardeşinin ikinci kez hüsrana uğramasına çok üzülüyordu. Çetin, Burcu'dan özür dilerse, pişman olduğunu söylerse ilişkisine devam etsin istiyordu. Kayınvalidesi, ablasının evine geldiğinde Burcu'ya sordu:

- Kayınpederin de dövmemiştir diyor. Biz bir şey duymadık.

- Dövdü tabii. Dövmekle kalmadı, öldürmeye teşebbüs etti resmen.

- Şimdi son sözün ne? Ne diyorsun?

- Bitti.

Bu fiziksel şiddetin yaşandığı gece boyunca Çetin arayıp özür dilemedi. Sabah aradığında Burcu kahvaltı yapıyordu.

- Sen suçlusun, biliyor musun? Nişanlısın, oraya buraya nasıl gidersin?

- Ben, o eve keyfi gitmedim, orası taziye evi ve başsağlığına ablamla gittim. Ayrıca tanıdık, bilindik yere gidiyorum. Sizin köylünüz ve akrabanız, benim değil!

- Sen sadece annemin gittiği yerlere gidebilirsin.

Burcu, Çetin'in boş laflarından sonra telefonu kapattı. O gün uçuşlar dolu olduğu için otobüsle gitmeye bile razıydı. Yuvasının hazırlıklarını yapacağına, kendini valizini hazırlarken buldu. Bir an önce bu kötü anılarla dolu şehirden ayrılmak istiyordu. İzmir'e geldiğine, Çetin'e "evet" dediğine pişman bir şekilde otobüse bindi. Yol bitmek bilmiyordu, nihayet evine geldi ve ailesine yaşadıklarını anlattı.

İlk nişanında ailesinin baskısı etkili olmuştu nişanlanma kararında. Bu defa kendi seçip beğenmişti fakat yine hüsranla sonuçlanmıştı. "Kendim ettim, kendim buldum" diye geçirdi içinden. Burnunun dikine gittiği için kendini suçlu hissediyordu.

Komşulardan duyduğu kadarıyla kayınvalidesi, Burcu İzmir'den ayrılır ayrılmaz gelinlikçiye gelinliği iade etmişti. Burcu'nun ise döndüğünde ilk işi boşanma davası açmak oldu. Yaklaşık bir yıllık çekişmeli dava ve ilki Adıyaman, ikincisi İzmir'de görülen iki mahkeme sonrasında nihayet boşanabildi.

Boşanma kararına öylesine sevinmişti ki! Ya Çetin ile gerçekten düğünleri olsaydı ve aynı evde karı koca olarak yaşamaya başlasalardı? Misal kayınvalidesi, ablası ile görüşmeyeceğini söylese, görüşemeyecekti. Ailesini ziyarete gitmek istediğinde yine kayınvalidesinden rıza alması gerekecekti. Zaten kayınvalidesi, laf arasında kahvaltıyı ve yemeği bile onların evinde yiyeceğini söylemişti. Misafir bile ağırlayamayacaktı. Ev, ev üstüne olur muydu? Kendi çekirdek ailesinin yaşadığı evin işleyişinin, nişanlısının evinden apayrı olması gerektiğine inanıyordu. Örneğin, bir ihtiyacı olsa harçlığını eşinden değil kayınvalidesinden talep etmesi gerekecekti. Zira eşi, maaşını tamamen annesine verdiği için paranın kaynağı annesiydi.

Burcu, ortak tanıdıklardan gelen habere göre eski nişanlısı Çetin'in yeniden evlenmeye çalıştığını, yeni gelin adayının da sundukları özgürlük kısıtlayıcı şartlar nedeniyle düğün günü düğünden kaçtığını öğrendi.

***

İsviçre'de bir kasaba/Londra, Mayıs 2020, Karantina

Pelin: Bütün bunlardan sonra, evliliğe yaklaşımın nasıl oldu?

Burcu: Çok dikkatli davranmam gerektiğini biliyordum, daha titizlikle gözlemliyordum insanları. Maalesef, yaşadığımız coğrafya o dönemde flört etmeye açık bir ortam değildi. İlk nişanlımı hiç istemedim, ikincisini bir pastane görüşmesiyle ne kadar tanımış olabilirim ki! Toplum sana bir zar atma şansı tanıyor ve senden düşeşi tutturmanı bekliyor bana göre. Artık, atacağım adımda hata yaparsam toplumun, önceki nişanlılıklarımdaki sorunları da bana mal edeceğini düşünüyordum. Bu da üstümde büyük baskı yaratıyordu.

Şu anki eşim de uzaktan bir akraba aracılığıyla görücü olarak geldi. Ailem, Erdal yurt dışında yaşadığı için tereddüt etti. Anneme kalsa, Adıyaman'a gelin giderdim. Abilerim, ablalarım yurt dışında yaşıyor, Türkiye'de yaşayanlar da büyük şehirlerde yaşıyor. Eşimin referanslarını araştırma kısmında bazı sıkıntılar yaşadık. Herkes ailesi hakkında farklı konuşuyor. Örneğin, eşimin kuzeninin birkaç kere evlenip boşandığını, eşlerine değer vermediklerini duyduk. Bazıları da iyi bir aile olduğunu söylüyorlardı, kısacası şeffaf bir bilgi alamadık. Tanıştığımızda ben

30 yaşındaydım, o ise 37 yaşındaydı. Onunla henüz ilk görüşmemizde bana söylediği şu olmuştu:

-Tertemiz bir sayfa açalım, sen de ben de geçmişte özel hayatımızda yaşadığımız konuları konuşmayacağız.

Çok sonradan, İsviçre'de Erdal'ın kendisinden yaşça büyük, yabancı, üç- dört çocuğu olan bir kadınla dost hayatı yaşadığını öğrendim. Erdal, yaşı ilerleyip çocuk sahibi olmak istediğinde ise bu kadınla ilişkileri bitmiş.

Erdal, ilk görüşmemizde açık davrandı. Evlilik fobisi olduğunu, ailesinin ondan yuva, torun beklemesi nedeniyle evliliğe yaklaştığını anlattı. Uyuşma konusunda endişeleri vardı. Ben de çok kaygılıydım. Birbirimizi tanımak için şans verdik. Artık neler soracağımı, onu nasıl değerlendireceğimi biliyordum ama yine de korkuyordum.

Pelin: Pekâlâ, Erdal ile nişan ve düğün süreçleri usulüne uygun oldu mu?

Burcu: Evet, hiçbir konuda baskı veya kısıtlama yaşamadım. Güzel bir nişan törenim oldu, tatlım da yenildi. Çalgılarla, halaylarla kutladık. Tatlı yenilmeden önce kuaföre gittik ve akabinde fotoğraf çektirdik. Birlikte güzel bir yemeğe çıktık ve nişan salonuna geçtik.

Pelin: Vize, oturum gibi konuları nasıl hallettin?

Burcu: Nişandan hemen iki ay sonra nikâhımızı yapmıştık. Erdal, İsviçre'ye dönünce aile birleşimimiz için İzmir'deki konsolosluğa istekte bulundu. Babamla birlikte İzmir'e, ablamlara gittik ve işlemlerimizi tamamladık. Bir ay sonra olumlu sonucu aldık. Vizem çıkmıştı, pasaportumu teslim aldım. Konsolosluğa Kurban Bayramı'ndan sonra gideceğimi bildirdim ve ailemle, sevdiklerimle güzel bir bayram geçirdikten sonra İsviçre'ye gideceğim için keyfim yerindeydi.

Pelin: Nişanlarında özellikle altın konusunda uyuşmazlıklar yaşanmıştı, düğününde altın ile ilgili benzer sorunlar ortaya çıktı mı?

Burcu: Erdal, yöremizin adetlerini iyi bildiği için ve kardeşleri de evlendiği için gereklilikleri biliyordu. İçi dolu bir set, üç çift bilezik almıştı kuyumcudan. Ben ise düğün sonrası, düğünde takılan çeyrek, yarım ve tamları birleştirerek iki çift bilezik daha aldım. Adıyaman'da bir bankada adıma kiralık kasa açtırarak altınlarımı kasada muhafaza etmeye başladım. Geleceğimizin teminatı olduğu için altınlarıma dokunmuyorum. İleride yatırım yapacak olursak seve seve vermeye hazırım.

Pelin: Kayınvaliden ile nasıl bir ilişkin var?

Burcu: Kayınvalidem çok yapıcı bir kadın. Özellikle vurgulamak istediğim nokta şu: Kızı olan ve kızını gelin eden anneler gelenek/görenekleri daha iyi biliyor. Empati yapabiliyor. Öte yandan, kızı olmayan kadınlar, kendisini gelinin yerine koyamıyor. Zannediyorlar ki gelin olan onlar. Kayınvalidenin tercihleri, gelinin önüne geçiyor.

Kayınvalidem de kızlarını evlendirdiği için kızları için nasıl her şeyi tastamam istediyse oğlu ve gelini için de aynı şeyleri istedi. Onun tek beklentisi iyi bir yuva kurmamız, ona torunlar vermemiz ve mutlu olmamız. Eşim sınırları baştan çok iyi bir şekilde çizdiği için kayınvalidemin herhangi bir müdahalesi ile karşılaşmadım. Haftada bir arar, halini hatırını sorarım.

Pelin: İsviçre'ye gittiğinde ilk izlenimin ne oldu?

Burcu: Burası cennet gibi desem abartmış olmam. Doğası, havası harika! Dağ köyleri ve kanyonları büyüleyici. Heidi'nin yaşadığı yerler gibi...

Pelin: Göçmenlik hakkında ne düşünüyorsun? En çok hangi durumlar seni zorladı?

Burcu: İkiz bebeklerin hamilelik ve doğum süreci çok zor geçti. Beni en çok doğumum zorladı. Normal doğum yapmam için iki gün öylece bekletildim. Bebeklerimin kalp atışları zayıfladı, beni çok riske attılar. Burada doğum, Türkiye'deki gibi değil. "Korkuyorum, beni sezaryene alın" diye bir talepte bulunamazsınız. Sürekli sıcak duşun altında kalarak doğumumun normal başlamasını bekledik ama nafile! Nihayet sezaryene aldılar ama bu iki gün süren bekleyişte enfeksiyon kapmışım. Benim dilim çok yetersizdi o zamanlar, eşime en geç bir hafta içinde dikişlerin alınması için hastaneye gelinmesi gerektiğini söylemişler. O da tam anlayamamış, sormaya çekinmiş. Dikişlerim çürümüştü hastaneye bir ay sonra gittiğimde, ölüyordum neredeyse! Refakatçim yoktu, yalnızlık çok zor. Göçmenliğin en zor yanı, yaşadığın yalnızlık ve çaresizlik. Benim stresten sütüm gelmedi, bebeklerim açlıktan nasıl ağlıyordu! Bebeklere süt verilen oda gece iki ile dört arası kapalıymış. Yalvarıyordum, ağlıyordum odama gelen hemşireye "Latte(süt)!" diye... Kapalı diyorlardı. Sonunda dayanamadım, sinir krizi geçirdim. Odada bulduğum ne varsa yere fırlattım ve gürültü yaparak tepkimi belli ettim. Ben tepki verince, bebekleri süt odasına götürdüler. Zavallı yavrularım açlıktan ölüyordu neredeyse. Dil bilmeyince kendini ifade etmek, tepki vermek imkansızlaşıyor. Bir şey sormak istiyorsun, soramıyorsun. Sana bir şeyler söyleniyor, eksik ya da yanlış anlıyorsun.

Bir de göçmenlik öylesine zor ki... Misal eşinle tartışıyorsun, gidecek bir kapın yok. Sana her yer yabancı oluyor. Allah korusun, ben evimi terk etmek istesem evi terk etmeyi bilmiyorum. Nereye nasıl gidilir? Bilet nereden nasıl alınır? Bilmiyorum.

Pelin: Anneliğe kendini hazır hissediyor muydun?

Burcu: Psikolojik olarak çok hazırdım, kendimi bildim bileli hep kız çocuğum olsun istiyordum. Allah'ıma şükürler olsun ki hem kızı hem de erkeği aynı anda nasip etti. Otuz yaşında evlendiğim için yaşıtlarıma göre çocuk konusunda biraz geç kalmış hissediyordum ama sonunda talih bana da güldü ve iki bebeğe birden sahip oldum; Berfin'ime ve Baran'ıma.

Pelin: Arkadaş çevren nasıl?

Burcu: Çoğunluğu yine Antep, Maraş ve Adıyaman çevresinden gelen, senin deyiminle "ithal gelinler". Hiçbirine tam anlamıyla güvenmiyorum, sırtımı yaslayabileceğim kimse yok. Dedikodu çok fazla var ve bu kadınlar eşimin arkadaşlarının hanımları. Kimseden gerçek ve içten bir dostluk görmedim henüz. Menfaat üzerine kurulu olan bu ilişkileri yüzeysel buluyorum. Bundan dolayı da bu tür ortamlardan uzak durmaya çalışıyorum. Bazı kadınların arkamdan konuştuklarını fark ettikten sonra onlarla arama mesafe koydum. Buradaki kadınlar çok tehlikeli, maazallah eşimle yuvamı bile yıkabilecek türdeler. Buradaki felsefem: "Duvara anlat, duvar sırdaşın olsun." Hepimizin dertleri oluyor, anlattığım bir şeyin daha sonra bana karşı koz olarak kullanılmasına dayanamam.

Pelin: Dile hakimiyetin ne düzeyde peki? Örneğin, komşularınla rahatlıkla sohbet edebiliyor musun?

Burcu: İsviçre çok farklı bir ülke, her kantonunda ayrı bir dil konuşuluyor: Almanca, Fransızca ve İtalyanca. Ben Ticino kantonunda olduğum için dilim İtalyanca. Dili kendi kendime kavradım, herhangi bir kursa gitmedim. Sadece soru sorabiliyorum, sohbet edebilecek ölçüde öğrenme şansım olmadı maalesef. Komşularım tamamen İsviçreli, paylaşımım yok. Sadece karşılaştığımızda birbirimize "günaydın, iyi günler" diyoruz. Ötesi yok, ötesini konuşacak kadar dil de bilmiyorum.

Pelin: Türkiye ile ilgili en çok nelere özlem duyuyorsun?

Burcu: Ailemi çok özlüyorum, aile yapılarımızı biliyorsun az çok. Abimler, ablamlar her birimiz Avrupa'nın bir yerine saçılmış durumdayız. Kuzenler, ana-babalarımızın kuzenlerinin çocukları. Sadece yazın bir araya gelebiliyoruz. Derin ve samimi dostlukları özlüyorum. Yakınımızda Türk bakkalı yok, eşim ihtiyaçlarımızı arabayla kilometrelerce gidip alıyor. Türk kahvesini ve çekirdeği çok özlüyorum.

Pelin: İsviçre'de hiç çalışma hayatın oldu mu?

Burcu: Olmadı. İkizlerin bakımı çok zor, çevremde yardım edebilecek kimim kimsem yok. Adıyaman'da yaşarken telefon bayisinde satış danışmanı olarak çalışıyordum. Çalışmak; benim için stres atmak, ayaklarının üstünde durmak ve çevre yapmak demek. Çalışma hayatımı özlüyorum fakat bu koşullarda çok zor. Sanırım çalışma hayatına girmek istersem, eşim sahibi olduğu döner dükkânına yardım etmemi tercih eder.

Pelin: Burcu, sen 30 yaşında evlenmiştin. Bugün 30 yaşında, genç bir kadın senden evlilik hakkında tavsiye almak istese ona neler söylemek isterdin?

Burcu: Bir kadın, evlenmeden önce kendisine şu soruyu sormalı: Niçin evleniyorum? Çocuk için mi? Güzel bir yuvaya sahip olup hayatı paylaşmak için mi? Mutluluk için mi? Yaşım geldiği için mi? Gösteriş yapmak için mi?

Sevmek ve güvenmek çok önemli iki konu. Bugün, özellikle sosyal medya çağında olduğumuz için kılık kıyafetini, evini, yaşamını göstermek için insanların şov amaçlı evlendiğini görebiliyoruz. İhtişamlı düğünlerle evlenip, düğünde beş gelinlik değiştirip, beş ay sonra ben istediğimi bulamadım diyerek yüklü tazminatlarla boşanabiliyorlar.

Eş adayı ile yaşam biçimlerinin benzer olup olmadığına bakmaları lazım. Örneğin ilk nişanlımda alışveriş yaptığımız yerler, yaşam şeklimiz, köy ve şehir arası kültür farkları bile bu evliliğin olmaması gerektiğini gösteriyordu. Kızlarımız da kültürel uyuma bakıp, değerlendirip buna göre karar verirlerse daha mantıklı adım atmış olurlar.

Eş adayının annesi ile ilişkisi çok ama çok önemli. Ana kuzusu bir erkekle hayat çekilmez hale gelebilir çünkü evlilikte sadece gelin ve damat olmaz, üçüncü kişi olarak kayınvalide de bu evliliğe katılır. Aşırı kıskanç, kısıtlamalar koyup kızları baskı altına almaya çalışan erkeklerden kesinlikle uzak durmalılar. Erkekler evlilik öncesi birçok vaatte bulunuyor, lafa değil de yapılanlara baksın kızlar.

Bir tokat yedim deyip şiddeti küçümsememeliler. Yurt dışına gelin gidenler, sadece maddiyata bakıyor, hayal kırıklığına uğruyor. Çok para harcıyorlar, bu sadece tatile özgü. Gündelik hayatta ise paraya boğulmuyorlar.

Pelin: Eşin ile ortak konulara nasıl karar veriyorsunuz?

Burcu: İçerden, yani evden ben sorumluyum. Örneğin eve yeni bir şey alınacaksa benim görüşüme ve isteklerime göre alınır. Evimin kirasını, fatura tutarlarını, kısaca giderlerini bilmiyorum. Dışarıdan ise eşim sorumlu. İş ile ilgili konuları bana danışmaz, benim de fikrimi alsın isterdim açıkçası. Gelirini bilmiyorum, ailesine zaman zaman para gönderdiğini biliyorum.

***

Burcu'nun hikâyesinde dikkatimi çeken şu; Burcu aslında iç sesini dinlediği ilk nişanında ve olayların akışına baktığı ikinci nişanında mantıklı kararlar verebilmiş. Her ne kadar sosyal baskılara maruz kalmış olsa da cesur ve ayakları yere sağlam basan bir kadın olduğu için şiddet ortamından anında sıyrılmayı başarabilmiş. "Toplum, bir gün dedikodu yapar, ikinci gün dedikodu yapar fakat sen ömür boyunca yaşadığın acıyla kalırsın" demişti. "O nedenle kötü temele dayalı bir evliliği devam ettirmeye gerek yok" diye eklemişti.

Ben de bu noktada genç kızlarımıza ve kadınlara, kötü muamelenin olduğu ilişkilere devam etmemeleri gerektiğini hatırlatıyorum. Sizin mutluluğunuz toplumun, sosyal çevrenizin üç-beş günlük soru yağmurundan, eleştirel bakışından çok daha kıymetli.

IV.
LORİN

1. Aynur Doğan- Dar Hejiroke
2. Zara- Ah Şu Eller

Hikâyemizin bir diğer kahramanı Lorin.

Lorin, Yağmur ve İpek gibi Kara Dantel Sokağı kızı. İpek'in gözünü açtı açalı son durağı... Bayram sabahları İpek ve Lorin, bir gece önceden avuçlarına sürdükleri kınaları kurur kurumaz ellerini yıkar, kınalarının ne güzel tuttuğunu, nasıl koyu olduğunu birbirlerine gösterirlerdi. Birlikte şeker toplamaya çıkar, topladıkları şekerleri bölüşürlerdi. Genç kız olduklarında da kurban etini, aşureleri, hedikleri de hep birlikte dağıttılar konu komşuya.

Dantel örmeyi solak olduğu için beceremeyen İpek'e motifleri öğreten, onun her moral bozukluğunu metrelerce öteden hissedip, balkondan iyi geceler selamı çakan sırdaşı Lorin...

Dar ve kıvrımlı yolları olan mahallelerinde, evlerin sol yanında muhakkak bir incir ağacı bulunurdu. Kültürlerinde, bereketin ve doğurganlığın sembolü çünkü... Genç kızlar incir ağacının gölgesinde toplaşır, şen kahkahalar atar, dertleşirdi. İşte, tam da Şener Şen ve Meltem Cumbul'un birlikte oynadığı *Gönül Yarası* filminin müziği olan ve Aynur Doğan'ın seslendirdiği "Dar Hejiroke" türküsünü üniversite yıllarında, Ankara'da her dinlediğinde İpek'in aklına incir ağacı altındaki bu sohbetleri geliyordu.

"Dar Hejiroke" incir ağacı demek.
Güllerin içindesin.

İncir ağacısın,
Gam götürensin.
Gelin, damadın yüreğidir.

İpek ile ayrı ülkelerde yaşasalar da çocukluk arkadaşı olmanın verdiği birbirini koruma içgüdüsüyle hep görüşmeye çalışıyorlardı. Bu durum, karantinada daha da arttı. İpek, karantina sürecini yeni taşındığı ülkede tek başına geçirdiği için Lorin'in aklı ondaydı.

İpek'e "İthal Gelinler" kitabı ile ilgili fikrimi açtığımda bana, Lorin'in dünyasına girmenin zor olduğunu söylemişti. Yine de Lorin ile tanışmak için sabırsızlanıyordum. Çok hassas, bir yandan da kuralları olan bir kadındı telefonun öte ucundaki...

Lorin'in hikâyesini, onun bize aktarmak istediği kadar anlatacağım. Hazır mıyız?

2004, Adıyaman

Lorin'in köyde yaşayan babaannesinin ölümünün acısına dayanamayan amcası, kalp krizi geçirip vefat edince ailece yıkılmışlardı. Üç gündür cenaze evine matem hakimdi, köy evlerinin bacası tütmüyordu. Duydukları acı, katran acısıydı...

Lorin'in ablası Fatma, Lorin'e göz işareti yaparak onu dışarı çağırdı:

- İşten kısa süreliğine izin aldım Lorin. Mehmet Abi aradı, işler aksıyormuş. Tek kalmayayım diyorum. Senle birlikte dönelim mi şehre? Babamla konuşurum.

- Olur, abla. Anneme de söyleyelim, hafta sonu yine geliriz köye.

Lorin ve ablası, cenaze evinden ayrılıp köy otobüsüne

bindiler. Fatma, bir sürücü kursu merkezinde sekreterlik yapıyordu. Lorin, iki yıl önce liseden mezun olmuştu ve o yaz sürücü kursuna yazılmak istiyordu. Şehre geldikten bir süre sonra ablasının çalıştığı sürücü kursu merkezine yazıldı.

***

Diyar

Diyar, henüz küçük yaşta gurbete göçen ailesinin en büyük çocuğuydu. Kara gözlerinden kararlılığı okunan bir delikanlıydı. Belçika'daki lise eğitiminden sonra, babasının yanında çalışmaya başlamıştı. Diyar, Kürt–Alevi etnik yapısına sahip olduğu için Adıyaman ilinden, yine aynı etnik ve kültürel yapıya sahip bir kızla evlenmek niyetindeydi. Amcası Mehmet'in evlilik yapacağı kişiyle ilgili fikirleri onun için çok önemliydi.

***

- Amca, kısmetse yola çıkıyoruz bugün. Bir isteğiniz var mı?

- Çok sağ ol oğlum, dikkatli sür. Sağ salim gelin, başka bir şey istemem.

- (Hafiften gülerek) Amca, bu sefer geldiğimde tanıdığımız, düzgün biri varsa tanışmak da isterim. Memleketten biriyle evlilik düşünüyorum, bizim kültürden olması çok önemli.

- Sen merak etme oğlum, kafamda zaten biri var.

- Tamam amca. Merak ettim şimdi.

- Sizi tanıştırmaya çalışacağım. Görüşürüz.

Sürücü kursu merkezinin sahibi Mehmet, Lorin'i kursa gelip giderken gözlemlemişti. Hal ve hareketlerini ölçülü

117

buluyordu. Dal gibi inceydi. Narin bir kıza benziyordu. Yeğeni Diyar için çok münasip bir kısmet olabilirdi. Mehmet, Fatma'ya Lorin'in evlilik konusundaki fikrini sordu. Bir vesileyle onu yeğeni Diyar ile tanıştırmak istediğini söyledi.

- Ne diyorsun Fatma? Diyar ile Lorin'i tanıştıralım mı?

- Abi şimdi bu evlilik işleri, kısmet işi. Beni bu işe bulaştırmadan çözsen daha iyi olur. Sen bizim Lorin'in narin adına, tipine bakma. Sert kızdır. Bugüne kadar konuştuğu kimse olmadı. Evliliğe uzak bence.

- (Gülerek) Tamam, sen sadece onun kursa ne zaman geleceğini önceden haber et bana. Ben tesadüfi bir karşılaşmaymış gibi ayarlarım.

İlerleyen günlerde Fatma, Lorin'i arayarak kurs için bazı belgelerinin eksik olduğunu ve bunları hemen kursa getirmesini söyledi. Lorin, kursa gittiğinde Diyar da kurstaydı. Mehmet, Diyar ile Lorin'i tanıştırdı. Tokalaşıp birbirlerine "merhaba" dediler. Diyar, göz ucuyla Lorin'i süzdü. Onu güzel bulmuştu ilk dakikadan. Uzun ve güzel bacakları dikkatini çekmişti.

Lorin, çocukluğundan beri vejetaryen, kebabıyla çiğ köftesiyle ünlü kadim şehirde ete en mesafeli insan! Gram yağı yoktu vücudunda o yıllarda.

Daha sonraki günlerde Lorin, kursa her gittiğinde ne tesadüftü ki Diyar da oradaydı. Ablası Fatma da olaya dahil oldu ucundan kıyısından.

- Lorin, Diyar'la aşağıdaki süpermarketten bana şampuan almaya gidebilir misiniz?

- Abla, şampuan ne alaka! Evde şampuan var ki...Hem çıkışta seninle alırız.

- Lorin, gidin alın işte Diyar ile.

- Tamam abla gideriz.

Lorin halen kafasında ablasının şampuan isteğini oturtamamıştı. Kurs, on katlı binanın en üst katındaydı. Diyar ile on katı asansörle inecek süre kadar yalnız kaldılar ve havadan sudan konuşmaya başladılar.

Lorin, kursa başlayalı bir ay olmuştu. Mehmet, Lorin'i ofisine çağırdı ve birer çay söyledi.

- Lorin, şimdi seninle ciddi ciddi konuşmak istiyorum. Aslında bu konuyu önce ablanla görüştüm ama o devreye girmek istemediği için seninle bizzat ben konuşmak istedim. Diyar'ı biliyorsun, evlilik yapmak istiyor. Ama Belçika'dan biriyle değil kendi kültürümüze yakın birisiyle evlenmek istiyor. Biz sizin köyünüzü tanıyor, biliyoruz. Bizlerin çizgisi belli kızım. Aynı kültürden olmak çok önemli. Ne yalan söyleyeyim, seni görür görmez Diyar'a düşündüm. Kızım, gerçekten kafanda evlilik fikri varsa bir araya gelip konuşur musun?

- Söyledikleriniz beni çok şaşırttı, Mehmet Abi. Buna hemen cevap veremem. Ben eve gidip biraz düşünmek istiyorum. Kararımı size bildiririm.

- Tamam. Sen düşün taşın, kararını haber et.

Lorin, bir süre düşündükten sonra Diyar'a bir şans verebileceğine karar verdi. Ağırbaşlı bir delikanlıya benziyordu. Kendi yaşadığı coğrafyada ve etnik grubunda dünyaya gelen her insan gibi evlilik konusunda sınırların baştan çizilmiş olduğunu biliyordu Lorin. Diyar ile görüşebileceğini ablasına söyledi ve ablası da Mehmet'e bilgi verdi.

Önce bir kafeteryada buluştular. Diyar, Lorin'i göreceğini düşündükçe bu heyecana dayanamıyordu. Beklerken kalbi pır pır atıyordu. Lorin, Diyar'a Belçika'da ne iş yaptığını, orada hayatın nasıl olduğunu sordu. Diyar ise, Lorin'e eğitimi ve ailesi hakkında sorular sordu. Bu görüşmede Diyar ve Lorin birbirine ısınmaya başlamıştı.

Diyar, ailesi ile Mersin'de yaz tatiline çıktı ve Lorin ile telefonda görüşmeye başladılar. Uzun uzun konuştular iki yıl boyunca. Yeni yıl ve yaz tatillerinde Diyar, Belçika'dan Adıyaman'a geliyordu ve bu zamanlarda Lorin ile görüşüyordu. Ona güzel bir kolye hediye etmişti. Taktıkça Diyar'ı hatırlasın diye...

***

Belçika'da bir kasaba/Londra, Mayıs 2020, Karantina

Pelin: Lorin, o dönemlerde internet çok gelişmemişti. Diyar ile evlilik öncesi neler konuşuyordunuz?

Lorin: Biz her şeyi konuşuyorduk ve birbirimize aklımıza takılan her şeyi soruyorduk.

Pelin: Mesela? Çocuk konusu?

Lorin: Hayatımızı ilgilendiren ve önemli olan bütün şeyleri. Elbette, çocuk konusunu konuştuk. Diyar, eğer bir sorun olmazsa iki çocuk sahibi olmak istediğini, olursa üçüncüye de açık olduğunu söyledi. Ben ise iki çocuktan fazlasını yapamayacağımı ona söyledim. Allah'a çok şükür ki gönlümüze göre verdi. Bir oğlumuz ve bir kızımız var.

Pelin: Diyar, başka bir ülkede yaşıyordu. Sen merak ediyor muydun Diyar'ın yaşadığı diyarları?

Lorin: Bana çok anlattı oraları. Fransa-Belçika sınırına yakın bir kasabada yaşadıklarını, evlerin çoğunluğunun ahşap olduğunu, Belçika'nın epey bir süre Almanya'nın sömürgesi olduğunu bir bir öğrendim. Avrupa'yı tarih kitaplarından değil de Diyar'dan öğrendim sayılır. (Gülerek)

***

120

2006, Temmuz, Adıyaman

Lorin ile Diyar, aralarında evliliği oluşturan temel taşların oturduğuna kanaat getirdikten sonra evlenmeye karar verdi. Önce, Diyar'ın ailesi Lorin'in ailesi ile tanışmaya gitti. Tanışma töreninden bir hafta sonra da yüzükleri ve tatlılarıyla yine Lorin'in evine gittiler. Lorin'in tatlısı yenildi. Nişanın bir hafta sonra yapılacağı da bütün tanıdıklara söylendi.

İpek'in gözünden Lorin'in nişanını dinleyelim.

Lorin'in nişan günü hepimiz çok heyecanlıydık. Nişan, görkemli bir düğün salonunun açık kısmında olacaktı. Bense, kahvaltıdan hemen sonra nişanda ne giyeceğimi denemeye başlamıştım bile. Yalnız beni kötü bir sürpriz bekliyordu. Üniversite üçüncü sınıfımın son dönemini Erasmus ile Almanya'da okumuş ve Haziran'da Türkiye'ye dönmüştüm. Son altı ayda düzensiz beslenme nedeniyle kilo almıştım. Bir ayda birkaç kilo verdiysem de denediklerimin hepsi bana dar gelmişti. Onu giymeye çalışıyorum olmuyor. Öbürünü deniyorum, yakışmıyor. Aman Allahım! Herkes hazırlandı, bir ben kalmıştım. Şimdi ben Lorin'in nişanına hangi elbisemle gidecektim? Odama kapandım. Hüngür hüngür ağlıyordum, kendime yeni kıyafet almak için çarşıya gidebileceğim kıyafetlere bile sığmıyordum. Sevgili annem hemen çözüm bulmuş ve bir koşu Eskisaray'a gidip bana şık bir pantolon ve üstüne güzel bir gömlek almıştı. Kıyafet sorunum hallolmuştu. Lorin, muhteşem görünüyordu. Gür, güzel saçları dalga dalgaydı, kayısı rengi nişan tuvaleti ona çok yakışmıştı. Diyar biraz heyecanlıydı bence.

***

Nişan

Lorin ve Diyar'ın bütün ahalinin katıldığı harika bir nişanları oldu. Adeta düğün tadında geçti. Lorin, bizleri bir baş hareketiyle gelin damat köşesine çağırdı. Upuzun nişan kurdelesinden küçük küçük parçalar kesmişti.

- Bunu yutacaksın İpek?

- (Şaşkınlıkla)Ben bunu yutamam Lorin, boğulurum. Hem neden yutuyorum?

- Senin de kısmetin hemen açılsın diye.

- (Diğer kızlar kurdele parçasını yutup üstüne lıkır lıkır kola içerken) Yutmam, mümkün değil.

- (Gülerek) Bari cüzdanına koy.

- O olur.

Meğer yöremizde adettenmiş. Nişanlanan genç kız, nişan kurdelesinden kestiği küçük parçaları genç ve bekâr kız arkadaşlarına yuttururmuş. O gün İpek, Lorin'in kurdele parçasını yutmamıştı ama gerçek hayatta hapı nasıl yuttu, onu da sonra anlatacağım sevgili okuyucu.

***

Nişandan birkaç ay sonra Diyar, yine Türkiye'ye geldi. Türkiye'de resmi nikâh işlemlerini tamamladılar ve artık evliydiler. Diyar, Belçika'ya döndükten sonra orada yapılması gereken resmi işlemleri tamamladı ve gerekli belgeleri Lorin'e gönderdi. Lorin, internetten evlilik vizesine başvurdu ve Mehmet Abi ile Ankara'ya giderek başvurusunu tamamladı. Üç ay sonunda vizesi olumlu sonuçlandı. Kırk gün içerisinde Lorin'in Belçika'ya gitmesi gerekiyordu.

***

Belçika'da bir kasaba/Londra, Mayıs 2020, Karantina

Pelin: Nişanın gerçekten çok güzel olduğundan bahsettin. Kına törenin de gönlüne göre oldu mu?

Lorin: Kınanın nerede olacağı konusunda Diyar'ın ailesinde farklı görüşler vardı. Ben de bu nedenle evde olmasını tercih ettim. Aile arasında, evde yaptık. Müzikle dans ettiler davetliler. 2007 Ekim'e dönüp baktığımda, şimdiki aklım olsa daha gösterişli ve şatafatlı bir kına organizasyonum olsun isterdim. Kınadan hemen sonra gelinliği ve damatlığı satın aldık çünkü Diyar'ın ailesi yıllardır Belçika'da yaşadığı için düğünümüz Belçika'da olacaktı. Adıyaman'da gelinlik ve damatlıklarımızla hazırlanıp fotoğraf çekimine katıldık.

Pelin: Peki çeyizlerin[16] ne oldu? Götürebildin mi Belçika'ya?

Lorin: Diyar'ın Türkiye'ye geliş gidişlerinde çeyizlerin bir bölümünü gönderdim, kalanları ise akrabalarının arabasıyla parça parça gönderdim. Tabak çanağı ise Belçika'dan almayı tercih ettim.

Pelin: Senin için çok büyük bir değişimdi bu. Belçika uçağına binmeden önce ne tür korkuların veya endişelerin vardı?

Lorin: Ben daha önce Adıyaman dışında bir şehirde yaşamadım. Bu mahallede doğdum, büyüdüm. Diyar, ya-

---

16 Kültürel olarak, mahallenin kızlarının yaz tatilleri dantel işlemekle geçerdi. Çıraklık dönemleri havlu kenarı, kalfalık dönemleri yatak çarşafı altı, ustalık dönemleri ise fiskos masası işlemekle geçerdi. Maalesef kapalı bir toplumda yaşadıkları için satranç oynamak, spor veya sanat aktivitelerine katılmak gibi imkânları yoktu.

şayacağımız bölgede dilin Fransızca olduğunu söylemişti. Bir kere dil bir soru işaretiydi. Öğrenebilecek miydim? İkinci konu adaptasyon meselesi. Yeni ülkeye, yeni ortama alışabilecek miydim? Eşimle aynı çatı altında anlaşabilecek miydim? Aileme özlem duyacaktım, kaçınılmazdı bu. Bu özleme dayanabilecek miydim? Eğer sorun yaşarsam, adapte olamazsam, durumlar beklediğim gibi gitmezse her şeyi bırakıp Türkiye'ye dönebilecek miydim?

Pelin: Düğünün nasıldı?

Lorin: Yaşadığımız kasaba ve çevresinde davetlilerin sığabileceği büyüklükte bir düğün salonu bulmak çok zor oldu. Buradaki salonlar çok küçüktü o zamanlar. Yeni yeni büyük salonlar açılıyor. Ayrıca, aylar önce rezervasyon yaptırmak gerekiyor. Belçika'ya vardıktan üç ay sonra yer bulup düğünümüzü yapabildik. Tüm bunların dışında güzel bir düğün oldu.

Pelin: Peki Belçika'ya gider gitmez neler hissettin? Neler sana farklı geldi?

Lorin: Adı Avrupa olduğu için evlerin daha lüks olmasını bekliyordum fakat varınca büyük bir şok yaşadım. Evler küçük ve çoğunlukla binalar tarihi, evlerin mutfakları minnacıktı. Kaldırımlar ve yollar çok eskiydi. Bölgemizde bu yıllarda kaldırım ve yol düzenleme çalışmaları yeni yeni başlamıştı. Öte yandan, kiliseleri gezerken büyülendim. Ah o ihtişam! Kiliselerdeki işlemeler, figürler ve vitraylar çok hoşuma gitti. Oradaki emek karşısında dilim tutuldu.

Pelin: Yaşadığın bölgeyi bize biraz anlatır mısın?

Lorin: Maraş ve Çorum'da yaşanan Alevi katliamlarından kaçan 500-600 aile, 20 Adıyamanlı ailenin yanı sıra Konyalı, Urfalı ve Kayserili aileler var. Ayrıca Çeçen,

Bulgar, Faslı, Roman ve Almanlardan oluşan bir topluluk burada yaşıyor.

Buraya Türkiye'den gelenler çoğunlukla çalışmıyor, devletin sağladığı sosyal yardımlarla geçiniyor. Bir işte çalışmaları ve çalışmamaları arasında maddi fark çok olmadığı için çalışmamayı tercih ediyorlar. Burada doğup büyüyen ve buranın sistemini bilen çocukları iş yeri açıyor veya okuyorlar.

Pelin: Dile hakimiyetin nasıl? Günlük hayatta rahatça iletişim kurabiliyor musun?

Lorin: Dil kursuna evlendikten bir yıl sonra başlayabildim. Dil kursunda değişik milletlerden insanlar vardı. Üç ay kursa gittim fakat öğretmenimin anlattığı çoğu şeyi anlamıyordum. Kursa devam ederken ilk çocuğuma hamile kaldığımı fark ettim. Şu anda çok şükür kendimi rahat ifade edebiliyorum.

Pelin: Göçmenlikle ilgili ne düşünüyorsun? Neler yaşadın?

Lorin: Özellikle ilk dönemlerde bir ortama girdiğimde kendimi hep farklı hissediyordum: kör, sağır, dilsiz... On üç yıldır burada yaşıyorum ve kendimi halen arafta hissediyorum. Türkiye'ye gidiyorum ve ben buraya ait değilim diyorum. Sonra Belçika'ya dönüyorum ve görüyorum ki ben Belçika'ya da ait değilmişim. Kısacası, sarkaç gibi bir o tarafa bir bu tarafa sallanıp duruyoruz.

Göçmen olmak çok zor. Buraya geldiğimde havası, suyu hatta güneşi bile bana farklı geldi. Bana adımın anlamını soruyorlardı. Lorin, "aydınlık" demek diyordum fakat bir yandan da gündüz bile karanlık, puslu ve gri gökyüzüne bakıyordum. İlk yıllarda yaz mevsimini yaşamadım, ya da bana öyle geliyor. Son birkaç yıldır küresel ısınma nedeniyle dört mevsimi yaşıyoruz.

En basit şey olan kuaföre gitmek bile zordu. Burası bir kasaba olduğu için iyi bir kuaför bulmakta çok zorlandım. Kaş, saç kesimi, ağda ve saç boyası gibi işlemlerimi Türkiye'den gelen bir kadının evine giderek yaptırırdım. Türkiye'den gelenlerin işlettiği ilk kuaför salonu geçen sene açıldı. Tabii Belçikalı kuaförler de var ama Belçikalı kuaförlerin verdiği hizmet, bizim Türkiye'de aldığımız kaliteli hizmetin yanından bile geçemez.

Pelin: Şu anki arkadaş ortamın nasıl?

Lorin: Buradaki arkadaşlarım Türk ve Kürt kökenli. Buranın yerli halkı yaşlı olduğu için onlarla aramızda kuşak farkı var ve yabancı arkadaşım yok bu nedenle. Eşimin arkadaşları ile sık sık görüşüyoruz, çocuklarımız da onların çocukları ile arkadaşlık yapıyor. Bayramları, doğum günlerini, düğünleri birlikte kutluyoruz. Piknikler yapıyoruz, ev oturmalarına gidiyoruz. Ama hiçbiri Kara Dantel Sokağı'ndaki dostluğun yerini tutmuyor. Çocuklarımın, benim yaşadığım saf ve temiz ortama ve arkadaşlıklara sahip olamadığını gördükçe üzülüyorum. Ara ara çocukluğumda oynadığım oyunları, arkadaşlarımla olan anılarımı özlemle anlatıyorum.

Buraya geldiğimde geride bıraktığım arkadaşlarımı çok özledim, halen de çok özlüyorum. Bak, on üç yıldır yüz yüze görüşemediğim arkadaşlarım var. Kayınvalidem anlayışlı ve yapıcı bir kadın, keza görümcelerim... Onlar bana arkadaşlık ettiler, beni yalnız bırakmamaya çalıştılar ama dediğim gibi kendi dostluklarını özlüyorsun.

(İpek, üniversiteyi Ankara'da okurken, bayram ve sömestr tatillerinden hemen önce, Lorin, İpek'in annesine pencereden seslenerek İpek'in ne zaman geleceğini öğrenir-

miş. İpek'in evde uyuduğu ilk gecenin sabahında hemen onu ziyarete gidermiş herkesten önce. Lorin ve İpek'e göre, insan, çocukluk arkadaşını çok özlüyormuş.)

Pelin: Belçika ile ilgili olumlu bulduğun şeyler varsa benimle paylaşabilir misin?

Lorin: Türkiye'ye kıyasla ekonomik sıkıntı yok, daha önce de dediğim gibi devlet yardımı ile bile hayatını idame edebiliyorsun. Kadın-erkek eşitliği konusunda buranın daha ileride olduğunu görüyorum. Yaşlı kadınlar bile çok mücadeleci. Evde tek başına yaşamalarına rağmen evlerinde kedi köpeklerine bakıyorlar. Market alışverişine veya kuaföre kendi başlarına gidebiliyorlar. Burayı düzenli buluyorum. Devletin vadettiği şeyler yüksek ihtimalle hayata geçiyor. Bu nedenle, hayal kırıklığı yaşamıyorsun. İki evladım var ve özellikle hemşirelerin yaklaşımını çok güzel buluyorum. Çocuklarımın sağlık takibi nedeniyle en çok muhatap olduğum kişiler hemşireler ve onların tutumu gerçekten çok önemli.

Pelin: Belçika'da yaşadığın dönemde hiç çalıştın mı? Devlet yardımı alıyor musun? Çocuk parası vesaire?

Lorin: Hayır, hiç çalışmadım. Çocuklarıma baktım. Normalde tam zamanlı ya da yarı zamanlı çalışma koşullarına ve çocuklarının yaşına göre devlet, çocuk parası adı altında annelerin hesabına para yatırıyor.

Pelin: Eşin evliliğiniz boyunca hangi işlerle meşguldü?

Lorin: Eşimin önce döner dükkânı vardı, sonra dükkânı sattı ve Türk bakkalı/manavı açtı. Son dönemde ise petrol istasyonu satın aldı. Açıkçası, en çok bakkal işini seviyordum çünkü saatleri belliydi. Petrol işinde, istasyonda uzun saatler durması gerekiyor.

Pelin: "Kendimizi ne oralı ne buralı hissediyoruz" demiştin, pekâlâ yatırımlarınızı nereye yapıyorsunuz?

Lorin: O konuda da ne oralı ne buralıyız. (Gülerek) Hem Türkiye'ye hem de Belçika'ya yapıyoruz.

Pelin: Şimdiki aklın olsa yine Diyar ile evlenip yurt dışına taşınır mıydın?

Lorin: Sanırım yapmazdım. Yani şöyle, evliliğimde mutluyum fakat daha fazla ölçüp biçerdim. Daha kararlı ve net olurdum. Çocuk aklımla evlendiğimi düşünüyorum şimdi geçmişe dönüp baktığımda. Gurbet gerçekten çok zor. Zara'nın türküsüne denk geldim geçen gün, "Ah şu eller, eller eller, gurbet eller yetti gayri" diye devam ediyor türkünün sözleri. Gözyaşlarımı tutamadım, hangi türkü yakmıyor ki içimi?

Misal, sevdiklerinin en güzel günlerini kaçırıyorsun, düğünler, mezuniyetler, bayramlar... Ailemden ciddi sağlık sorunları olanlar oldu. Kazalar, ameliyatlar... Kalbin sevdiklerinin yanında ama fiziksel olarak yanında olamamak çok acı verici.

Pelin: Sen 23 yaşında evlenmiştin. Bugün 23 yaşında evlilik kararı alacak olan genç bir kadına öğüdün ne olurdu?

Lorin: 27-28 yaşına kadar beklemesini ve kendini bulmasını söylerdim. Yaş ilerledikçe daha gerçekçi oluyorsun çünkü. Yalansız ve net olun derdim. Eş adayıyla karar alırken birbirlerine sorarak hareket etmelerini söylerdim.

Pelin: Peki sen eşinin kararlarına dahil oluyor musun?

Lorin: Ev ve çocuklarla ilgili konularda dahil oluyorum fakat işle ilgili konulara dahil değilim. İş konusunda daha çok ailesi ile karar alıyor. Evde iş konuşulmaz. Ben sadece kredi çekileceği zaman eş olarak imza aşamasında sürece dahil oluyorum. Ben biraz kötümserim, özellikle iş konularında hep risk oluşturacak şeyler aklıma geliyor. Eşim ise bana kıyasla daha iyimser. Bu noktalarda farklılık gösteriyoruz. Örneğin petrol istasyonunu satın almadan önce, ona önce gidip bir petrol istasyonunda çalışmasının ve işleyişi görmesinin daha iyi olabileceğini söylemiştim. Ancak eşim petrol istasyonunu aldı ve halen işletiyor.

***

Lorin, eşi Diyar, kızı Dicle ve oğlu Fırat ile Belçika'da yaşamına mutlu bir şekilde devam ediyor. Bu hikâyede, ne istediğini tam olarak bilen bir Diyar var karşımızda. Filmlerdeki gibi bir aşk hikâyesi yok belki karşımızda ama temeli karşılıklı sevgi, saygı, anlayış ve iletişime dayalı bir ilişki görüyoruz. Çiftin evlilik öncesi süreci zamana yaymaları, birbirlerine sorular sormaları ve birbirlerini derinlemesine tanımaları ilişkilerinin dinamiklerini belirliyor.

"İthal Gelinler"in evliliklerinin mutsuz olduğunu, bazı örneklere bakarak genellememeliyiz. Ancak yaşadıkları zorlukların göçmenlik ve gurbet olgusu ile birlikte bir bakıma daha zor olduğunu rahatlıkla iddia edebiliriz.

Lorin'in evliliğine bakacak olursak, evliliğin başından itibaren Yağmur kadar yalnız kalmadığını ve onu güzel karşılayan bir ailesi olduğunu görüyoruz Belçika'da. Hangi kuaföre gideceğini, nereden alışveriş yapılacağını hep akrabaları öğretmiş. Zamanla da kendi sosyal çevresini oluşturduğu için artık yalnızlık hissine daha az kapılıyor. Diyar hep aynı işi yapmamış olsa da süreklilik arz eden bir geliri ve iş yaşamı olmuş. Bütün bu hikâyeden, bir evliliğin devam etmesi için içsel ve dışsal koşulların uygun olması gerektiği sonucunu çıkartabiliriz.

129

V.
ÖYKÜ

1. Tarkan - Şımarık
2. Nazan Öncel - Nereye Böyle
3. Arctic Monkey - Only Ones Who Know

Pandemi patlak vermeden bir ay önce, Londra'da havanın güzel olduğu bir gün, Öykü Kew Gardens'ta hulahop çevirirken, birden kendisine bir kadın yaklaştı ve hulahop çevirmeyi öğrenmek istediğini söyledi. Bu kadın İpek'ti. Hemen sohbet etmeye başladılar ve oracıkta arkadaş oldular.

Öykü'nün ithal gelin olma macerasına başlayalım mı?

Öykü, İstanbul'da elektronik ve haberleşme mühendisliği bölümünden 2012'de mezun oldu. Üniversitede İngilizce hazırlık okumadığı için dilini geliştirmek istiyordu. Bir gün kuzeni Şule, Öykü'lere yemeğe gitti.

- Öykücüğüm, arkadaşlarımla da konuştum. İş ilanlarında "iyi İngilizce" kriterinin çok önemli olduğunu söylüyorlar. Girdiğim mülakatlarda da hemen konu İngilizce seviyesine geliyor. Ben iyice kafaya koydum, daha iyi bir iş bulabilmek için İngiltere'de dil okuluna gitmek istiyorum.

- Harika bir haber! Aslına bakarsan ben de dil okuluna gitmeyi hep geçiriyorum içimden ama yurt dışı tecrübem yok. Bir de tek başına gitmek istemem...

- Bir ajans buldum. Benimle gelmek ister misin? Koşullarına bakarız.

Öykü ve Şule, bu diyaloglarından birkaç gün sonra Beşiktaş-Kadıköy vapurunda simit yiyip, martıları simitle besleyerek Kadıköy'deki ajansa gittiler. Öykü'nün de kafasına çok yattı dil okulu fikri, biricik kuzeniyle gidecekti Londra'ya hem de... Böylece altı aylık dil eğitiminin sonunda Türkiye'ye döndüğünde işe girecekti.

Vize işlemlerini hemen başlattılar, Kasım'da yaptıkları başvuruları Aralık'ta olumlu sonuçlanınca, Öykü'yü uzun zamandır ilk kez heyecan kaplamıştı.

Andrea

1986'da İtalya'nın kuzeyinde, Adriyatik Denizi kıyısındaki Rimini'de dünyaya gelen ve büyük dedesinin kökleri İsviçre'ye dayanan Andrea, annesi, annesinin hayat arkadaşı ve kız kardeşi ile Rimini'de yaşıyordu. Kaynakçılık eğitimi almıştı. Bir yandan kaynakçılık yapıyordu bir yandan da arkadaşının işlettiği kafede çalışıyordu. Ancak kafe el değiştirince Andrea işsiz kalmıştı. Gerek kaynakçılık alanında gerekse de kafelerde iş bulmak oldukça zordu o dönemde.

Andrea, kaynakçıların İngiltere'de çok iyi para kazandığını öğrenince İngiltere'ye gitmeyi ciddi ciddi düşünmeye başladı. Hem İngilizcesini geliştirmek için de ona bir şans olabilirdi.

Andrea, 2012'de Londra'ya taşındı. Kaynakçılık yapabilmesi için kaynakçılık sertifikası alması gerekiyordu. İş Bulma Kurumu, sertifikasyon sürecinin başlaması için öncelikle bir kurs sınıfının açılması gerektiğini belirtmişti ve yeterli talep oluşması halinde sınıfın açılacağını söylemişti. Andrea ise bu sırada Belvedere House Hostel'in danışmasında geçici olarak çalışmaya başlamıştı.

Londra

Öykü ve Şule, 2013 Ocak'ta Londra'ya ayak bastı. Öykü, Kraliyet Ailesi'nin gelini Kate Middleton'ın çocuklarını gezdirdiği, rengarenk çiçeklerle kaplı, ortasında kocaman havuzu olan, muhteşem doğasıyla Londra'nın en güzel parklarından Kensington Garden'a 10 dakikalık mesafede Belvedere House Hostel'de kuzeniyle kalmaya başladı.

Hostelde üç tip oda vardı: tek kişilik, iki kişilik ve üç kişilik. Tek kişilik odalar pahalı olmasına rağmen en çok tercih edilen oda tipiydi. Öykü de kuzeni Şule de üç kişilik odalarda kalıyordu. Hostelde daha çok otuz yaş ve üstü çalışan kesim kalıyordu. Kuzeni Şule, üçüncü katta kendisi ise ikinci katta kalıyordu. Andrea, hostelin danışmasında çalışıyordu, Londra'ya bir yıl önce gelmişti. Şule'nin kaldığı katın mutfağı daha güzel ve donanımlı olduğu için çoğunlukla Şule'nin katında yemek yapıyorlardı. Andrea'yı her seferinde mutfakta görüyordu, Andrea İtalyan olduğu için hep makarna ve pizza pişiriyordu. Andrea, Öykü ile arkadaşlıkları zamanla gelişince ona jest yapmak için wi-fi şifresi ve kurutma makinası için jeton verdi.

Öykü o sıralar sigara kullanıyordu ve sigara içmek için dışarı çıkıyordu. Halen, eski ilişkisinden kalan bir yorgunluk vardı üstünde, duygularının üstüne kilim örtmüştü. Dışarıda karşılaştıklarında Andrea ile sohbet ediyorlardı. Andrea ona pizza yapacağını ve hosteldeki diğer arkadaşları da davet edeceğini söyleyince, Öykü de hemen kek yapabileceğini söylemişti. Öykü, kek konusunda iddialıydı ve maharetini gösterecekti.

Öykü, Londra'ya yabancı olduğu için markette Türkiye'de kullandığımız kabartma tozlarından bulamamıştı. İngilizce seviyesi de henüz kabartma tozu bulacak düzeyde değildi. Halbuki, ülkede "self-raising" yani kendiliğinden kabartma tozlu unlar bile vardı ama dediğim gibi dile hakimiyeti olmadığı için doğru unu da seçememişti. Eski fırının da gazabına uğrayınca sönük, yarısı yanmış bir kek çıktı ortaya. Normalde keki puf puf olan Öykü, hiç övünemeyeceği bir kekle masadaydı. Andrea ise pizza yapmıştı ve Öykü vejetaryen olduğu için ona özel vejetaryen pizza yapmayı da ihmal etmemişti.

Nisan'da, Paskalya gelip çattığında da büyük bir lazanya organizasyonuna ev sahipliği yaptı Andrea. Zaten Akdeniz havasının verdiği sıcakkanlılık sayesinde çok girişken biriydi. Hostelde yaşayan insanlardan 1-2 pound toplayıp, harika bir sofra donatmıştı ve yine Öykü'ye vejetaryen, diğerlerine ise kıymalı lazanya yapmıştı. Hostelde harika bir arkadaşlık ortamı oluşmuştu. Öykü ile Andrea'nın muhabbetleri her geçen gün daha da ilerliyordu. Birlikte kart oyunları oynayıp müzik dinlemeye başlamışlardı. Andrea, Öykü ve kuzeni hostele taşınmadan önce, danışmadaki diğer çalışanlardan iki Türk kızın hostele kayıt yaptığını öğrenmişti. Andrea'nın bugüne kadar Türkleri tanıma şansı olmamıştı, bu kızlar hakkında da hiçbir fikri yoktu. Öykü ve Şule hostele girince, "Oo, Türk kızları ne kadar hoş!" diye içinden geçirmişti ve artık bir fikri vardı.

***

Şule'nin oda arkadaşı, Andrea'nın kankasıydı ve Andrea'nın Öykü'den hoşlandığını Şule'ye çıtlatmıştı. Şule ise bu bilgiyi sahibine yani Öykü'ye hemen iletmişti. Andrea'nın davranışlarından kendisinden hoşlandığını yavaş yavaş hisseden Öykü, kulağına gelen bu bilgiyle birlikte onun hislerinden emin olmuştu. Bir akşam grupça eğlenmeye çıktılar. Konsept, Brezilya gecesiydi!

Bira içerken insanların nasıl eğlendiklerini izliyorlardı. Sürekli ritim değişiyordu. Bir anda Tarkan'dan "Şımarık" şarkısı çalmaya başlayınca Öykü mutlu oldu ve Andrea'ya Türk müziğinde Tarkan'ın yerini, bütün Türk kızlarının bir dönem nasıl da Tarkan'a âşık olduğunu anlatmaya çalıştı. Ne danslarından ne de müziklerinden bir şey anlamadıkları Brezilya gecesinden Öykü ve Andrea'nın hatırında kalan şey, dans pistinde öpüşmeleri ve birbirlerine sarılmaları olmuştu. İlk adımı Öykü atmıştı, her zaman Öykü'ye kibarca davranan Andrea ise bu öpücüğe tutku dolu bir öpücükle karşılık vermişti. İşte o anlamsız ritimler ve çılgın danslar arasında an donmuş, ışıklar birbirine karışmış ve ilişkilerinin ilk adımı atılmıştı.

İlerleyen günlerde Öykü ve Andrea, birbirlerinden ayrı hiçbir şey yapamamaya başladı. Yemek yiyorlar, sabahlara kadar sohbet ediyorlardı. Hostelin üst katında, merdiven boşluğunda çok az kişinin bildiği ara kat gibi bir yerde film izliyorlardı. Sohbetleri gelişigüzeldi...

Çocuklukları, üniversite anıları, eski ilişkileri hakkında konuşuyorlardı. Her ikisinin de anlaşma dili İngilizceydi. İngilizceleri her şeyi anlatabilecekleri durumda değildi ama aşkın dilini her ikisi de çok güzel konuşuyordu, gözleriyle, tebessümleriyle ve kalp atışlarıyla...

İlişkilerinin başladığı bu güzel Nisan günlerinde, Öykü'nün kurs saatleri azalmıştı ve Andrea'nın da müsait olduğu günlerde parkları ve müzeleri birlikte geziyorlardı. İkisi de bu ilişkinin nereye kadar gidebileceğini bilmiyordu. Hele Öykü, bazen Andrea'ya bile "Gerçekçi olalım, ilişkimiz bitebilir" diyordu. Bu ilişkinin kör bir hevese dönüşmesini de istemiyordu kalbinin bir yanı...

Dove stai andando (Nereye Böyle)

Mayıs 2013'ün sonunda Öykü'nün kursu bitmişti ve artık Türkiye'ye dönme vakti gelmişti. Bir yandan vatan hasreti bir yandan da Andrea'dan ayrılıyor olmanın verdiği hüzün, onu duygu karmaşasına ve soru yığınlarına itmişti.

- Bundan sonra onu Türkiye'de ne bekliyordu? Andrea ile ne zaman görüşebileceklerdi? İlişkilerinin kaderi ne olacaktı?

Bir bilinmezlik hakimdi. Andrea, Öykü'yü Londra'daki Stansted Havalimanı'na götürdü, ikisi de gözyaşlarının sessizliğine sığınmıştı. Nazan Öncel'in şarkısındaki gibi:

Gözümden yaş geldi,
İçimden ağlamak.
Yüzümden düşen bin parça,
Konuşmak lazım konuşmak.

İkisi de konuşamıyordu ve gözyaşları akıyordu sadece. Andrea'nın gözlerinden "nereye böyle?" sorusu okunuyordu.

2013 yılının Mayıs sonu, Türkiye tarihinde de önemli bir yere sahipti. Öykü, gelir gelmez kendini Gezi olaylarının ortasında buldu ve giderken bıraktığı ülkesinin artık eski Türkiye olmadığını fark etmişti. Hemen iş bakmaya başlamıştı ve Andrea ile Skype aracılığıyla görüşmeye devam ediyorlardı. Öykü, ailesine İtalyan bir erkek arkadaşı olduğunu söyleyince ailesi büyük bir tepki vermedi. Ailesi açık fikirli olduğu için sadece şaşırdılar.

Andrea, hostelde çalışmaya devam ediyordu. Kaynakçılık kursu ile ilgili gelişme olmayınca, İtalya'ya dönme kararı almıştı. Zira ailesi, ona Rimini'de bir pazarlama/ satış işi bulmuştu. Öykü Türkiye'ye döndükten birkaç ay sonra Andrea da İtalya'ya döndü. Andrea, Öykü'yü hemen Rimini'ye davet etti. Rimini'de kazandığı ilk maaşla sevgilisinin biletlerini aldı.

Aşk Uçağı

Öykü, Ağustos'ta iki haftalığına İtalya'ya gitti ve heyecandan kalbi göğüs kafesine sığmıyordu. Aylar sonra ilk kez Andrea'yı görecekti.

Andrea, Öykü'yü Bologna Havaalanı'nda karşıladı ve ona sımsıkı sarıldı. Havalimanında birbirine sarılan tek Türk-İtalyan çifti Öykü ve Andrea değildi. Ne tesadüf ki uçakta Öykü'nün yanında oturan Türk kızının İtalyan sevgilisi ile Andrea, yolcu bekleme salonunda çoktan arkadaş olmuştu bile... Bence o uçak, aşk uçağıydı! Benvenuti a bordo dell'aereoplano d'amore... (Aşk uçağına hoş geldiniz!)

Arabayla bir saat mesafedeki Rimini'ye giderken Londra'da birlikte dinledikleri Arctic Monkeys'in şarkıları çalıyordu. Andrea'nın ailesi Öykü'yü içtenlikle karşıladı. Öykü, İtalyan kültürüne çok yabancıydı. Andrea'nın ailesi için Türkiye'den lokum ve rakı gibi geleneksel hediyeler dışında Andrea'nın annesi, annesinin hayat arkadaşı ve kız kardeşi için hediyeler götürmüştü. Andrea'nın ailesi de Türk kültürünü yakından tanımak istiyordu.

Rimini, Türkiye'nin Antalya'sı gibiydi. 15 kilometrelik uzun bir kumsalı vardı fakat İtalya'nın kuzeyinin denizi çok güzel değildi. Her gün scooter'a atlayıp yarım saat mesafede denizi nispeten iyi olan bir yere yüzmeye gidiyorlardı. Öykü, en çok çevredeki kalelerden etkilenmişti, kaleleri gezerken bir masal alemindeymişcesine hayallere daldı. Hayallerinde Andrea, bir kont oluyordu ve kalenin en yüksek tepesinde prenses olan kendisini kurtarıyordu. Masallarda her şey serbestti, değil mi?

Rimini'deki tatili boyunca ev halkı, Öykü'ye hep özel yemekler hazırladı: piadinalar, pizzalar, geleneksel kokulu dört peynirli gnocchi'ler...

Öykü, Andrea'ya âşık olduğu gibi İtalyan kültürüne ve yemeklerine de âşık olmuştu!

Öykü, kendisini açık fikirli olarak değerlendiriyordu fakat bu seyahat sırasında kendisiyle ilgili bir keşifte bulunmuştu, aslında kapalı bir insandı. Dışarıdan bir gözle kültürlerin birbirlerini nasıl etkilediklerini görmüş oldu. Mesela kestane İtalyanca "castagno", traktör ise "trattore" idi. Türkçe ile ne çok benzerlik vardı. Uluslararası anlamda mutfak ve dil etkileşimini düşünmeye başladı ve İtalyancaya merakı bu seyahatten sonra daha da arttı.

Havalimanında birbirleriyle vedalaşırken yine gözyaşları sel olup akmıştı.

***

Öykü, Andrea ile tanışmadan önce olumsuz duygularla çevrelendiği ve kendisi gibi davranmakta zorlandığı bir ilişkiden çıkmıştı. Bu ilişki bittikten sonra kendisine olan inancını bütünüyle yitirmişti. Varlığını sadece ilişkisi ile tanımladığı için uzunca bir süre ne yapacağını bilemedi. Bataklığa düşmüş gibi hissetti. Aslında ilişkinin içinde de hapiste gibi hissetmiyor değildi. Sürekli fiziksel görünümünü, zekâsını, davranışlarını eleştiren, yargılayan, arkadaşlarıyla görüşmesine müsaade etmeyen, giyimine karışan, yedi yıllık upuzun bir ilişkiye rağmen kendisini ailesiyle tanıştırmayan adamdan ne beklenebilirdi? Maalesef, bu adam aldatarak ilişkisini bitirmişti. Öykü'nün ilişkiye verdiği emeklerin hepsi çöp olmuştu. Bu durum, hangi genç kadın için acı verici değildir ki?

***

Öykü, İtalya'dan dönünce çalışmaya başladı. Andrea ile her fırsatta Skype'tan veya Facebook'tan görüşüyorlardı. Öykü de Andrea'yı İstanbul'a davet etti. Andrea, İstanbul'u ilk kez ziyaret ediyordu ve çok merak ediyordu bu kadim şehri. Öykü, Andrea'yı bütün turistik mekânlara götürmek için güzel programlar yaptı.

Andrea, Sultanahmet'ten çok etkilendi. Boğaz'ın manzarasına bayıldı, Ayasofya'ya âşık oldu. Öykü'nün tonton anneannesi Andrea'yı çok sempatik buldu, hele Andrea leziz pizzalar yapıp elde makarna kesince anneanneden on puan aldı. Andrea da Öykü gibi eli kolu hediyelerle dolu gelmişti. Yerel lezzetlerden kahve likörü, Rimini'ye özgü ton balığı ve kokulu peynir *gorgonzola* getirmişti.

Andrea'nın İstanbul'da kaldığı iki hafta boyunca Öykü ile Andrea, daha çok nasıl vakit geçirebileceklerini ve nasıl bir araya gelebileceklerini konuştular.

- Amore mio, İstanbul'a taşınsam nasıl olur sence?

- Kaynakçılık Türkiye koşullarında çok para kazanılan bir zanaat değil maalesef. İstanbul'da da dil, din, kültür seni çok zorlar. Pek iyi bir seçenek değil bizim için.

Andrea, Mayıs 2014'te tekrar İngiltere'ye döndü. Haziran'da Öykü, Andrea'yı bir haftalığına ziyaret edebildi. Altı aydır birbirlerini göremedikleri için özlemleri en üst seviyeye ulaşmıştı. Ne yapıp edip bir araya gelmenin bir

138

yolunu bulmalıydılar.

Öykü, Londra'dan döndükten sonra yeni bir işe girmişti. VOIP Voice Over Internet Protocol: *(internet üzerinden ses görüşmesi)* alanında çalışıyordu. Elektronik ve haberleşme mühendisliğinin çalışma alanı Türkiye'de erkek egemen bir sektördü. Ofiste Öykü dışında dört erkek mühendis vardı. İşe başlayınca ona bir selam bile vermediler, hatta o, ortama girdiğinde susmaya başladılar. Yardımsever müdür, Öykü'yü eğitim gruplarına dahil edince ve Öykü hakkında olumlu konuşmaya başlayınca, iş arkadaşları ona iyice cephe almaya başladılar. Öykü'nün kafasında deli sorular vardı. İşe ve ortama hiç ama hiç adapte olamamıştı. Çevresinde futbol ve kadın konuşan erkekler dışında kimsecikler yoktu, yalnız hissetti kendini. Bunun da üstüne ortak arkadaşları aracılığıyla eski erkek arkadaşının kendisini aldattığı kadınla evlendiğini duyması hayatının karmaşasına tuz biber oldu. İşten kaçarak ayrıldı, zaten Londra'ya gitmeyi kafasına çoktan koymuştu. Ver elini Londra!

2014'ün son iki ayını Londra'da, Andrea ile paylaşımlı bir evin odasında geçirdiler. İngiltere'de evlenme koşullarını araştırdılar ve çiftlerin ikisinin ikametgâhının da İngiltere'de olması durumunda evlenebileceklerini öğrendiler. Elleri kolları bağlanmıştı. Öykü, bu iki ayı, insanlarla aynı evi paylaşmak zorunda kalması nedeniyle çok zor günler olarak hatırlıyor.

Öykü, İstanbul'a döndükten sonra Andrea ile büyük bir kavgaya tutuştu ve ayrıldılar. Koşulların zorluğu, çözümsüzlükler çiftin gerilmesine ve kavgalara sebep olmuştu. Biraz birbirlerine zaman tanıdıktan ve kavganın hararet dindikten sonra tekrar görüşmeye başladılar. Öykü'nün doğum gününde Andrea sürpriz yapıp geldi İstanbul'a.

Öykü, inanılmaz mutlu olmuştu. Belediyeye giderek, İstanbul'da nasıl evlenebileceklerini araştırdılar. Gerekli belgelerin listesini oluşturdular. Andrea, belgeleri İtalya'dan İstanbul'a göndertti. Öykü ise belgeleri noterde tercüme ettirdi. Tam iki ay sonra, bütün belgelerini tamamladıklarından emin halde belediyenin yolunu tuttular. Evlendirme Dairesi, Andrea'nın ikametgâh belgesinde aile üyelerinin de bilgileri olduğu için belgeyi kabul etmedi. Sadece evlenecek kişiye özgü bir belge alınması gerektiğini bildirerek evlilik yolunu kapattılar. Yine evlenemediler, hayal kırıklığı yaşamışlardı ve yorulmuşlardı.

Andrea, Londra'ya döndü. Öykü ise iş bakmaya devam etti İstanbul'da. İş tecrübesinin yetersiz olması ve yaşı nedeniyle iş bulması her geçen gün daha da zorlaşıyordu. Nihayet belgeleri kabul edilebilir hale getirerek tekrar nikâh başvurusunda bulundular.

Öykü, yasal olarak Andrea ile aynı çatı altında yaşayabilmek için evleniyordu. Anne ve babası boşanmış olduğu için çekirdek ailesi dışında kimseyi evliliğinden haberdar etmedi. Ayrıca, yabancı kültürden biriyle evlenip başka bir ülkede yaşayacağı için bu durumu çok kırılgan ve riskli buluyordu. Allah korusun boşanırsa "Öykü boşanmış" denilmesin, toplum onu konuşmasın diye böyle bir karar almıştı. Belki ileride bir gün küçük bir organizasyon yapabilirdi.

2016 Haziran'da, gökyüzünün İstanbul'a torpil geçtiği güneşli bir günde, Zeytinburnu Belediyesi'nin yeni ve şık Akdeniz Salonu'nda birbirlerine "Evet/Si" dediler. Öykü'nün üzerinde minik yuvarlak işlemeleri olan, beyaz, dizde biten elbisesi, az topuklu *stilettolarıyla* tamamlanmıştı. Gür saçları coşkudan adeta dans ediyordu, ela gözleri mutluluktan yıldızlar saçıyordu. Elindeki evlenme cüzdanı, bakımlı ve beyaza boyanmış tırnaklarıyla daha bir güzel görünüyordu. Andrea, damat olduğu için kaymak tıraşıyla yüz metre öteden ayırt edilebilirdi. Bembeyaz, jilet gibi gömleği, lacivert çizgili kravatıyla çok uyumluydu. Nihayet evlenmişlerdi. Andrea'nın nikâhına ailesi katılamamıştı.

Nikâh sonrası Andrea, Londra'ya yalnız döndü ve bir otelde iş buldu. Bu sırada Londra'nın Feltham semtinde ev bakmaya başladı. Öykü ise, yoga ve meditasyona merak salmaya başlamıştı bu dönemde. Yoga dersleri veriyordu ve Londra'ya gittiğinde yine bilgi teknolojisi alanında çalışacağını düşünüyordu.

Öykü, Kasım 2016'da Londra'ya, eşinin yanına gelmişti. Feltham'da, Andrea'nın bulduğu paylaşımlı evde kalmaya başladılar. Birkaç ay sonra, yaşadığı semtin yakınındaki Heathrow Havaalanı'nda bulunan kahve zincirinde çalışmaya başladı. Terminal 4'ün müşterileri ve çalışanları çok kabaydı, şefi de ona mobbing[17] uyguluyordu. Zar zor iki ay dayanabildi. İşten ayrıldıktan sonra yoga dersleri vermeye başladı. Bu dersler ona cep harçlığı oluyordu. Sonra Hilton'un kahvaltı bölümünde çalışmaya başladı fakat bu iş de hiç gönlüne göre bir iş değildi.

Koltuğa uzanıp TV izleyebileceği, eşi ile kavga ettiğinde gidebileceği ve yalnız kalabileceği bir kişisel alanı olsun istiyordu. Tek odada yaşamak çok zordu, kültürleri farklı insanlarla aynı ortamda yaşamak daha da zordu. Mesela

---

17 **Mobbing:** Psikolojik şiddet, baskı, kuşatma, taciz, rahatsız etme veya sıkıntı vermek anlamlarına gelir. En iyi ifade eden anlamıyla yıldırma veya iş yerinde psikolojik terör anlamlarıdır.

temizlik anlayışları farklıydı. Çamaşır makinesine çamaşır atıp günlerce çamaşırları bekletebiliyorlardı. Kapağı açınca tarif edilemez bir kokuyla karşılaşıyordu. Pakistanlı ev arkadaşının yoğun kokulu baharatlarla yaptığı yemekleri ve o yemekler yapılırken Andrea ile kaldıkları odanın kapısının altını havluyla kapattıkları günleri unutmuyorlardı. Richmond bölgesinde bir kafede çalışırken ev bakmaya başlamıştı Öykü. Bir süre kaldıktan sonra, Öykü yaşadıkları Feltham'ı hiç sevemediğini hatta kendisini güvende hissetmediğini Andrea ile paylaştı. Çalıştığı kafeye beş dakika mesafede dükkândan eve dönüştürülmüş bir yer buldu tesadüfen. O civarda, bu ev gibi uygun kirası olan başka bir ev bulmak mümkün değildi. Hemen taşındılar. Şu anda yaşadığı bir artı bir evi ve muhitini çok seviyor. Kew Garden'a gidiyor. Riverside yani nehir kenarında yürüyüşler yapıyor. Yakındaki Twickenham semtinde vakit geçirmekten çok hoşlanıyor. Bisikletine atlayıp sokak pazarlarını geziyor.

Ev işini hallettikten sonra, somatik psikoloji ile ilgili İstanbul'da bir eğitime katıldı ve altı ayda bir, bir haftalık eğitim sürecinden geçti.

***

Londra, Nisan 2020, Karantina

Pelin: Andrea'dan öncesine dönecek olursak, kötü biten uzunca bir ilişkin olmuştu. İlişkiler konusunda kadınlara bir mesajın var mı?

Öykü: Çocukluğumuzdan itibaren "güzel ol, hanımefendi ol, sadık ol, bakımlı ol, ilişkiyi ve kocanı besle" gibi düşüncelerle kodlanıyoruz. Kimse "güçlü ol, ilişkinde erkek arkadaşın seni değersizleştiriyorsa burada bir dur, seni arkadaşlarından ve çevrenden izole ediyorsa bu davranışlara dikkat et" demiyor. İnsan, ilişkinin içinde bunları göremiyor, ilişki bitince uzaktan bir gözle bakınca aslında birçok şeyin doğru olmadığını görebiliyorsun. Biz kadınlar birbirimize yanlış şeyleri görmeyi, koklamayı öğretmeliyiz öncelikli olarak. Erkeğin öfkesi, kötü konuşması bir bakıma toplumda normalleştiriliyor. Başta biz kadınlar, bunu normalleştirmekten vazgeçersek her şeyin daha iyi olacağını düşünüyorum kendimce. Erkeğin, kadını baskı altına alması da şiddetin bir boyutu: psikolojik şiddet.

Pelin: Türkiye ile ilgili en çok neleri özlüyorsun?

Öykü. En çok Türk çayını özlüyorum. Her ne kadar İngiltere'de de çay çok önemli bir şey olsa da Türkiye'de içtiğim çayın tadını alamıyorum. Buradaki sebze ve meyvelerin tadı Türkiye'dekinin tadı gibi değil. Semt pazarlarına uğrayıp doyasıya yeşillik almayı, ülkemin güzelim zeytinlerini özlüyorum.

Pelin: Arkadaş çevren nasıl Öykü?

Öykü: Arkadaşlarım var fakat tam olarak bir arkadaş çevresinden söz etmem mümkün değil. Londra'da herkes çok meşgul ve yalnız. Anneler bir şekilde okul ve çocuk bahanesiyle bir araya geliyor ancak ben anne olmadığım için böyle bir imkânım yok.

Henüz kabuğumu kıramadığımı düşünüyorum ve bu nedenle daha çekingen hissettiğim için kurduğum ilişkiler derinleşemiyor. Mesela Andrea'nın bana göre İtalyan çevresi daha geniş ve masa oyunları oynadığı için birçok arkadaş edindi. Karantinadan sonra daha çok sosyalleşeceğime inanıyorum.

Pelin: Göçmen olarak Londra'ya evlilik yoluyla yerleşirken endişelerin var mıydı?

Öykü: Sevgililik ve evliliğin başka şeyler olduğunu biliyordum. Beraberken ilişkimizin devam edip etmeyeceği konusunda endişelerim vardı. Hep temkinli ve gerçekçi ilerlemeye dikkat ediyorum. Bir yandan da ilişkide gelişip değişiyorsun. Bazen bu iki insan, farklı noktalara da gidebiliyor. Yaşayıp göreceğiz.

Pelin: Geleceğe yönelik planların neler?

Öykü: Kendi alanımda iş tecrübem pek olmadığı için burada iş bulmakta zorlanıyorum. Güzel ve ekonomik açıdan tatmin edici bir iş bulmayı planlıyorum. Kendimle ilgili yapmak istediğim bazı şeyler var, bunları gerçekleştirmeden ve ekonomik olarak daha iyi bir konuma gelmeden çocuk sahibi olmaya cesaret edemiyorum. Eşim, çocuk sahibi olmaya dünden razı tabi...

Pelin: 2017'den bu yana Londra'da yaşıyorsun. Dil konusunda zorluk yaşıyor musun?

Öykü: Başlarda benim için çok zor oldu. Kitaplarda öğrendiğimiz dil ile konuşulan dil arasında büyük farklılıklar var. Buradaki insanları tam anlamıyla anlayabilmek için jargona hâkim olmak lazım. Dil, benim için ikiye ayrıldı: kitap dili ve yaşayan dil. Yaşayan dili bilmediğim için Londra'da içime kapandım, kendim yetersiz hissetmeye başladım. Kendimi tam ifade edemediğimi düşünüyordum.

Pelin: Göçmenlik konusunda yaşadığın en büyük sorun ne oldu?

Öykü: Kültüre alışmakta çok zorlandım. Şu anda yaşadığım Richmond semti, Londra'nın güneyinde, ağırlıklı olarak saf İngilizlerin yaşadığı bir yer. Kültürün en büyük bileşeni bana göre dil...

Burada *sarcasm* dilini de öğrenmek gerekiyor. İngilizler, karşısındakini gerçek bir şeyi şakayla süsleyerek eleştiriyorlar. Bu dili anlamak da çok güç... İlk zamanlar İngilizce konuşurken telaffuzumu garip buluyorlardı veya hemen "nerelisin?" sorusuyla karşılaşıyordum. Sana yabancı olduğun hissettiriliyor. "Ülkene geri dönmeyi düşünüyor musun?" ya da "Burada yaşamaya devam mı edeceksin?" tarzı sorular da çok geldi. Ana dili İngilizce olan arkadaşımın da Londra'da konuşulan dili anlamadığını öğrenince, üzüntüm hafifledi.

Dil üzerinden de sınıf ayrımı var Londra'da. Şöyle ki, Londra'da işçi sınıfının kullandığı *Cockney* İngilizcesi[18] ile elitlerin kullandığı Posh İngilizce arasında çok fark var. Mesela *Cockney* İngilizcesi'ni Londralılar kendi aralarında polisin anlamaması için kullanıyorlarmış vakti zamanında. Standart İngilizce'de "monkey" kelimesi "maymun" demek, ancak *Cockney* İngilizcesi'nde cümlede kullanıldığında 500 pound demek. Anlatabildim mi?

Pelin: Şimdiki aklın olsa yine Andrea ile evlenir miydin?

Öykü: Bu evliliği kesinlikle yapardım fakat sade de olsa bir törenimiz veya bir aile yemeğimiz olsun isterdim. Andrea'nın ailesi ile ailem henüz tanışmadı. Tanışmalarını ve kaynaşmalarını çok arzu ediyorum.

Pelin: 30 yaşında evlenmiştin. 30 yaşında, evlenmek üzere olan bir kadına öğüdün ne olurdu?

Öykü: Eş adayıyla ortak ilgi alanları var mı? Öncelikle buna yanıt vermesi lazım. Biz, Andrea ile önce arkadaş,

---

18 *Cockney* İngilizcesi kullanan ünlüler: Adele, Jason Statham, Amy Winehouse.

sonra sevgili, en son eş olduk. Dolayısıyla, ortak ilgili alanlarından keyif alıyorlarsa ilişkiye devam edebilirler. Arkadaş olamayacağın bir insanı hayatına dahil etmen ne derece mantıklı? Eş adayının, evleneceği kadına her koşulda iyi davranıp davranmadığını da gözlemlemesi lazım. Hayat her zaman güllük gülistanlık olmuyor, ben kavgalarımızda bir üst perdeye geçip Andrea'nın limitlerini test ettim. Şiddet gösteriyor mu? Tepkileri nasıl oluyor? Kısacası ne derece agresifleştiğini görmek lazım. Hiç kavga etmemek de anormal, kadının bunu da bir kenara not etmesi lazım. Erkek, rol yapıyor olabilir.

***

Öykü ve Andrea'nın mücadelelerle dolu bir aşk hikâyesi oldu. Şu anda ilişkileri halen değişmeye ve gelişmeye, onlar da zorluklarla savaşmaya devam ediyor. Özellikle, pandemi sürecinde finansal anlamda ciddi sorunlar yaşadılar çünkü Andrea'nın çalıştığı yiyecek-içecek sektörü pandemiden en çok etkilenen sektörlerin başındaydı. Andrea'nın motosikleti bozuldu, eve kapanmak zorunda kaldı. Bununla birlikte babasının tam da bu dönemde kanser tedavisi görmesi, karantinada psikolojik olarak içine kapanmasına ve Öykü'den uzaklaşmasına neden oldu. Ne zaman ki sınırlar açıldı, uçuşlar başladı, Öykü ve Andrea ülkelerine dönebildi, o zaman ilişkilerinde dönüşüm başladı. Andrea, yokluğunda onun kıymetini anladı ve "Sen benim için çok kıymetlisin. Lütfen hemen eve gel, seni çok özledim." demeye başladı. Halen Londra'da yaşamlarına devam ediyorlar.

Değerli okuyucu, işler karmaşıklaştığında bazen yalnız kalmak ve köklerimize dönmek bizleri sakinleştirebilir. Öykü ve Andrea'nın hikâyesinde de bunu çok rahat gözlemleyebiliyoruz. Bunu ilişkilerinizde denemeye ne dersiniz?

146

VI.
ALEV

Blank & Jonas -Someone Like You

Alev, uzun boylu, ince yapılı, oldukça alımlı; iri, ela gözleri ateş saçan bir genç kadındı. İngiltere'de Essex Üniversitesi'nde insan hakları ile ilgili yüksek lisans yapıyordu.

Doktora öğrencisi olan Yunan sevgilisi tarafından henüz terk edilmişti ve iyi bir arkadaş olup da iyi bir sevgili olamayan bu adamdan ayrılmak Alev için sarsıcı olmuştu, bu ilişkiden yaralanmıştı. Ergenliğinden bu yana bir sürü erkek arkadaşı olmuştu ama ne istediğini tam olarak anlayabilmek için bir süre oturup ciddi ciddi düşündü. Bütün erkek arkadaşları, ondan bazı yönlerini değiştirmesini bekliyordu. Sosyal ortamlarda erkek arkadaşlarıyla görüşmesine müdahale eden, giyimini eleştiren, küfürlü konuştuğu zaman hemen rahatsızlık duyan türde, onu kalıplara sokmaya çalışan erkekler... Bu sefer onu olduğu gibi sevecek, kendini yetersiz hissettirmeyecek birini istiyordu.

Her ay Londra'da *Fabric* adında, üç bin kişilik, üç odalı ve her odasında ayrı müziklerin çaldığı bir gece kulübüne gidiyordu arkadaş grubuyla. 2007 yılı elektronik müziğin patlama yaptığı bir yıldı. Taşıdığı duygusal yük ve merakın da etkisiyle her kulüp ziyaretinde kendisini ekstazi ile ödüllendiriyordu, müzikle ve dansla coşmak istiyordu.

Ağustos 2007'de, bardan içkisini alıp odalardan birine geçtiğinde çok hoş dans eden birini gördü. "Acaba ne içmiş?" diye geçirdi içinden, onun gibi kopmak istiyordu. Bu sırada, dans eden delikanlının arkadaşı gülümsedi Alev'e. Az sonra, iki birayla Alev'in yanında beliriverdi güleç adam. Muhabbete ve dans etmeye başladılar. İkisi de yeni tanışmış gibi değil de sanki birbirlerini epeydir tanıyormuş gibi bir hisse kapıldılar. Bu güleç adam, Antoine'dı. Kanadalı genç adam, iş ziyareti için ilk kez Londra'ya gelmişti. Öpüşmeye başladılar. Parti sabah sekize kadar devam ediyordu ve onların haricinde; yere yığılmış, yoğun ekstazik, pembe yanaklı, kusmuklu İngiliz kızları ve soluğu eğlence hayatında alan halüsinatif turistler de vardı ortamda... Dansları sabaha kadar sürdü.

Fabric'ten çıktılar. Artık Pazar günüydü ve açık buldukları ilk kafede ayılmak için birer kahve içtiler. St. Paul'de yürüyüp karınlarını doyurmak için pizza yediler. Alev'in üstündeki köpük mavisi elbisenin, Jamaika tatilinde bronzlaşmış bedeniyle oluşturduğu kontrast Antoine'ın başını döndürmüştü.

Gün bitiminde çoktan birbirlerine âşık olmuşlardı bile. Birbirlerinden telefon numaralarını istediler. Antoine, Alev'i Nottingham yakınlarında iş nedeniyle kaldığı yere davet etti. Tam bir hafta sonra Alev, Antoine'ı ziyarete gitti ve rüya gibi bir hafta geçirdiler. Kör kütük âşık olmuşlardı birbirlerine. Alev, yüksek lisans bitiminde İngiltere'den çalışma izni alamadı. Staj yapmayı düşündüğü için kalacağı yer olarak Antoine'ın evini göstererek Kanada vizesine başvurdu fakat vizesi, Alev'in geri dönmemesi ihtimali nedeniyle olumsuz sonuçlandı. Dolayısıyla Alev, Türkiye'ye döndü. İstanbul'da yaşaması ve Antoine ile görüşebilmesi için bir işe ihtiyacı vardı. Denizcilik sektöründe faaliyet gösteren bir firmada işe girdi. Firma sahibi Hilmi Bey, 2001 krizinde varını yoğunu kaybetmiş, sosyetik bir armatördü. Yönetici asistanı pozisyonunda ancak üç ay dayanabildi. Cumartesi günü çalışmalarını ultra kapitalist buluyordu. Hilmi Bey'in suyuna gittiğinde prim bile almıştı fakat bu işin kendisine göre olmadığını anlaması pek uzun sürmedi. Sonra reklam yöneticisi olarak pazarlama şirketinde işe girdi ve Mart 2008'de danışmanlık firmasından destek alarak ikinci kez Kanada vizesine başvurdu. Antoine'ın yazdığı güçlü mektuba rağmen Alev'in vizesi yine reddedildi. Son çare olarak evliliği düşündüler. Zira birbirinden kilometrelerce ötede bir ilişki yürütmeleri epey zordu. Antoine, bir yıl içerisinde on üç defa Türkiye'ye gelmişti ve kazancının yarısını uçak biletlerine ödemişti. Hem, Kanada ve Türkiye arasındaki saat farkından dolayı MSN'de görüşme trafiğini ayarlamak da çok güçtü. Bir rutinleri vardı: Kanada'da sabah iken Alev, Antoine'nı uyandırıyordu ve Alev, Türkiye'de uyumadan önce Antoine, Alev'e bir iyi geceler araması yapıyordu. Gün içinde Skype görüşmeleri de devam ediyordu. O yıllarda akıllı telefon olmadığı için uzak mesafe ilişkisi yürütmek ip cambazlığı gibi zordu.

Blank and Jones "Someone Like You" şarkısının;
"I have been doing some soul searching
To find where you are at."

"Biraz ruh araştırması yapıyorum
Nerede olduğunuzu bulmak için."

Sözlerinde geçtiği gibi ruh eşlerini arayıp, dünyanın öbür ucunda buldular ve bu şarkıyı Türkiye'de gittikleri Kabak Koyu'ndaki tatillerinde, Akdeniz'in turkuaz denizinin dinginliğinde dinlemek daha da birleştirmişti ruhlarını...

Kararlarını verdiler, evleneceklerdi.

***

Quebec/Londra, Haziran 2020

Pelin: Evlilik kararı sence neye göre alınmalı?

Alev: Evlilik kararı, öncelikle alınması zor bir karar. Yıllarca flört ettik, hadi evlenelim gibi bir yol değil kesinlikle. İnsanlar iyi birer sevgili olabilir fakat durum evlilikte değişebilir çünkü evliliğe hazır olmak da çok önemli...

Taraflar yeterince birbirini tanıdı mı? Hatta insan kendisini tanıdı mı? Bu, çok önemli bir faktör. Evlilikten ne beklediğini de bilmeli insan. Antoine, bana göre ne istediğini bilen, her şeyi insanın kendisinin tartması gerektiğini düşünen, kısacası özgüven sahibi biri.

Quebec gibi dindar bir toplumda, Katolik kilisesine ailesi tarafından her hafta düzenli olarak götürülmüş. Henüz on yaşındayken, bu katı inancı sorgulamaya başlamış ve on dört yaşında da kiliseye gitmemeye karar vermiş. Onun sorgulayıcı ve kendi ayakları üstünde duran birisi olması beni etkiledi. Eş adayının, başkasının kararlarından etkilenmemesi, kendi kararını kendi verebiliyor olması önemli bir nokta.

Pelin: Kanada'ya göç ederken endişelerin var mıydı?

Alev: Her ne kadar üniversitede birkaç kur Fransızca dersi almış olsam da taşınacağım yer olan Montreal'in dilini bilmemek, benim için en büyük korku kaynağıydı. Montreal'a taşınana kadar birkaç kez yer değiştirmiştim. İngiltere'de yüksek lisansımı yapmıştım, kısa bir süre İstanbul'da yaşamıştım. Adaptasyon konusunda, dil konusu kadar korkum olmadı açıkçası.

Ancak şunu açık yüreklilikle ifade edebilirim ki Montreal'deki ilk iki ayım hayatımın en zor dönemlerinden biriydi. Sudan çıkmış balık gibi hissediyordum kendimi. Mesela bir kafede insanlarla tanışıyorsun, muhabbet bir yere gitmiyor, derinleşmiyor. Herkesin kurulu düzeni var, kendi hayatı var. Yaşadıkları yere kök salmışlar. Bir göçmenin düzenli olarak gittiği iş, okul veya buna benzer başka bir yer yoksa arkadaş çevresi oluşturması oldukça güç.

Pelin: Bize biraz yeni bir ülkeye taşınmanın verdiği heyecandan da söz eder misin?

Alev: Lisede hazırlık öğrencisi iken İngilizce kitabımda, Birmingham'a Quebec'ten gelen bir değişim öğrencisi ile ilgili bir bölüm anımsıyorum Quebec ile ilgili. Kitapta öğrenci, Quebec'ten "İngilizce ve Fransızca'nın konuşulduğu soğuk bir bölge" olarak söz ediyordu.

Bilmediğin bir yere gidip, sıfırdan bir hayat kurmanın verdiği gizem ve heyecan, benim için korkulardan daha baskındı. Türkiye'de, kadınlar üzerindeki toplumsal baskı çok boğucuydu. "Ne giyeceğim? Nasıl konuşacağım?" derdine düşüyordum. Batılı toplumlardaki kadınların kendilerini ifade etmelerini ve toplumsal anlamda varoluşlarını özgür buluyordum. Beni en çok toplumsal baskının olmayışı cezbediyordu. Bende küçüklükten beri feminist bir bilinç vardı. Klasik kadın-erkek rollerini ergenlik çağımdan itibaren hep sorguladım.

Pelin: Başına gelen ilginç veya komik şeyler var mı?

Alev: Quebec'e ilk taşındığımda, bir barda iki bira aldım kendime ve eşime. Antoine, hemen bahşiş verip vermediğimi sordu. Ben de vermediğimi söyleyince, Antoine burada bahşiş vermenin toplumsal bir kural olduğunu anlattı. Benim aklıma başta pek yatmadı, zaten maaş almıyorlar mıydı? Meğer asgari ücret aldıkları için böyle bir uygulama söz konusuymuş. Yine de bu benim değil, sisteminizin sorunu demiştim. Kendim de barda çalıştıktan sonra ve gelirimin büyük kısmının aldığım bahşişlerden oluştuğunu fark ettiğimde bunun nedenini anlamıştım.

Bir de küfürlerin kiliseye ve dine yönelik olması beni çok şaşırttı. Quebec, oldukça dindar bir toplum ve en kutsal şey din ve dinin mabedi kilise olduğu için küfürler bu iki önemli değere yöneltiliyor. Hele "tabarnak" bu küfürler arasında en kötüsü! Halbuki Türkiye'de cinsel organ veya cinsel eylem üzerinden küfrediliyor.

Doktora yaparken konuşulanları anlayamama gibi komik bir anım var: Seminerler sırasında insanların letü (laitue) dediğini duyuyordum ve konuşulanların marulla ne alakası olduğunu bir tür anlayamıyordum. Bir gün biri yine kullanınca "Bir saniye, ne dedin sen?" diye duraklattım ve arkadaşım sağ olsun duruma açıklık getirdi. Bir şeyden bahsettiğimiz zaman "bunun üzerine falan" deriz ya, arkadaşım da bunu kullanmış, yani *là -dessus (latü)*. Ben ise latü'yü marul olan letü ile karıştırıyormuşum. Neyse ki olmadık zamanlarda karşıma çıkan ve "Allah Allah bunun bu konuşmada ne işi var?" dediğim maruldan kurtuldum. (Gülerek) Aydınlanmış oldum.

Pelin: Quebec'te en çok neye alışmakta zorlandın?

Alev: Yakın arkadaşım olana kadar, birilerine çat kapı gidememeye alışmakta zorlandım. Üniversite yıllarımda yurt arkadaşlarımla birbirimizin odasına girip, "Atraksiyon var mı?" diye sorduğumuz günler vardı mesela! İşte bu yakınlık ve samimiyeti kurmak epey zaman alıyor. Başta sadece Antoine'ın arkadaşlarıyla görüşüyordum fakat bunlar senin arkadaşların diyerek bireysel arkadaşlar edinmeye başladım.

Fransızca kursunda, çalıştığım barda, başladığım okulda... Bana benzeyen göçmenlerle Quebec'in yerlilerinden oluşan karma bir arkadaş grubu oluşturdum. Göçmen arkadaşlarımın aracılığıyla diğer kültürleri tanıma fırsatı buldum. Sadece göçmenlerle takılırsan da entegre olamıyorsun. Tam entegrasyon için Quebeclilerin de yaşam deneyimlerini görmem lazım. Antoine'ın da arkadaşlarıyla bir araya geliyorum. Bence her bireyin, kendi alanının olması gerekiyor.

Pelin: On yılı aşkın süredir evlisin ve çocuk sahibi olmadın. Bu bilinçli bir seçim miydi? Ne düşünüyorsun?

Alev: Çocukluğumdan itibaren kendimi hiç ama hiç anne olarak düşünmedim. Üniversite yıllarımda da çocuk sahibi olmak istemiyordum. Birçok insan, bu fikrimin zamanla değişeceğini söyledi ama değişmedi. Annelik ve çocuk sahibi olma konusunda bir sürü şey okudum, içimde çocuk sahibi olmakla ilgili istek yoktu. Bilinçli olarak da istemedim çünkü hayatımı, çocukların peşinden koştur koştur yaşamak istemiyorum. Alakam olmayan insanlarla, ebeveynlerle çocuklarımız arkadaş olduğu için görüşmek istemiyorum. Çocukların aktivitesiydi, okuluydu derken bütün hayatımı çocuklara göre tasarlamak bana zor geliyor. Toplumsal cinsiyet rollerine göre kızı prenses gibi yetiştirmek, erkek çocuğunu paşa gibi... Bunlar bana göre değil! Kim ne dersin desin, çocuğa bakma yükü anneye düşüyor ve bunun ağır bir sorumluluk olduğunu düşünüyorum.

Evlenmeden önce Antoine ile çocuk sahibi olmak hakkında hiç konuşmadık, evlendikten dört yıl sonra oturup ciddi ciddi çocuk sahibi olma konusunu masaya yatırdık. Ebeveynliğin bize göre olmadığına karar verdik ve ailelerimize çocuk sahibi olmama kararımızı bildirdik. Antoine'ın ailesi, torunları olduğu için teselli oldular ama benim annem çok üzüldü. Burada bizim gibi birçok çift var ve biz DINK olarak adlandırılıyoruz. Yani *double income no kids*.[19] Bu kararım, arkadaşlarıma ve öğrencilerime daha fazla zaman ayırmamı sağlıyor. Ama şu da var: bir gün kazara hamile kalırsam, hemen kürtaja koşarım diyemiyorum.

Pelin: Türkiye ile ilgili en çok neleri özlüyorsun?

Alev: Yemekleri, Boğazı, Yeşil Türbe'yi diyebilirim. Bir an içimden Taksim'de bira içip patates yemek, eğlenmek ve üstüne ıslak hamburger yemek geçiyor.

Düğünden sonra Montreal'e döndüğümüzde Antoine'ın ailesi ile muazzam bir Paskalya yemeği yedik. Sofrada Quebec mutfağı hakimdi, Fransız peynirleri, et yemekleri, soğan çorbası...

Ayda bir muhakkak buraya özgü patates, sos ve peynirden oluşan *poutin* adlı yemeği yiyoruz. Evliliğimin ilk birkaç yılı Türk mutfağından yemekler yaptım, yalancı böreğinden içli köftesine kadar. Kayınvalidem ve Antoine'ın dayısı bayılıyor mutfağımıza.

Bir gün, sanıyorum Montreal'e taşınalı dokuz ay olmuştu, Suriye ile ilgili bir belgesel izlerken sarma sarıyorlardı ve ben de kalkıp sarma sarmaya başladım ağlaya ağlaya. Gurbette iken, sana öz yurdunu hatırlatan sarma bile yumru oluyor boğazında. Antione, böylesine özlem çektiğimi görünce hemen biletimi aldı ve ailemi sürpriz ziyaret ettim. Bir süre sonra özlem azalıyor ama...

Pelin: Dile hakimiyetin ne durumda? Kendini rahatça ifade edebiliyor musun?

Alev: On bir yıldır Fransızca aktif olarak hayatımda,

---

19 Çift maaşlı ama çocuksuz.

2012'den bu yana daha rahatım. Utangaç biri olmadığım için insanların beni düzeltmesinden rahatsız olmadım. Yanlış yapa yapa öğrendim. Fransızca, İngilizce'ye göre çok zor bir dil. Kelime hazinesi daha geniş, daha süslü ve sofistike bir dil. Şimdi dönüp baktığımda iyi ki öğrendim diyorum. Eğer bu dili öğrenmeseydim, eğitim dili Fransızca olan bir üniversiteden doktora eğitimim için kabul alamazdım, üniversitede hoca olarak çalışamazdım, komşularımla sohbet dahi edemezdim. En basiti, markete bile gittiğimde tam olarak ne alacağımı bilemezdim.

Pelin: Nişanın ve düğünün gönlüne göre oldu mu?

Alev: Nişan törenimiz olmadı. Hatta ben, evlilik teklifi bile almadım. Şartlar bizi evliliğe götürdü.

Antoine'ın Türkiye'ye geldiğinde on günlük süresi vardı. Yıldırım nikâhı ile evlendik. Vapurda, Antoine'a "Allah'ın emri peygamberin kavliyle kızınızı istiyorum" cümlesini öğrettim. Ailemin gözleri doldu. Annem ve babam, Antoine'a aslında bu teklifi aile büyüklerinin yapması gerektiğini söylediler. 2008 Ağustos'ta nikâhımız oldu. Nikâhımız olduktan sonra, Gaziantep'te akrabalarımızı ziyarete gittik, orada bize iki ayrı odada yatak yaptılar. Ben de ev sahibine "Biz artık evliyiz, aynı odada uyuyacağız. Tek yatak yapalım" dedim. Bu durum ailede konu oldu. Neymiş efendim, düğünümüz olmadan nasıl birlikte uyurmuşuz... Ayol, kocamla uyumak için sizin halay çekmenizi, göbek atmanızı mı bekleyeceğim? (Gülerek) Şimdi gülüyorum ama o zaman buna gıcık oldum.

Esasında biz düğün istemiyorduk fakat ailem ileride pişman olacağımı söyleyince büyükleri kırmak istemedik. Elbet bir bildikleri vardır düşüncesiyle düğün yapmaya karar verdik. Nikâh olunca, ben oturum vizesine başvurdum, bizden dosya istediler. Antoine abarttı tabi. Yüzlerce birlikte çekilmiş fotoğraf, dağ, taş, kaplumbağa, sayfa sayfa MSN yazışması, beni ziyarete geldiği dönemlere ait uçuş kartları, ne bulduysa koymuştu dosyaya... Sahte evlilik olmadığını kanıtlayacak ya!

Ankara'dan beni aradılar ve vizemin hazır olduğunu bildirip pasaportunuzu alabilirsiniz dediler. Gittiğimde dosyama iliştirilmiş bir post-it'in üstünde "panthére noire"[20] yani kara panter yazılıydı.

Alev'e göre, o dönemlerde çılgın makyajlar yapıyordu ve saçlarını siyaha boyatıyordu, kahkülünün de ona verdiği şuh bir havası vardı. Görevlilerin ona kendi aralarında bu kod adı verdiğini düşündü.

Antoine, annesi, babası ve dört arkadaşı düğünümüz için Bursa'ya geldiler. "Düğünü yazın mı yapsak" diye küçük bir kararsızlık yaşasak da birbirimizden ayrı olmak artık çok zor geliyordu. Bir an önce kavuşmak için yaza kadar beklemedik ve Mart 2009'da düğünümüz oldu.

Düğünümüz çok keyifli geçti, herkes deli gibi coştu. Antoine, şov yapmaya bayılır. Benim tam zıttım. Elinde mendillerle, o zaman 88 yaşında olan babaannemle halay çekti. Dans müziklerinde salondaki bütün yaşlı kadınları dansa kaldırdı. (Gülerek) Hatta daha sonra, kız kardeşimin düğününde, Antoine'i profesyonel dansçı sanmış erkek tarafı.

Bizim geleneklerimizdeki gelin ve damada para takma

---

20 Quebec'te akademik çalışmalarına devam eden Alev, yaptığımız röportaj sonrası, kara panter hikâyesini Fransızca yazıp yerel gazeteye gönderdi ve göçmenlik konusuna vurgu yaptığı bu yazı ile büyük yankı uyandırdı.

adeti onlara çok tuhaf gelmişti. Kanada kültüründe kart yazıp, parayı mektup zarfına koyma adeti mevcut.

Yanlarına para almayı unutunca düğünde Antoine'ın ailesi bize para takamadı. Babam buna sinir olmuştu. Kanada'ya çeyiz olarak sadece Antep'ten aldığım fincan setlerini götürdüm. Bu setleri senede birkaç kere kullanmama rağmen hep beni çok mutlu etmiştir.

Pelin: Coğrafyamızdaki kaynanalık müessesi yabancı kültürde var mı? Nasıl ilişkiler?

Alev: Antoine'ın annesi bana kaynanalık yapmadı, zaten böyle bir kültür de yok. Kanada kültürü de bireysellik üzerine kurulu olduğu için, kararlara saygı duyuluyor. Ülkemizde maalesef kayınvalideler oğullarının evlilikleri üstünden güç sahibi oluyorlar ve bu kazandığı gücü de yeni kurulan çekirdek ailede kullanıyorlar. Bu, ailesi ile bağını koparamayan bireylerde daha çok gözlemlenebilecek bir durum bana göre.

Pelin: Kitabımda yer vermek için senin bilgilerini İpek'ten aldım, İpek ile yollarınız nasıl kesişti?

Alev: İpek ile üniversiteye başladığımız ilk gün tanıştık. Ben limonata yapıyordum, kızlardan birinin annesi börek yapmıştı. İpek'i limonata içmeye ve börek yemeye davet ettim, kabul etti. Meğer yurttaki odalarımız aynı koridordaymış. Çok keyifli günlerimiz oldu. Birlikte güldük, ağladık. Bizim dostluğumuz için zıtların çekimi diyebiliriz. Ben ne kadar özgür ruhlu ve kurallara karşı isem, İpek de o kadar geleneksel ve kuralcıydı.

New York'ta bir araya gelemedik fakat İpek, ilerleyen yıllarda beni ve Antoine'ı ziyarete Montreal'e geldi, inanılmaz güzel bir tatil geçirdik. İstanbul'da da görüşmelerimiz devam etti. En son Kanada'daki akademik kariyer hakkında verdiğim seminer için İngiltere'ye gittiğimde Londra'da İpek'e uğradım. Hatta St. Paul'de dolaştık. Dostluğumuz ilk günkü gibi... Limonata gibi tatlı ve ferahlatıcı, diyoruz (Gülerek). Okul yıllarında katıldığımız bir kadınlar günü etkinliğinde dinlediğimiz şiir, bizi derinden etkilemişti: Siyahi özgürlük hareketinin temsilcisi, kadın şair ve aktivist Maya Angelou'nun "Phenomenal Woman" şiiri... Bizler, şiirdeki gibi olağanüstü kadınlarız.

Men themselves have wondered
What they see in me.
They try so much
But they can't touch
My inner mystery.
When I try to show them
They say they still can't see.
I say,
It's in the arch of my back,
The sun of my smile,
The ride of my breasts,
The grace of my style.
I'm a woman
Phenomenally.
Phenomenal woman,
That's me.

Bilmek ister erkekler
Ne bulduklarını bende.
Çok çabalarlar
Ama dokunamazlar
İçimdeki gizeme.
Göstermeye çalışınca
Göremediklerini söylerler yine.
Derim ki,
Kavisinde sırtımın,
Gülüşümün güneşinde,
Salınışında göğüslerimin,
Tavrımın inceliğinde.
Kadınım ben
Tepeden tırnağa.
Olağanüstü kadın,
Benim işte.

VII.
İPEK

1.Sting - Fragile
2.İlkay Akkaya - Yara Bende
3.Emel Sayın - Ben Onu Arıyorum

İpek, ithal gelinler yolculuğumuzda ikna etmekte en çok zorlandığım gelinim oldu. Duygularını açmak ve geçmişe dönmekten sakınıyordu. Neyse ki ikna çabalarımız sonuç verdi. O halde buyurun İpek'in serüvenine.

Anadolu'nun ücra şehrindeki bir doktorun ilk sezaryen deneyimiyle gelmişti dünyaya...

Her insana kaderi sorulurmuş doğmadan, "bu koşullar altında dünyaya gelmeyi kabul ediyor musun?" diye. Dokuz ay on gün, on bir gün, on iki gün... Bekle bekle doğmak bilmemiş, kaderini kabul mu etmemiş? Küçük bir cam şişesi gibi denizin dibini boyladı, kum taneleri kararttı gözlerini. Belki o şişedeki mektuptu İpek, mesajı vardı dünyaya.

İpek, ninesi ve dedesinin ilk torunu olarak aileye güneş gibi doğmuştu. Dedesinin hayatta kalmayı başarabilen tek kızının yavrusuydu ve dedesi İpek'in beşiğini Adıyaman demirciler pazarında yaptırmıştı. Hatta İpek'in demirden oymalı beşiğini yaptırmakla kalmamış, İpek'in oyuncak bebeklerini uyutması için minyatür bir beşik de yaptırmıştı. İpek dünyaya gözlerini açtığında Süryani Mahallesi'nde yaşıyorlardı. Sonra Kürt-Alevi mahallesine taşındılar.

İpek, kocaman göbeğiyle mahallenin maskotuydu. İp atlamayı pek beceremezdi. Birler, ikiler, bilemedin üçlere kadar gelir, dört ve beşleri fazla kilolarından dolayı atlayamazdı. Hemen Hazal girerdi devreye, çıta gibi çevik Hazal. İpek'in hayat boyu sırtında hissettiği destek... İpek'in bu güçsüzlüğü ile dalga geçmez, bilakis onu korur, üçlere kadar atlamasıyla kabul ederlerdi. Hazal, İpek'i akrabalarının marul bahçelerine gideceği zaman çağırmıştı. Nenesi İpek'i, babası eve gelmeden dışarı salmadığı için İpek koşarak Hazal ile marul bahçesine kaçmıştı. Marul bahçeleri oturdukları mahallenin çok uzağında olduğu için yolda yağmura yakalanmışlardı, marulları hep zedelenmişti. İpek, kilolu olduğu için dolu bastırdığında da koşamamıştı, yere yığılıp çamur gölüne düşmüştü. Hazal sürükleye sürükleye kaldırmıştı İpek'i. Her daim İpek'i ayağa kaldıran Hazal...

Zorlu ve travmatik bir hayatı olmuştu. Halası kaçarak evlendiği için babasının yüzü yere eğilmişti, çok ama çok içine kapanmıştı. Yaptığı hata nedeniyle halasının infaz edilmesi aile meclisinde tartışılmış, araya giren aşiret ağaları ve aracıların çabalarıyla dava çözülmüştü. Halasına karşılık, halasının kaçtığı adamın kız kardeşi İpek'in amcasına gelin olarak gönderilmişti. Bir nevi berdel yapılmıştı. Bu nedenle İpek, hatalı bir evlilik yaparak babasının yüzünü yere eğmeyi asla istemezdi. Dondurucu bir şubat gecesi dedesi buzda kayıp düşmüş ve sakat kalmıştı, artık koltuk değneği kullanıyordu. Aradan pek geçmeden gencecik halasını trafik kazasında kaybetmiş, arabada bulunan berdel yengesi kaza sonucu sakat kalmıştı. Halasının ölüm haberini aldığı sırada İpek'in yanında olan küçük halası ne yazık ki daha sonra ölen ablasının kocası ile evlendirilmişti. Babası defalarca ölümün eşiğinden dönmüş, hastaneye yatırılmıştı. Bütün bunlar yetmezmiş gibi, henüz 17 yaşındaki kuzenin intiharını atlatamadan ninesi gözlerinin önünde son nefesini vermişti. Beden ve ruh sağlığı bozulmuş, eşinin ölümüne ve yalnızlığa daha fazla dayanamayan, maksimum üç ay ömür biçilen dedesi, Azrail'den önce davranarak intihar etmişti. Bir kez daha kalbinin orta yerinde yara açılmıştı İpek'in, şoktan yumru inmişti boğazına. Kâbusu bununla da bitmemiş, dedesinin vefatının elli ikinci gününde diğer dedesini kalp krizinden kaybetmişti. 2000'li yılların siyasi sürgün dalgasında memur olan annesi sürgün yemişti. Dönemin Cumhurbaşkanı Ahmet Necdet Sezer'in başbakan Bülent Ecevit'e anayasa kitapçığını fırlatmasıyla, 21.02.2001 Türkiye ekonomik tarihinde "Kara Çarşamba" olarak yer etmiş, Türk lirası devalüasyona[21] uğramış, kriz patlak vermeden kısa süre önce sipariş verdikleri arabanın fiyatı doların kur artışı nedeniyle yükselmişti. Ailece maddi darboğaza girmiş, bir tanesi kardeşi de şehir dışında yatılı okul kazanarak evden gitmişti. Kendisini yapayalnız hissediyordu.

İpek, bunları anlatırken gözyaşlarına hâkim olamadı ve şu sözleri sarf etti:

Benim, yaşadığım acılardan ergenlik yaşamaya fırsatım olmadı maalesef... Çocuktum, bir baktım yetişkin oldum. Sizlerin ağa dizilerinde görüp TV'de izlediği şeyleri gerçek hayatta yaşıyordum. Acılarımı unutmama yardım eden tek şey: ders çalışmak, öğrenmek ve soruları çözmekti.

Ortaokulda sınıf arkadaşlarını toplayarak ailesinden habersiz, otellerin lobisinde turist avına çıkıyordu İpek. Nemrut Dağı'na gelen turistlerle öğle molalarında sohbet etmeye çalışıyordu ve bir gün çarşıda turist kafilesini gezdirirken ailesine yakalandı. Babasının sert tutumuna rağmen Halk Müziği korosuna katılıyor, kendi yazdığı "Tezekli Hatçe" oyununu sergiliyor, müzik ve tiyatro için

---

21 **Devalüasyon:** sabit kur sistemlerinde ödemeler dengesi açık veren ülkenin ulusal parasının dış satınalma gücünün, hükûmetçe alınan bir kararla düşürülmesidir.

sahneye çıkıp perdenin açılmasını beklerken içinde kabaran eşsiz coşkunun yerini hiçbir şey tutmuyordu.

Her ne kadar müzik öğretmeni, babasını okula özel olarak çağırıp İpek'i konservatuara hazırlamak gerektiğini söylese de babası, çok net bir şekilde kızını konservatuara göndermeyeceğini ve öğretmeninin bu konuyu kapatmasını istemişti. İpek bu gerçeği üniversiteyi bitirmeye yakın öğrenmişti.

İpek, okulunu birincilikle bitirip Türkiye derecesi yaptı. Eve gelip müjdeyi verdiğinde annesi zılgıt çekti ve konu komşu halay çekerek kutladılar. ODTÜ'de ekonomi okumaya başladı İpek. Toplumun ondan beklentisi tıp okumasıydı, onca puan ekonomi okunarak çar çur edilir miydi? Üniversitenin üçüncü sınıfının ikinci dönemini Almanya'da okudu fakat ailesini ikna etmesi hiç de kolay olmamıştı. Annesinin iş arkadaşları toplanarak ev ziyaretine gelmiş ve İpek'in babasını ikna etmişlerdi.

Kendisini insanlara anlatmak ve kabullendirmek için o kadar uğraşmıştı ki... Okuduğu bölüm ve üniversite için çaba, Erasmus programıyla Almanya'ya gitmek için çaba... Önünde engebeli bir yol vardı, çok ama çok çaba sarf etmesi gerekti.

Evlilik konusunda da savaşmak istemedi. Evlilik, onun için risk alması en zorlu konuydu. Okulu bırakıp yeni okul okuyabilirdi, yeni bir meslek edinebilirdi ama evlilik, dönüşü olmayan bir yoldu. Gelinlikle evden çıkıp ancak kefenle geri dönülen bir müessese...

ODTÜ'de okurken arkadaşları flörtünün olmayışına çok şaşırıyordu çünkü muhafazakâr hayatından kaçış yoktu. Flörte, maceralara gerek yoktu. Bir genç kız düşünün, en büyük korkusu âşık olmak olan... O genç kız İpek'ti işte!

Erkeklerin gözüne bakmadığı için utangaç hatta ezik olduğunu bile düşünen vardı. Kendini ve koşullarını insanlara anlatmak zorunda değildi. Okulunu bitirip eninde sonunda camiadan biriyle evlilik yapacaktı.

İpek, Serkan'ı ortak tanıdıklarının düğününde 2005 Temmuz'unda gördü. Babası da İpek ve Serkan'ı resmi olarak düğünde tanıştırdı. Serkan, İpek'e e-posta adresini verdi ve bir ihtiyacı olması halinde yardım edeceğini söyledi. İpek, okul açıldığında Serkan'a kısa bir e-posta göndererek ona kendi e-postasını vermiş oldu. Birkaç kez yazıştılar, ötesi olmadı. Serkan, bayramlarda arayıp sohbet etmek istese de İpek onu geçiştirdi.

İpek, 2007'de üniversiteden mezun oldu ve o yıl KPSS'ye girdiği gün, eve yorgun argın döndüğünde Serkan'ın ablası Sevtap'ın eve geldiğini ve ailesinin elçisi olarak İpek'in konuştuğu biri olup olmadığını sorduğunu öğrendi. İpek, deliye döndü. Kendisi aralıksız iki gündür sınavlara girerken ve geleceğine yön vermeye çalışırken nereden çıkmıştı bu kısmet? Ailesinden, şu anda kafasında evlilik fikrinin olmadığını Sevtap'a iletmelerini istedi. Serkan'ı reddetmişti.

Zaten sağdan soldan Serkan'ın onu beğendiğini hatta dayısına İpek'e olan aşkını itiraf ettiğini duydu. İpek ise bu konularla hiç ilgilenmiyordu. Yaz tatilinde iş görüşmelerine gitti. KPSS'de aldığı doksanın üstündeki puanı cebine koydu, okuldan da yüksek not ortalaması ile mezun olduğu için içi rahattı. Önce özel sektörü deneyecekti, her zaman insanın elinde B ve C planlarının olması gerektiğine inanıyordu. Gerektirse yüksek not ortalaması ile akademik hayatı da deneyebilirdi ya da özel sektör ağır gelirse puanıyla devlette güzel işlere başvurabilirdi. Zaten

Merkez Bankası'nda staj yapmıştı ve işleyişi biliyordu.

Eylül ayında Ankara'da savunma sektöründe işe başladı. Bayramda memlekete gittiğinde annesinin arkadaşları artık evlilik için de adım atması gerektiğini ima ettiler. Akrabaları, konu komşu yine bazı kısmetlerden söz etti. Bu sırada da İpek'in babası, uzun zamandır süren ve hayatını ciddi anlamda etkileyen kronik rahatsızlığı nedeniyle gittikçe daha sık ve ağır bir şekilde hastalanmaya devam ediyordu. Hangi yöne dönse insanlar, "Baban hasta, evlen de baban mürüvvetini görsün" diyordu. Annesi de İpek'in, talipleri arasından kafasına uyanı seçmesini çok istiyordu. İpek, birkaç kez babasına yurt dışına yüksek lisans ve doktora eğitimi için gitmek istediğini söylediğinde, hatta Norveç'te bir okula kabul aldığını haber verdiğinde, babası onay vermedi. Norveç'teki okula gidememenin üzüntüsüyle baş etmeye çalışırken, Serkan'dan İpek'e çiçek gelmişti. Serkan, New York'ta bir bankada çalışıyordu. Aynı üniversiteden farklı dönemlerde mezun olmuşlardı. İpek, bu güzel çiçeği kabul etmek istemedi ama artık çiçek gelmişti. Aldığı çiçeği çöpe atmıştı bile. Serkan nerden çıktı diye düşünüyordu. Serkan'ı reddetmiş olmasına rağmen, ofise çiçek göndermesi kızdırmıştı İpek'i.

İpek, Ankara'da yalnız yaşarken evine hırsız girdi ve çok korktu. Bunun üzerine çok saygı duyduğu ve küçüklüğünden beri örnek aldığı annesinin halası İpek'le konuştu:

Bak yavrum, böyle gece yarılarına kadar çalışmak uygun değil. Evinin yolunu bileceksin. İş de bir yere kadar. Yalnız başına bir kadın böyle büyük şehirde yaşayamaz, zorlanır. Ayrıca yalnız yaşamak tehlikelidir de. Ya hırsız sadece malını çalmayıp sana da zarar verseydi? Bak kuzum, seni takip ettiler. Baktılar eve dokuzdan ondan önce geldiğin yok, soydular evini. Kendine bir yol tut. (İpek'i can evinden vuracak lafı iyi biliyordu.) Babanın sağlığı ortada, bu adamın da torun sevmeye hakkı yok mu? Kardeşlerin ufak, evlenemez. Sen diyorsun ki ben okumaya devam edeceğim. Adam Amerika'da yaşıyor. Gidersin, yerleşirsin, okursun... Bizim yöreden, bizim çevreden... İnsanımızdır, gül gibi geçinirsiniz.

İpek, o sırada NATO'nun Bulgaristan'daki askeri bir okulu için ürün tasarımı yapıyor ve delicesine çalışıyordu. Bu fırsatı kaçırmamalı ve ihaleyi almak için elinden geleni yapmalıydı.

Halasının lafları kulağına küpe oldu. Babası da çok net bir şekilde, yurt dışına tek başına gidemeyeceğini, onu Erasmus'a gönderdiğine bile pişman olduğunu, uzakta yaşayan kız çocuğunun sorumluluğunun daha büyük olduğunu, Allah korusun hastalanırsa yardımına koşacak birinin bile olmayacağını söyledi.

İpek, muhafazakâr dünyasında, evlenmesi gereken kişinin Kürt ve Alevi olması gerektiğini çok iyi biliyordu. Çevresinde henüz aksini yapan bir kişi dahi olmamıştı, kimse topluluk dışı evliliğe cesaret edemezdi. Bir yandan da akrabaları haber gönderip onu istiyorlardı. Akraba evliliğine yüzde yüz karşıydı. Birlikte büyüdükleri bir arkadaş çevresi vardı ve bu gruptaki erkekler onun kardeşi gibiydi, kesinlikle başka gözle bakamazdı onlara. Hay Allah! Neden yaşı yaşına, ailesi ailesine uygun, tahsilli biri yoktu ki? Geniş daha da geniş düşünmeye çalıştı, var mıydı yahu Kürt-Alevi tanıdığı?

En büyük belirsizliği belediyenin sineklere karşı ilaçlama aracının grisinde kaybolmak olan bir kız çocuğu olan İpek, 2008 Mart'ında babasının çocukluk arkadaşının oğlunun görüşme teklifine "evet" dediğinde hayatını etkisi altına alacak bir sis bulutunun içine girdiğinden habersizdi.

İki aylık telefon konuşmaları ve MSN görüşmeleri sonucunda Serkan'ın evlenme teklifini kabul etti. Serkan görüşmelerinde, evlendikleri takdirde ortak yaşamlarının İpek'in istediği gibi olması için elinden gelen her şeyi yapacağını söyledi. Kariyerine devam etmek istediğini söylediğinde ise ona destek olacağının söz verdi.

Serkan, nişan için New York'tan önce Ankara'ya geldi. İpek, sözlüsünü havaalanında karşıladı. Nişan elbisesini Ankara'da abiye elbise satan dükkânların olduğu bir sokaktan seçti, İpek'in seçimine kimse karışmadı. Serkan'ın alışverişini de tamamladıktan sonra İpek, Serkan'a nişan yüzüğü konusunu sordu. İpek'in Amerikan filmlerinde gördüğü kadarıyla, kadınlara evlilik teklifi pırlanta yüzükle yapılıyordu. Serkan ona makul bir pırlanta aldı. Kardeşi ve Serkan ile kahvaltı yaptılar. Serkan sofrayı toplamaya yardım etti, kirli tabak ve bardakları birlikte bulaşık makinesine dizdiler. Bu davranışı İpek'in beğenisini kazandı. Zaten, sağdan soldan annesinin bayram temizliğine bile elinden geldiğince yardım ettiğini duymuştu. Ne güzel! Demek ki vicdanlı bir insan... İleride evlenince hastalık var, sağlık var... "Ev konusunda da yardımcı olur" diye geçirdi içinden.

Nişana uygun olan bütün mekânlar çok önceden tutulduğu için ablası Sevtap diğer mekânları araştırdı. Sevtap'ın müsait olduğunu söylediği salonda daha önce bir yakınlarının düğünü olmuştu, İpek önerilen mekânı kabul etti. Ailesi de bu mekânı beğenmişti.

Serkan'ın ailesi Adana'da yaşıyordu ve Adana'dan geldiler. Serkan'ın anneannesi de İpek'in yaşadığı mahallede yaşıyordu. Anneannesine gittiklerinde, Serkan'ın kardeşi davetiye kataloğunu davetiye dükkânından bir koşu gidip almıştı. Kendi ailesi ve Serkan'ın ailesiyle, anneannesinin evinde çay içip nişan detaylarını konuşurken davetiyeyi Serkan ile birlikte seçtiler.

Serkan'ın ablası Sevtap ve annesi, gelinin aldığı şeyleri görmek için İpek'i ziyarete gittiler. Pırlanta kutusu açılır açılmaz Sevtap'ın yüzü değişti Sevtap'ın yüzünde o an ortaya çıkan kıskanç ifade, İpek'in dün gibi aklında.

(Sevtap, kırklı yaşlarındaydı, liseyi dışarıdan bitirmişti ve henüz evlenmemişti.)

Serkan, nişan töreninden önceki günlerde İpek'e, "Nişan tuvaletini giyinip anneme gösterdin mi?" diye birkaç kez sordu. İpek de tuvaleti giymediğini fakat annelerinin ve hatta eve misafirliğe gelen komşuların tuvaleti gördüğünü söyledi.

(Serkan, daha önce de Anneler Günü'nde İpek'i arayarak kayınvalidesini aramasını söylemişti. İpek ise henüz kız isteme tören gerçekleşmeden böyle bir kutlama yapmasının yakışık alamayacağını söyledi. Ama içine bir kuşku düşmedi değil!)

Ertesi gün tatlısı yenilecekti. Altın alışverişi yapmak için babasının ahbabının kuyumcu dükkânına gittiler. Alışveriş öncesi, İpek'in annesi Serkan'ı kenara çekerek "Oğlum, altın konusunda gücün var mı? Gücün ölçüsünde al, gücünü aşıp yarın öbür gün sıkıntı çekmeyin" dedi. Serkan ise, "Gücüm var" dedi. Kuyumcu, İpek'e altın bilezikleri ve setleri göstermeye başladı.

Yirmi dört ayar altın kesinlikle İpek'in tarzı olmadığı için ve yöresinde kadınlar altınları, setleri genellikle düğünde, davette taktığı için bu altınları nadiren kullanacağını ve belki ileride yatırıma dönüştüreceklerini düşünerek en az işçiliği olan düz ve işlemesiz bileziklerden tercih etti. Hatırladığı kadarıyla Serkan'ın ailesi üç çift bilezik aldı. Damat tarafının taktığına eşit sayıda bileziği de İpek'in babası aldı. Kendisi için bir Trabzon seti seçti ve alyanslarını Serkan ile birlikte seçtiler. Bu sırada kuyumcu, "anne yüzükleri de var, almayacak mısınız?" deyince Serkan, İpek'in annesinden bir yüzük seçmesini istedi. İpek'in annesi ise İpek'ten fikir almak istedi. İpek'e hangisini beğendiğini sordu. İpek de annesine yapraklı modeli beğendiğini söyledi. Annesi de beğendi ancak kuyumcunun çıkardığı modelleri henüz incelerken kayınvalidesi, İpek'in annesinin beğendiği yüzüğü parmağına takıp Serkan'a "Ben bunu alacağım" dedi.

(Sorun: İpek'in o an içinden bir şey koptu ve kayınvalidesinin hemen araya girmesine anlam veremedi.)

İpek'in annesi, tek kızı olduğu için bütün gelenekleri yerine getirmek istiyordu. Serkan'a bohça yapacağını söyledi. İpek de Serkan'a annesinin ona bohça yapacağını, bohçada özellikle istediği veya istemediği bir şey olup olmadığını sordu. Adetlerine göre karşılıklı bohça alışverişi yapılmalıydı. Damat için iç çamaşırı, havlu, terlik, patik, gecelik, robdöşambr, eşarp, mendil, çorap; gelin için tarak, makyaj seti gibi birtakım eşyaların konulduğu bir set. İpek'in bu konuda herhangi bir tecrübesi olmadığı için, Ankara'da kendisinden birkaç ay önce nişanlanan arkadaşından da en güncel bilgiyi alıyor, hiçbir detayı atlamak istemiyordu. Serkan, bohça yapılmasını istemediğini, zaten bohçada sayılan her şeyinin kendisinde olduğunu, onun yerine bohça içine konulan malzemelerin tutarının hesabına yatırılmasını istedi. İpek ise iyi niyetle, Amerika'da uzun süredir yaşadığı için onun yöresel adetleri bilmediğini veya şaka yaptığını düşündü. Hatta anneleriyle çarşıda gezerken bir mağazaya girdiklerinde İpek'in annesi yine üsteledi "Robdöşambr alacağım" diye. Serkan, almasını istemediğini, alsa da asla kullanmayacağını söyledi. Bohçayı, "Robdöşambr" eklemeden verdiler. Makyaj setleri Türkiye'de pahalı olduğu için İpek bunları, Amerika'dan gelirken Serkan'ın "bir isteğin var mı?" sorusuna istinaden sipariş vermişti. Zaten, bohçaya konulan bir şey olduğu için makyaj seti istemekte bir beis görmemişti.

Aileler tatlının detaylarını konuşurken Serkan'ın ailesi, sadece çekirdek ailelerinin katılacağını söylediler. Birkaç tepsi baklava ve yoğurt geldi. Bu sırada, Serkan'ın bir traktör dolusu akrabası köyden gelmez mi? Ev bir anda Serkan'ın amcaları, halaları ile dolmuştu. İpek'in anne ve babası şaşkınlık içindeydi. Nişan kurdelesini kesmek için gelen bir aile büyüğü dışında İpek'in akrabalarından kimse yoktu. Hemen İpek'in halalarına, amcalarına haber saldılar. İpek'in köyden ve şehirden akrabaları gelene kadar büyük bir kaos yaşanmış, babaannesi geç saatte tatlıya davet edildiği için daveti protesto etmişti. İpek'in annesi ve halaları büyük uğraşlarla babaanneyi ikna etmişlerdi.

İpek'in nişan yüzüğünü kesecek aile büyüğü ise İpek'in kendi akrabalarından biriyle evlenmemesini protesto ediyordu. Evin salonunda nişan havasından çok matem havası hakimdi. Ardından zılgıtlar eşliğinde tatlısı yenildi.

Ertesi gün, nişan günüydü. Nişan güzel bir atmosferde gerçekleşmişti, katılan misafirler çok eğlenmişti.

Serkan, her bayram sabahı yalnız uyandığını, bayramları yurt dışında tek karşılamanın zorluğunu İpek'e anlatarak İpek'i hemen o yaz evlenmeye ikna etme çalışmalarına başlamıştı. Eğer hemen nikâh yapıp vizeye başvurursa İpek'in, New York'a gittiğinde işlere ve okullara da başvurma şansı olacaktı. Hatta ilk yıl ne yapmak istediğine karar vermek için de düşünebilirdi, evliliklerinin tadını çıkaracaklardı.

Nişandan sonra, nikâh da gerçekleşti. İpek ve Serkan, nikâhı kutlamak için baş başa yemeğe çıktılar. Her ne olduysa İpek, o deftere imzayı attıktan sonra oldu!

Nikâhtan hemen sonra Serkan, gittikleri pastanede İpek'e düğün sonrası hemen altınların satılacağını dikte etti. İpek çok şaşırdı. Neden altınlar satılsın ki? Bir şey mi alacaklardı? Ev, arsa, tarla? Altınlarının satılmasına razı olmadığını söyledi. Nişanda kendisine takılan altınları da Adana'ya veya New York'a götürmek mantıklı olmayacağı için ve zaten birkaç ay sonra düğün yapacaklarını için altınları İpek'in annesinin bankadaki kasasına yerleştirdiler.

(Sorun: Serkan, kafasındaki evlilik modelinde İpek'in ailesinin devre dışı olmasını istiyordu. Altınların İpek'in ailesinin kasasında düğüne kadarki birkaç aylık dönemde kalması bile hoşnutsuzluk yaratmıştı Serkan'da. Halbuki ailesi İpek için aylık kasa aidatı ödüyordu.)

İpek, Ankara'ya döndü ve çalışmaya devam etti. Serkan ise New York'a...

Birkaç hafta sonra İpek'in kayınvalidesi ve kayınpederi, İpek'i Ankara'da birkaç günlüğüne ziyaret edeceklerini söylediler. İpek de hırsızlık olayından sonra küçük erkek kardeşiyle yaşamaya başlamıştı, kardeşi okul kaydını Ankara'ya almıştı. Kardeşi, İpek'i hayatındaki değişiklikten ötürü sorumlu tutuyordu. Ergenlik, yeni ortama adaptasyon sorunu derken İpek'e odasına girmeyi bile yasaklamıştı. Odasını temizlemediği gibi ablasının temizlemesine de müsaade etmiyordu.

Kardeşine odasını temizlemesini söylemişti. Kardeşi temizleme konusunu kulak ardı edince İpek, kamerasını alıp o yıllarda henüz patlamamış olan *YouTube*'a kardeşinin dağınık odasını koymakla tehdit etmişti. Kardeşi üstünkörü kitaplarını, kıyafetlerini toparlamıştı. İki kardeş, bağırış çağırışlardan sonra barışmıştı. İpek, kardeşi kendisine emanet olduğu için onu kırınca içi acıyordu. Kardeşinin sevdiği McDonalds menüsünü eve sipariş edip abla kardeş tartışmasına son vermişlerdi. İpek, Serkan'ın ailesi gelmeden önce evi kardeşinin odası hariç, temizlemiş ve yemekler yapmıştı. Kardeşi de otogarda misafirleri karşılamıştı. On günlük misafirlikleri boyunca İpek, "Kendinizi evinizde gibi hissedin. Yalnız, kardeşim inatçı, onun odasına girmezseniz çok iyi olur" diyerek işe gitmişti.

(Sorun: Kayınvalidesi Adana'ya döndüğünde Serkan'a, İpek'in evini kardeşinin odasına kadar temizlediğini, evinin pis olduğunu iletti. Bu konu, evlendikten sonra New York'ta bile gündeme geldi ve tartışma sırasında "Ailem senin evini bile temizledi" olarak yansıtıldı. İpek ise, "Ailene odaya girmeyin diyorum. Eve geliyorum, odanın şeklini bile değiştirmişler, ne hakla?" diye sormuştu.)

İpek, kayınvalidesi ile gittiği Arjantin Caddesi'ndeki butik gelinlikçilerden birinde giydiği ikinci gelinliği beğendi. Butik sahibi kadın, ODTÜ mezunuydu ve İpek'e güzel bir indirim yaptı. Elinde son kalan otuz altı beden gelinliği İpek'e kiralama fiyatına satmıştı.

(Sorun: İpek'in kayınvalidesi, gelinliği kaynı evlendiği zaman yeni gelinin de giyeceğini söyledi. İpek, öylesine baskı altındaydı ki cevap dahi veremedi. Bu gelinlikti, okul önlüğü gibi bir öğrenciden bir öğrenciye devredilebilir bir

şey değildi ki? Gelinliği kendisine özgü olsun istiyordu. Hadi İpek gelinliği verdi farz edelim, acaba eltisi bu gelinliği giymeyi kabul edecek miydi?

Bir yandan da İpek, Serkan ile yaşamaya başladığında "gelinlik" muhabbeti çok döndü evlerinde. Özellikle Sevtap, İpek'e gelinlik alınmasından çok rahatsızlık duymuştu ve herkes gelinlik kiralarken İpek'e gelinliğin satın alınmasını sorguluyordu temel olarak. İpek ise, butik sahibinin yaptığı güzel bir indirim sayesinde gelinliği, kiralama fiyatına denk getirdiğini söyleyip kendince savunmasını yaptı. Sonuç olarak, gelinliğin satın alınması evlilikte parasal soruna yol açtı, her seferinde eşinin ve eşinin ailesinin başına kaktığı bir unsura dönüştü.

Öte yandan İpek, bir gelinlikçide başka bir gelin görmüştü. Bu gelinin adı da İpek'ti ve mağazaya gelinliğini teslim almaya gelmişti kolunda nişanlısıyla. İpek çok imrendi, neden her şeyi kayınvalidesi ile seçiyordu? Kendisini Serkan'dan çok kayınvalidesi ile evliymiş gibi hissediyordu. Nitekim hisleri gerçeğe dönüştü.)

Kayınvalidesi ve kayınpederi döndükten bir hafta sonra, Karadeniz'de okuyan kaynı Serhat üniversiteyi bitirip memlekete dönerken Ankara üzerinden Adana'ya gideceği için yolunun üstünde olan İpek'in evinde on gün kaldı. Bu sırada İpek'in iki erkek kardeşi, kaynı ve İstanbul'dan Ankara'ya iş seyahati nedeniyle sık sık gelip giden kuzeni de İpek'in evine gelmişti. Hal böyle olunca, komşusu İpek'in annesi ile telefonda konuşurken, İpek'in çok bunaldığını söylemişti.

(Sorun: İpek, evlendikten sonra şu gerçekle yüzleşmişti. Serhat, geçen kış New York'a sadece gezmek için gitmemişti. Amacı New York'ta üniversiteye başlamaktı ancak bu du-

rumda da İpek ve Serkan'ın yaşadığı evde kalacaktı eğitim hayatı boyunca. İpek'in tepkisini ölçmek için kayınvalidesi ve İpek, Serhat'ın Ankara'daki bu uzun tatiline ses çıkarmazsa New York'ta birlikte yaşama fikrine daha kolay alışır, diye düşünüldü. Ancak İpek, kısa süreli ziyaretler dışında kimseyle yaşamak istemiyordu. Hem neden İpek bakacaktı Serhat'a? Annesi var, babası vardı? Ev, ev üstüne olur muydu? İpek, enerjisini kendi kariyerine ve ileride çocuklarına yönlendirmeyi düşünüyordu. Bekârlıkta, kardeşler aynı evde kalabilirdi ancak evlilik olduktan sonra üçüncü şahısların olması evliliği negatif etkiliyordu ona göre.)

Vize işlemleri ve pasaport için Serkan ile görüştü. Serkan, babasına bir miktar para gönderdi ve İpek'e pasaport işlemlerini halletmesi için bu parayı verdiler. İpek, çalıştığı kurum aracılığıyla pasaportunu beş yıllık aldığı için, pasaport ofisinde sadece soyadı değişikliği yapıldı. Bu nedenle de Serkan'ın gönderdiği paranın çok altında bir tutarla işi hallolmuş oldu. Sadece defter parası alındı. Dolayısıyla, İpek eve geldiğinde paranın arta kalan kısmını kayınvalidesi ve kayınpederine teslim etmek istedi. Onlar da bu paranın artık onun olduğunu, dilediği gibi harcayabileceğini söylediler. İpek de erkek kardeşi ile Çıkrıkçılar Yokuşu'na giderek New York'a taşınırken kullanmak üzere bavul ve ufak tefek kına alışverişini yapmıştı.

(Sorun: İpek'in ailesinin o yıl bazı maddi sorunları olmuştu ve bunu da Serkan'ın ailesine laf arasında söylemişlerdi. Hatta nişan döneminde İpek'in babası, inşaat halindeki evinin kaba inşaatını İpek ve Serkan'a gösterip müteahhitten şikâyet etmişti. New York'a gittiğinde ise Serkan tarafından, pasaporttan kalan parayı ailesine vermekle suçlanan İpek, kına gecesi ve bavul alışverişi yaptığını söylese

de Serkan ona inanmamıştı.)

İpek, Amerikan Konsolosluğu'nda görüşmeye gitti ve kısa bir süre sonra eş vizesi çıktı. İşinden istifa etti. İstifa ederken iş arkadaşları eğer bir ay daha çalışırsa, evlenen kadınların evlilik nedeniyle işten ayrılmaları halinde alabilecekleri tazminatı alacağını söylediler fakat İpek bir ay daha beklemedi ve evine dönüp düğün hazırlıklarını yapmaya karar verdi. Bu sayede ailesiyle de vakit geçirme imkânı olacaktı.

İpek, ailesi ile son bir tatil yapmak istiyordu. Yaz tatiline giderken yol üstünde ailesi de dünürlerine uğramak istemişti. Zira nikâh olmasına rağmen, henüz dünürlerini evlerinde ziyaret etmemişlerdi. İpek'in ailesinin amacı günübirlik uğramak olsa da Serkan'ın ailesi birkaç gün kalmalarını ve tatile de birlikte gidebileceklerini söyledi. Tatile çıktılar ancak İpek, büyük bir sürprizle karşılaştı. Erkekler ve kadınlar denize ayrı yerlerde girmişti. İpek, her yaz denizde giydiği bikinisini giymişti. Serhat, İpek'in bikini ile denize girmesine karşı çıkmıştı ve Serkan'ın babası, Serhat'ı kavga çıkarmaması için durdurmuştu. İpek, denize girerken artık korka korka giriyordu. Tatilden keyif alamıyordu, bu ortamda olmak istemiyordu. Kayınvalidesi, annesinin de denize mayo ile girmesine karşı çıkmıştı. Şortlu takımla girerse daha iyi olacağını belirtmişti.

Enteresan bir biçimde, İpek'in Serkan'ın ailesini ziyareti süresince Serkan, İpek ile telefonda hiç görüşmedi. Sadece ev telefonundan arayıp annesi ile konuşarak telefonu kapatmıştı. İpek ve ailesi bu durumu fark etmişti. İpek'i yalnız kaldıkları bir anda kenara çekmiş ve konuşmuşlardı. İpek, içten içe üzülüyordu. Nişanlısı ona ilgi göstermiyordu, konuşmuyordu. Ne İpek'e ne de ailesine telefonda bir "merhaba" bile dememişti. Halbuki evine ilk kez gelen misafirlere "hoş geldin" denmez miydi? Hem de eve gelenler müstakbel eşi ve onun ailesi ise!

(Sorun: İpek, Serkan ile yaşarken bu konuyu gündeme getirdiğinde Serkan'ın ailesinin, İpek ile Serhat'ın bikini kavgasını Serkan'a söyledikleri ortaya çıktı. Serkan, tartışma nedeniyle İpek ile görüşmek istememişti. Kardeşine, yengesi ile kavga etmemesi gerektiğini söylemesi gerekirken kardeşinin tepkisine hak vermişti. Demek ki bundan böyle İpek, eşinin ailesi ile tatile gittiğinde denize giremeyecekti.)

İpek, hayal kırıklığı ile döndüğü Adıyaman'da "çeyiz serme" gününü organize etmeye çalışıyordu. Ailesi, bütün konu komşuya şeker dağıtarak çeyiz serme gününü ilan etti. Kayınvalidesi epeydir Adıyaman'daydı fakat düğün hazırlıkları ile ilgili henüz harekete geçmemişlerdi. Her ne kadar, kayınvalidesine çeyiz serme günü haber verilmiş olsa da İpek, biten kurdele için çarşıya giderken annesi onu tembihledi. Çeyiz serme organizasyonu için misafirlerin birazdan geleceğini, evin akraba, eş dost ile dolacağını, kayınvalidesinin henüz gelmemesinin yakışık almayacağını söyledi. İpek, yoldan geçerken isteksiz bir şekilde kayınvalidesine uğrayarak onu çeyiz serme organizasyonuna beşinci kez davet etti ve yüksek teşriflerini bekledi.

Bu coğrafyada doğduğuna küfretti, ne zordu gelenek görenekler! Her şeyi kendisinin yapması gerekiyordu, ona yardımcı olacak bir ablası veya kız kardeşinin olmamasının eksikliğini hissetti. Defalarca kayınvalidesine söylemişlerdi, organizasyondan haberi varken neden gelmiyordu? Artık, bir an önce şu düğün faslının bitmesini istiyordu.

Kurdeleyi alıp eve döndükten sonra, kayınvalidesi de

gelmişti ama Sevtap gelmedi. Gelir gelmez kendisini antrede yere serdi, "benim başım çok ağrıyor" diyerek uzandı. Misafirler geliyordu, İpek ikramlarla ilgileniyordu. Tadı kaçtı İpek'in... Misafirlerin de garibine gitti kayınvalidesinin tutumu.

Sonraki gün, İpek damda uyurken zır zır zil çaldı. Aşağı baktığında kayınvalidesi ve kayınpederini kapıda gördü. "Hadi aşağı in, çarşıya gidip davetiye seçeceğiz" dediler. Adıyaman deyimiyle böyle hıldırhop işleri hiç sevmiyordu İpek. "Bunu bana bir gün önceden veya birkaç saat önceden haber verebilirlerdi" diye geçirdi içinden. Kahvaltı yapmadığını, duş almadığını söyleyince, "Hadi, bekliyoruz. Çarşıda bir şeyler atıştırırsın!" dediler. İpek, pastanede bayat bir açma yiyerek ve midesini kaynatan vişne suyunu içerek kahvaltısını yaptı. İsteksizce davetiyelere baktı, saçını başını bile tarama fırsatı vermemişlerdi.

Birkaç gün sonra da Serkan, Amerika'dan gelecekti. Kayınvalidesi İpek'i arayarak Serkan'ı havaalanından karşılayacaklarını söyledi. "Sen de gelmek ister misin karşılamaya?" diye sormadılar bile. Zaten ailecek yapılan tatilden sonra Serkan ile doğru dürüst konuşmamışlardı bile.

Serkan Amerika'dan döndüğünde ailesi ile birlikte İpek'in ailesine ziyarete gittiler ve Serkan, İpek için konsolun üstüne bir paket bıraktı. İpek, çay demlemek ve çayları tazelemek için mutfağa gidip geldiği için hediyeyi odasına götürmek için acele etmemişti. Ayrıca yine adetlere göre, eve gelen başka misafirlerin de nişanlısının geline hediye getirdiğini görmeleri şık sayılırdı. İpek, kendi çayını alıp tam koltuğa oturduğu sırada bir anda kayınvalidesi ayaklandı ve konsolun üstündeki paketi cırt cırt açtı. "Bakalım, oğlum ne almış?" diyerek, İpek için getirilen hediyeyi kendi hediyesiymişçesine inceliyordu. İpek'in dili tutuldu. Paketten bir çikolata çıktı ve kayınvalidesi çikolatayı afiyetle yedi. "Pes!" dedi İpek içinden, mutfağa giderek bir çay daha tazeledi.

(Sorun: İpek'in kayınvalidesi şova önem veriyordu ve normalde düğün salonlarında yedi katlı olan pastayı on katlı olacak şekilde yaptırmıştı. Düğünde ise, gelin ve damadın oturduğu alana gelip ayaklarını dinlendirmek için bir süre oturdu. Genç garson, düğün sahibi olduğu için elindeki pasta tepsisinden bir tabak vermek istedi İpek'in kayınvalidesine. Kayınvalidesi ise garsona doğru kafasını kaldırarak, "Yemeyeceğim" demişti. Ardından, gelin ve damat için hazırlanan özel pasta geldi. Aranjeli ve tasarımı farklı olan bu pasta geldiğinde Serkan, "Anne, pasta yemiyor musun? Tadına bak istersen" deyip pasta tabağını annesine doğru itmişti. Bu sırada kayınvalidesi de İpek'in tabağını kendisine çekip gelin pastasını afiyetle yedikten sonra halaya girmişti. Serkan, "Buradan ye" dese de İpek'in bütün hevesi kaçmıştı. Bu kadın ne yapmaya çalışıyordu? İpek kendi gelin pastasını bile yiyememişti. "On katlı pasta yaptırıp, gelin pastamı neden yiyorsun?" diye sormamıştı. Halbuki garsona yapacağı vereceği bir işaretle masaya on tabak pasta bıraktırabilirdi. Mesele onun İpek'in aranjeli "gelin" için özel hazırlanan pastasını yemesiydi.

İpek, durumun neden böyle olduğunu epey bir düşündü. Sonra bu durumun kayınvalidesinin kabahati değil de kendi kabahati olduğu sonucuna vardı. İpek, sınır çizme konusunda başarısız olduğuna kanaat getirdi ve kırmadan dökmeden şaka yollu da olsa, hediyesi geldiğinde "Bu paket bana ait" demesini bilmeliydi. Hediye paketini izinsiz açan, gelin pastasını da yiyip bitirecek yetkiyi bulur kendinde.

İpek, kendisine "gelin" olma sürecinde alınan veya yapılan her şeye kayınvalidesi ve Sevtap'ın sahip olma arzusunu öylesine derinden hissediyordu ki! Yine adetlere göre, gelinin kına gecesinde kına yakılırken başına örtülen kırmızı örtüyü gelin, sevdiği birine hediye ederdi. Bundaki amaç da örtüyü alan kişinin bir an önce kısmetinin açılmasıydı.

İpek'in kendisinden birkaç yaş büyük bir kuzeni vardı: Şevin. Toplum tarafından Şevin'in, amcasının oğlu ile evlenmesi arzu ediliyordu. Ancak ne Şevin ne de amcasının oğlu bu evliliğe sıcak bakıyordu. Geleneklerine göre bir kızın amca oğlu varsa o kızı istemek önce ona düşerdi. Dolayısıyla, Şevin'in talipleri amca oğlunun evlenmesini bekledi. Nitekim bir süre sonra Şevin'in amcasının oğlu başka bir kızla evlendi. İpek, ailede kendisine en çok benzeyen, ablası bildiği ve aynı zamanda nikâh şahidi olan Şevin'in mutlu bir yuva kurmasını istiyordu. Bu nedenle kına örtüsünü Şevin'e verdi. İpek'in örtüyü kuzenine vermesi olay olmuştu! Sevtap dururken örtüyü nasıl başkasına verebilirdi? İpek'in anlatamadığı şey şuydu: Gelin olan İpek'ti ve gelin olarak örtüyü verip vermeme, verecekse kime vereceği kararı kendisine aitti. Bu tür müdahaleler İpek'in canını sıkmaya başlamıştı.)

Ailelerin düğün ile ilgili detayları konuştuğu sırada, İpek'in kayınvalidesi şu cümleyi sarf etti: "Sizin altınlarınız size, bizim altınlarımız bize." İpek'in ailesi bu duruma pek anlam veremedi. Serkan'ın ailesinin, takılan çeyrekleri daha sonraki düğünlerde Serkan'ın kardeşlerine veya yakınlarına takmak üzere kullanacağını düşündüler. Gel gelelim düğünde İpek'e, Serkan'a takılan çeyreklerin belki dört katı kadar çeyrek takılmıştı. İpek de babası da artık çeyrekler hakkında konuşmak ve İpek'in kayınvalidesi ile polemiğe girmek istemiyordu.

(Sorun: Erkek anneleri ülkemizde, özellikle doğu kültüründe, oyun kurucu rolünü üstleniyor. İpek'in kayınvalidesi ise, kendi ailesi düğünlere çok fazla katılım göstermediği için az çeyrek almıştı, İpek'e çok çeyrek gelince de kararını son anda değiştirip kendisine gelen birkaç çeyreği de Serkan'a vermişti. İpek'in ailesi ise, karar verildiği için tekrar altın muhabbetine girmedi. Böylece kayınvalidesi kendi kurduğu tuzağa kendi düştü. İpek boşandıktan sonra, kayınvalidesi başlattığı karalama kampanyasında İpek'in annesini, düğünde takılan çeyrekleri almakla suçladı. Halbuki evde ailelerle karar verirken bunun böyle olmasını kendi istemişti.)

Düğünden önceki gün İpek ve Serkan, düğün salonuna gidip repertuarı belirlediler. Görevli, şarkıların ritmine ve gelin-damadın salona girişi ve pastanın kesimi zamanına göre kabaca ve tahmini bir sıralama yaptı. Düğün günü, Serkan son bir kez salona gidip hazırlıkları kontrol edeceğini söyledi.

(Sorun: Tahmin edebileceğiniz üzere düğün boyunca İpek, favori şarkılarının gelmesini beklerken beklediği şarkılar hiç çalmadı. Zaten Serkan'ın kardeşi Serhat da düğün giriş şarkısı, kendi sevdiği şarkı olmadığı için surat asmıştı. Aman Allah'ım! İpek hangi biriyle uğraşacaktı? Serhat'a vermesi gereken cevabı vermemişti: "Serhatcığım, şarkı güzel... Ama biz başka bir şarkıyı uygun bulduk. İnşallah sen kendi düğününde çalarsın" diyerek konuyu kapatması gerekiyordu. Düğün sonrasında İpek anladı ki Serkan salona son kontrole gittiğinde repertuarı tamamen değiştirmişti.

Bu durum, birçok kişi tarafından basit bir detay olarak görülebilir ancak bu durum Serkan'ın, İpek'in istek ve fikirlerine saygı duymadığının en basit örneğiydi. Ama unut-

mayın ki şeytan ayrıntıda gizlidir.)

İpek ile Serkan düğünden birkaç gün sonra, önce İstanbul'a gidecek oradan da New York'a uçacaklardı. Bu birkaç gün için Sevtap, İpek ile Serkan'ın kendi dayılarının evinde kalmasını önerse de İpek, yeni evli bir çift oldukları için otelde kalmak istediğini söyledi. Plana göre iki akşam otelde kalacaklar, son gece ise İpek'in ailesinin evinde birkaç saat uyuyup sabah erken saatte uçakla İstanbul'a geçeceklerdi.

Düğün gününden bir gün önce İpek, bir düğün kolisi hazırladı. Yanından hiç ayırmadığı not defterine kuaföre, düğün salonuna ve otele gidecek olan eşyaların listesini yazmıştı. Serkan; nişanlısı, annesi, kayınvalidesi ve ablası dışında kimsenin kuaför masrafını karşılamak istemedi. İpek, düğün gününde kendisini yalnız hissettiği bu duruma bozulsa da kafaya takmamaya çalıştı. En azından yanında bir kız kuzeni, arkadaşı olabilirdi. Nitekim annesi düğün ayakkabısını yanına almayı unuttuğunu fark etti ve düğün ayakkabısı fotoğraf çekiminde de lazım olduğu için İpek'in eve gitmesi gerekiyordu. İpek, annesine orada bir hiddetlendi ama çaktırmamaya çalıştı. İpek'in eve gideceğini duyan Sevtap da düğünde takacağı küpelerini yanına almadığını gördü. İpek'in görevi belli olmuştu, kuafördeki gelin koltuğundan kalkıp annesinin ve görümcesinin eksikliklerini tamamlamaya çalışacaktı.

İpek, ayakkabı ve küpeyi evden almaya giderken kendisine şu soruyu sordu: Ben günler öncesinden hazırlık yapıyorum ancak çevremde "İpek, her şeyin tamam mı?" diye soran biri bile yok. Ben eksikliklerin peşinde koşuyorum.

Maalesef, o gün de ilerleyen günlerde de İpek'e gelin rolü verilmedi.

Saç, baş, gelinlik ve makyaj tamamlandıktan sonra kuaförün çırağı yanlışlıkla far setini düşürdü ve İpek'in gelinliği kahverengiye boyandı. İpek, ağlamamak için kendini zor tuttu, dokunsan ağlayacaktı. Yıkasalar bile geçmeyecekti. Bu yüzden çözümü, lekeli kısmı yanlarındaki tülleri lekeyi kapatacak şekilde dikmekte buldular. Stüdyoda ise bir o tarafa bak, bir bu tarafa bak derken ve büyük aile fotoğrafı için herkesin hazır olmasını beklerken çok zaman kaybettiler. Hal böyle olunca, İpek'in davullu zurnalı evden çıkma seremonisi, biraz geç başlamış oldu. Normalde bu seremoniye damadın akrabalarının bir kısmının eşlik etmesi gerekirken, İpek'in etrafında evden çıkarken kendi ailesi dışında kimsecikler yoktu. Bu durum, mahalledeki komşuların ve İpek'in diğer akrabalarının çok dikkatini çekmişti.

İpek ve Serkan, salona girip ilk danslarını yaptıktan sonra gelin-damat locasına geçtiler ve oturur oturmaz bütün akrabalarının elinde dürüm olması İpek'in dikkatini çekti. Yemekle ilgili bir sorun mu olmuştu acaba? İpek, hemen huzursuz hissetmeye başladı. Yemek mi yetmemişti?

Düğünün ilerleyen saatlerinde İpek'in akrabaları halay başı olmak isterken, İpek'in kaynı Serhat, halay başı olmak için kavga çıkarmıştı. En güzel şarkılar çalarken İpek, pistte Serkansız dans ediyordu. Daha düğün gününde aralarındaki enerji farkı ortaya çıkmıştı. Oysa hepi topu dört yaş fark vardı aralarında...

(Sorun: İpek, evlendikten sonra annesinin arkadaşları bir ortamda bir araya geldiklerinde, birçoğu İpek'in erken yaşta evlenmesine övgüler dizerken ortamın en dobrası olarak bilinen Şükran Teyze, "Valla ben damadı hiç beğenmedim, o somurtkan damadı nerden bulmuşlar? İpek'in

gözlerinin içi parlıyordu ama damat doğru dürüst piste bile çıkmadı, robot gibi oturuyordu" diye belirtmiş.)

Serkan düğünden sonraki sabah, kahvaltıyı odaya söyledi. İpek ile Serkan kahvaltıyı yaptıktan sonra, Serkan odada poşet ve peçete aramaya başladı. İpek, Serkan'ın ne yapmaya çalıştığını anlamaya çalışırken Serkan, İpek'in önündeki yenmemiş haşlanmış yumurtayı, hazır tereyağını, balı, reçelleri yani ekmeğe varana kadar her şeyi peçeteye sarıp poşetledikten sonra "Hadi, bunları anneannemlere götürelim" dedi.

İpek içinden "Eyvah" dedi, hayatının şokunu yaşadı. Bu birkaç reçele mi tamah ediyordu Serkan? O poşeti götürmeleri bile abesti. Serkan'ın anneannesine gittiklerinde ailesi otel odalarını gezmeye geleceklerini söyleyince İpek, şaka yaptıklarını düşündü. Otele havuz başında çay, kahve içmek için gelebilirlerdi ancak otel odası gezmek ne demek? Yeni evli bir çiftin hem de! Hem burası onların evi değildi ki... Birkaç gün konaklayacakları bir yerden ibaretti. Henüz ilk gün, bu konu için aralarında gerilim oluşmuştu.

Sonraki gün İpek, ailesinin evinde New York'a gidecek bavulunu son haline getirmeye çalışırken, annesi ve kayınvalidesi arasında gerginlik çıktı. Sevtap, kendi aldığı robdöşambrı valize sığdırdı, her ne kadar Serkan'ın kullanmayacağı ifade edilse de...

İpek'in sevdiği turuncudan ince bir yorgan seti yaptırmıştı annesi. Gelin, evine çeyizsiz gitmesin diye, annesinin işlediği dantellerden oluşan bu seti bavula yerleştirmek istedi. Kayınvalidesi, şiddetle karşı çıktı. Ortamda olan komşuları İpek'in kayınvalidesinin bu dikte edici tonlaması karşısında küçük dillerini yuttular. Komşular araya girip,

"Kız çeyizsiz gidemez. Koyun seti bavula, kızcağız kullanır" dediler. Kayınvalidesinin İpek'in evine götürmesine
izin vermediği set, on ay boyunca kullanılmadı.

İpek'in çeyiz konusunda ayrı bir hassasiyeti vardı. O
henüz bir çocukken, halası sevdiği adama kaçmıştı ve
amcaları onun bu hatasına karşılık çeyizini köyün meydanında yakmayı planlıyorlardı. Böylece, kız kardeşlerinden
geriye kalan son şeyi yani çeyizini yok ederek onu defterlerinden sildiklerini bütün ahaliye ilan etmiş olacaklardı.
İpek, halasının el emeği göz nuru çeyizinin yakılması fikriyle dağılmıştı. Bu nedenle, bir genç kadının çeyizi yanında olmalıydı. Belki de bilinç altında "çeyiz" onun için
korunması gereken bir değerdi.

*(Sorun: Serkan'ın, anneannesinin ona ta öğrenciyken
verdiği çarşaf dışında hiçbir çarşafı kullanmadığı ortaya
çıktı. Çarşafın ortası aşınmıştı, ipleri sallanıyordu. İpek,
bu rengi solmuş, ortası aşınmış on yıllık çarşafı atacaktı ki,
Serkan hemen müdahale etti.*

-Bu evde benim bilgim dışında hiçbir şeyi atamazsın.

*Verdiği mesaj çok netti, İpek evde biriken gazeteleri bile
atmak için kocasından izin istiyordu. Serkan, evlendikten
sonra, yeni eşya kullanımını da yasaklamıştı. İpek, New
York'a gittikten birkaç ay kadar sonra havalar soğumaya başlayınca, komşularının ısrarıyla bavuluna son anda
yerleştirebildiği çeyizindeki yorgan setini açıp yatağa serdiğinde Serkan, bunu kaldırmasını söylemişti ve bir daha
da bunu kullandırtmamıştı. Öte yandan İpek, çok severek
bavuluna koyduğu ince otantik desenli yeni kilimi çıkarıp
salona serdiğinde Serkan, yeni eşya kullanmayacaklarını
söyleyerek kilimi toplayıp tekrar paketine yerleştirmişti.*

İpek, mutfak tezgâhının altını temizlerken de çekme-

celerde binden fazla market poşeti buldu. Serkan her gün alışveriş yapsa bile, altı aydır yaşadığı bu evde bu kadar poşet olmasını şaşırtıcı buldu. Serkan'ın yeni bir spor ayakkabı satın almışken, süngerleri dışarı çıkan eski ayakkabısını halen giymesine anlam verememişti. Eşini keşfetmeye çalışıyordu bir yandan da. Markete giderken üstünde çamaşır suyu lekeleri olan tişörtü, rengi soluk belki on yıldan uzun süredir giydiği kotu ve süngerleri taşan spor ayakkabısıyla eşini metroların altında yaşayan evsizlere benzetti. Ailesinin taa Türkiye'den alıp gönderdiği kaliteli ve şık paltosunu öylece gardıropta bekliyordu, eksi bilmem kaç dereceye düşen sıcaklıkta yine eski ve daha ince paltosunu giymeye devam ediyordu.

Serkan İpek'e gönderdiği çiçeklerin, aldığı çikolataların, nişanda yaptığı alışverişin, her şeyin faturasını biriktirmişti ve çekmece inanılmazdı, yıllardır yapılan bütün alışverişlerin faturasını da biriktiriyordu.

Bir gün, temizlik bezi olmadığı için yerleri Serkan'ın eskimiş ve sararmış atleti ile silerken Serkan, çok kızdı İpek'e. Ondan habersiz nasıl olur da atletini kullanabilirdi. İpek ise, hepi topu eski püskü bir atlet olduğunu söyledi ama eskimiş atlet için bile tartıştılar.

Son olarak İpek'in, evde girmesinin yasak olduğu ardiye gibi bir kiler odası vardı. Hıncahınç doluydu. Evden taşınırken, buradan tamı tamına altı ütü çıktı ve maalesef bu ütüleri tek tek deneyen İpek, hiçbirinin randıman vermediğini gördü.

Eveeet! Evde bir sürü ütü, birkaç mikrodalga fırın vardı ama çalışmaz vaziyette...

Bütün bunları üst üste koyunca, Serkan'ın eşyalar konusunda normal olmadığını çoktan anlamıştı. Zaten evde kullanmakta oldukları eşyaların da öğrencilerin bedava olarak bıraktığı eşyalar olduğunu öğrenince şokunun boyutu değişmişti. Ütüler de yurtta kalırken öğrencilerin ortak alana bıraktıkları ütülerdi. Kısacası, ücretsiz olan şeyleri tutkuyla eve dolduruyordu. Veyahut anneannesinin verdiği çarşaftan duygusal olarak ayrılamıyordu. Eşyalar ile arasında inanılmaz bir bağ vardı.

Ayrıca Serkan, İpek'e de kendisine de yeni kıyafet almıyordu. İpek'e New York'a gidince gardırobunu yenileyeceğini söyleyip, çok bavul yapmamasını tembihleyen Serkan, dondurucu soğuklar başladıktan çok sonra, taa kasım ayında İpek'e palto almıştı.

Maalesef, onun yaşam kalitesini düşüren ve eşyalara olan bağımlılığı ile İpek'e dünyayı dar eden Serkan, bir istifçiydi. İpek, bunu araştırdı ve obsesif kompulsif bir bozukluk olduğunu görünce hayretler içerisinde kaldı. Çünkü eşinin eşyalara bu denli anlam yüklemesi hayatlarını çok zorlaştırıyordu. Mesela, salonlarının ortasında kitap kolileri vardı, çok çirkin bir görüntüye sebep oluyordu. Ancak Serkan, yaptığı en ufak dekorasyon değişikliğine kızdığı için İpek yaşadığı evi bir türlü kendi evi olarak benimseyemiyordu.)

İpek, bavulu düzenledikten sonra Serkan, Sevtap ve kayınvalidesi evden çıktı. İpek, birkaç saat sonra Serkan'ı aradı ancak ulaşamadı. Birkaç kez daha arayıp ulaşamayınca anneannesinin evini aradı ve kardeşi Serhat'ın önündeki arabaya çarptığını öğrendi. İpek, annesi ve babası hemen hastaneye koştular. Neyse ki Serhat'ın burnu bile kanamamıştı, arabanın da sadece ön tamponunda ufak bir darbe vardı. İç kanama riski nedeniyle gözlem altında kalması gerekiyordu. Kayınvalidesi aralıksız ağlıyordu, teskin etmeye çalıştılar. Kafeteryaya gidip Serkan ve Serkan'ın babası ile çay içtiler. İpek, Serkan'a "Kazayı neden haber vermedin?" diye sorunca Serkan, "Zamanım olmadı" diye yanıt verdi. Serkan, simit yiyordu. İpek "Çarşıya gidelim, bir şeyler yiyelim" dedi ancak Serkan kabul etmedi. İpek de ailesi de acıkmıştı, kebapçıdan paket kebap yaptırdılar. Serhat'ın hastane odasına fazla kişi almadıkları için, İpek eve dönmüştü. Akşam Serkan, İpek'in ailesine uğradığında, İpek hemen etleri ısıtıp eşine masa kurmaya çalıştı. Serkan'da bir şey vardı. Sitemkâr bir şekilde, "Biz hastanedeyken yemeğe mi gittiniz?" diye sordu. İpek ise, "Sadece yemeği hazırlatıp paket yaptırdık ve eve döndük. Ben de bir saat önce yedim" dedi. Normalde Serkan da o akşam İpek'in evinde kalacaktı fakat anneannesinin evine döndü. Zaten birkaç saat uyuyup sabah erken saatteki uçağa bineceklerdi.

(Sorun: Serkan, boşanma sürecindeyken İpek'i, bu kaza sonrasında Serhat ile ilgilenmemekle suçladı, hatta ailesi ile yemeğe çıkmakla. İpek aramasa kazadan haberdar olmayacaktı, haber verme tenezzülünde bile bulunmamıştı kimse. Ancak geceyi tamamen hastanede, kayınvalidesi ile geçirmesi gerekirmiş. Üstelik kayınvalidesinin eşi ve diğer çocukları da eve dönmüşken.

İpek, ailesinin evinde kaldığı için de suçlandı. Halbuki yurt dışına taşınan bir gelinin son gecesini ailesi ile geçirmek istemesi kadar normal ne olabilirdi ki?)

İpek ve Serkan, New York'ta birlikte yaşamaya başladıkları onuncu günde patlak veren büyük kavgadan sonra bir daha ilişkilerini toparlayamadılar. Serkan, İpek'i arayarak evdeki altın kesesini sokağın köşesindeki banka şubesine getirmesini söyledi.

İpek, altın kesesini alıp kararlaştırdıkları yere götürdü.

Bankadaki görevli onları bir odaya aldı ve kasayı doldurduktan sonra haber vermelerini istedi. Bu sırada da İpek, görevlinin istediği belgeyi vermek için giyinme kabini gibi odadan çıkıp tekrar içeri girdiğinde, Serkan'ı post-it'in dörtte biri büyüklüğünde bir kâğıttan, kopya kâğıdındaki yazılara benzeyen minicik harflerle yazılmış yazılara bakarak altınların adedini kontrol ederken yakaladı. İpek, beyninden vurulmuşa dönmüştü. O an Serkan'a çıkıştı, "O kâğıt ne Serkan? Sen bana güvenmiyor musun? Beni hırsız mı sandın?" diye haykırdı ve banka şubesinden koşar adımlarla ayrıldı. Serkan sokağın yarısında, İpek'i kolundan yakaladı.

- Senin ve ailenin bütün taleplerine katlandım, deyiverdi.

- Sen bana güvenmiyorsun. Asıl ben senin ailenin, annenin, ablanın, erkek kardeşinin bütün müdahalelerine katlandım. Düğünümde misafirlerim bile aç kaldı. Asıl ben size güvenmiyorum, kesinlikle üç yüz kişilik yemek çıkmadı.

- Senin misafirlerin zaten düğüne senin için gelmedi ki, amcalarının miras davası vardı onun için Adıyaman'a geldiler. Zıkkım yesin akrabaların... Porselen tabakta hiç yemek yemiş mi acaba akrabaların?

Kavganın şiddeti daha da büyüdü, Serkan'ın annesinin İpek'in kardeşinin odasının temiz olmadığını şikâyet ettiği bile çıktı ortaya.

İpek, gerilim yükselince, çok bunaldığını, bir süre ondan uzak kalmak istediğini, zaten geçen gün Toronto'da yaşayan dayısının davet ettiğini, Serkan'ın da kafasını toplayıp hafta sonu yanına gelmesini önerdi.

Birkaç gün sonra İpek, yerleri siliyordu. Serkan işten

erken dönüp, ayakkabılarıyla yatak odasına girdi, ıslak zeminde izler çıkara çıkara. İpek'in bakmasının yasak olduğu dolabından çıkardığı İpek'in pasaportunu suratına fırlattı. İpek, neye uğradığını şaşırdı. Son birkaç günde neler yaşanmıştı. Eşi, kendisine zerre güvenmiyordu, düğünde takılan altınları aşırıp aşırmadığını kontrol etmişti. İpek'in gideceği bir yer olmadığı için dayısına gitmek istemesine izin vermediğini ve bundan böyle asla tek başına seyahat edemeyeceği gerçeğini haykırmıştı. İpek, hüngür hüngür ağlıyordu. Kendi altınlarını nasıl çalabilirdi ki?

İlerleyen günlerde kavga daha da şiddetlendi. Kayınvalidesi gün başlar başlamaz arıyordu ve kavga ettikleri bir gün kayınvalidesinin telefonunu açmadığı için Serkan, ona daha da kızmıştı. İpek'in konuşacak gücü bile yoktu. Serkan, İpek'i her gün annesini aramakla görevlendirdi. İpek, Pavlov'un köpeği gibi her gün aynı saatte kayınvalidesini arıyor, rapor veriyordu. Serkan, İpek'i ona telefon almak için beş altı telefon mağazasına götürmüş ve mağazadaki en ucuz telefonu bile almayıp, tuş takımı düzgün çalışmayan eski telefonunu İpek'e vermişti. İpek, Türkiye'yi ararken kartla arama yapıyordu ve kart üstündeki yirmiden fazla numarayı doğru yazıp ondan sonra asıl araması gereken numarayı tuşluyordu. 3 rakamı ve 5 rakamı bozuktu. 3'e bir kez bastığında 3 tane 3 üretiyordu ekranda, 5'ten 2 tane, saçma sapan bir telefondu. Bir arama yapabilmek için kaç kere işlemi yaptığını, tuş takımı bozuk olduğu için yarım saat boyunca bir arama bile yapamadığını hiç unutmuyor. Serkan'ın mağaza gezdirip, telefon alıyormuş gibi davranmasını şu anki algısıyla şöyle değerlendiriyor: tamamıyla konforsuz bir yaşam...

(İpek, Türkiye'de işe girdikten sonra Blackberry marka-

sının ürettiği telefonların en son modelini kendisine doğum günü hediyesi olarak aldığını gülerek belirtti.)

Evlilik dedikleri bu muydu? Bütün özgürlüklerin elinden alınması, sürekli kayınvalideyi arama baskısı... İpek, kayınvalidesi ile konuşacak bir konu bile bulamıyordu, çünkü her günü aynıydı.

(Sorun: Kayınvalidesi boşanma sürecinde İpek'i yapacağı yemeği kendisine danışmamakla suçladı ve İpek "Eeeeeh yeter artık, yapacağım yemeğe kadar her şeyi size mi soracağım!" diyerek delirmişti. New York'tan Adana'yı arayıp yapacağı yemeği sorması kadar saçma bir şey var mıydı?)

İlerleyen dönemlerde İpek, *Graduate Records Examination (GRE)* sınavına hazırlandı. Sınav için olağanüstü bir çaba gösteriyordu çünkü kariyeri onun için önemliydi. Kayınvalidesi ise, çiftin kavgalarından adeta habersizmişçesine her aradığında "Sizden bebek haberi bekliyorum, bakın bizim alt komşunun gelini hamileymiş" diye baskı yapıyordu. İpek, zaten nişanlı iken bile toplumsal kurallar olmasa gözü kapalı ayrılacağı bu adamdan asla çocuk sahibi olmak istemediğini hissediyordu. Öte yandan İpek, New York'ta güzel bir devlet üniversitesini kazanarak uluslararası ekonomi dalında da burs kazandı. Ekonomik kriz baş gösterdikten kısa bir süre sonra Serkan'ın işine son verilmişti. Serkan'a çalışmakta olduğu banka sponsor olduğu için hemen iş bulmazsa bir süre sonra, vizeleri biteceği için İpek'i dil okula yazdırıp, İpek'in öğrencilik vizesi ile New York'ta kalmaya devam etmeleri gerekiyordu. Bunun için dil okulu, İpek'ten yirmi bin dolarlık bir teminat istedi. İpek, Serkan'ın eşi olduğu için Serkan'ın yirmi bin dolarlık hesabına ortak oldu. İpek, gün boyu okulda derse gidiyor, eve gelip yemek hazırlıyor, evi temizliyor, çamaşır işini hallediyordu. Serkan'dan ev işlerine destek olmasını istedi. Zaten Serkan gün boyu evdeydi, bilgisayardan iş bakıyordu. Serkan'ın yemek yediği tabağı bile kaldırıp mutfağa götürmemesi İpek'i çileden çıkarıyordu. Ekmeğin kurumaması için poşetini bile bağlamıyordu. Binadaki çöp odasına bir kez olsun çöpü dökmüşlüğü yoktu.

İpek, kendisini sorguluyordu. Ankara'da sözlü iken bulaşık makinesini sohbet ederek dolduran, kahvaltı sofrasını birlikte topladığı Serkan neredeydi? Kendisini diplomalı bir hizmetçi gibi hissediyordu.

Hiçbir ekonomik özgürlüğü de yoktu, Serkan'ın verdiği haftalık altmış dolarla geçinmeye çalışıyordu. Nikâhtan sonra, Serkan'ın İpek adına çıkarıp MSN'de İpek'e gösterdiği ve limiti düşük olan ama İpek'in ihtiyaçlarını alması için yeterli olan kredi kartını evliliği boyunca hiç görmedi. "Muhtemelen Sevtap veya Serhat kullanıyordur" diye düşündü.

İpek'in kendisini vasıfsız ötesi hissettiği bir gün, eski iş yerinden bir arkadaşı İpek'e Facebook'tan mesaj attı ve ihale çalışmasını İpek'in yaptığı NATO okuluyla ilgili teslimatın başarıyla tamamlandığını, kuruma ve ihale süresince büyük çaba gösteren İpek'e NATO okulundan teşekkür mektubu gönderildiğini söyledi. Ofiste, bu teşekkürün çerçeveletilip duvara asıldığını da ekledi. İpek, çalışma hayatını ne kadar özlediğini düşündü, iş dünyasında ne güzel takdir ediliyordu. Serkan ise onun eğitimini, bedenini, giyimini, karakterini, kısacası onla ilgili hemen hemen her şeyi aşağılıyordu. İpek, bu durumdan öylesine bıkkındı ki!

(Sorun: İpek, Serkan ile evli iken şu anki kilosundan on kilo daha zayıf olduğunu, şu anda normal bir kiloda olduğunu, o dönemde ise Serkan'ın onu kilolu olmakla eleştirdiğini

belirtti.)

Serkan, hastalandığında bir gece acilde serum taktırmıştı ve eve beş yüz dolarlık bir fatura geldi. Çünkü İpek'in bütün yüksek teminatlı sigorta ısrarlarına rağmen orta bütçeli sağlık sigortası yaptırmıştı kendisine. Ve bu gerçekle birlikte İpek'e de en düşük teminatlı sigortadan yaptırdığı ortaya çıktı. "Allah belanı versin Serkan" diye düşündü İpek. "Allah benim de belamı versin, sana inanıp güvenerek işimi, yüksek teminatlı sigortamı, kredi kartlarımı bırakıp seninle bir hayat kurmayı düşündüğüm için! Bana hırsız muamelesi yapan adam!"

İpek'in New York'ta yaşadığı süre içinde, uzaktan bir akrabası doçent olan eşinin tıp eğitimi için Amerika'ya gelmişti ve İpek'i arayarak onunla yemeğe çıkmak istemişti. Zaten otelde konaklıyorlardı. Serkan, İpek'in isteğini duymazlıktan geldi. İpek'in Toronto'daki dayısının ısrarlarına rağmen Toronto'ya da gitmediler.

İpek, her gün hayatını daha çok sorguluyordu: Eğer bir akrabamla görüşemeyeceksem, benim çevrem hatta varlığım ondan ibaretse, ben neyim? Sadece çocuk mu doğuracağım?

Ayrıca ne Serkan ne de ailesi İpek'in kariyerine saygı duyuyordu. İpek çalışmasa da olurdu. Ondan beklenen eve bakmasıydı.

Bu sırada mayıs ayı gelmiş çatmıştı, İpek yasal olarak evleneli bir yıl olmuştu bile. Evlerinin kontratı bitmek üzereydi. Her hafta sonu beş kadar ev dolaşıp taşınacakları evi seçmeye çalışıyorlardı. İpek, hafta içi ev bakmaya ne zaman gideceklerini sorduğunda da Serkan'ın cevabı şu oldu;

- Ha, ev mi? Ben internetten bir tane buldum. Gittim,

baktım, beğendim, anlaştık.

- Nasıl yani? Taşınacağımız ev şu an yaşadığımız ev ile aynı şehirde ama ben görmeden mi taşınıyoruz eve? Pes Serkan, pes!

Harlem'e çok yakın Upper West Side'da bir eve taşındılar. İzbandut gibi iki tane Rus taşımacı, evin eşyalarını taşıdı. İpek bir artı bir evden yaz tatiline çıkan bir öğrencinin eşyalarıyla dolu bir stüdyo daireye taşındı. Ruslar, Serkan'la anlaştıkları tutarın üstünde bir taşıma bedeli çıkardılar. Serkan'ın üstünde de o kadar para yoktu, tamı tamına onlar ne kadar istediyse o tutarı çekmiş bankadan. Ruslar ne pislikti! İpek'e pis pis bakıp, Serkan'a parayı getirene kadar bekleyeceklerini söylediler ve İpek, sanki onların bakışlarıyla rehin alınmış gibi hissetti.

Serkan, İpek'i para pul işlerine hiç bulaştırmadı, her zaman bütçesi gizliydi. Evde olandan bitenden hiç haberi yoktu İpek'in. Kendisini bir eşya gibi hissediyordu, tek kelimeyle değersiz. Hatta bir gün kayınvalidesi ve kayınpederi ile telefonda görüştüğünde vizelerinin çıktığını ve New York'a geleceklerini öğrendi. Onlara yaşadıkları stüdyo dairede yer olmadığını söyledi. Dört kişi bir göz odada nasıl kalabilirdi ki? Bir yatak, bir masa, bir koltuktan ve Amerikan mutfaktan ibaretti stüdyo daire.

İpek, Serkan'a ailesi geldiğinde nerede kalacağını sormadı bile. Çünkü saygı gereği kayınvalidesi ile kayınpederi yatakta yatacaktı, Serkan koltukta, İpek ise yerde. Manhattan'da, yerde yatacak olan İpek.

Yerde yatmayı yazın köyünün damında, yıldızları seyrederken sevdiğini düşündü. Bu rezalete bir son vermeye karar verdi! Serkan o kadar acımasızdı ki, evin sadece alt kilidini İpek'e vermişti, tek anahtar kendisindeydi. İpek'e anahtar yaptırmayı bile çok gördü. Serkan'ın mesajı gayet basitti: Evden çıkarsan geri dönemezsin. İlk şiddet olayı, taşınmadan önce olmuştu ve doktora kabul dosyasını almak için bölüm sekreteri ile görüşmeye gittiğinde, doktoraya başlayıp başlamama konusunda emin olmadığını, evliliğinde sorunları olduğunu söyledi. Mümkünse eşine kendi bilgisi haricinde bilgi verilmemesini istedi ancak sekreter, Serkan'ın geçen hafta kendisine mesaj atıp eşinin doktoraya başlamaması ve öğrenci vizesi almaması gibi değişik senaryolarda kendi vize durumunu sorduğunu söyledi.

Serkan, her zaman çok kurnaz ve manipülatifti. Düğünde repertuarı değiştirirken de İpek adına kredi kartı çıkartıp ailesine verirken de bölüm sekreterinden bilgi alırken de... Serkan'ın bu kurnazlığı İpek'e çok şey öğretti. Kötüye kullandığı keskin bir zekâsı vardı vesselam.

İpek, ailesi ile MSN'de konuşurken çok mutsuzdu ve ailesi yolunda gitmeyen bir şeyler olduğunu fark etti. İpek, gözyaşları içinde yaşadığı şiddet olayını ailesi ile paylaştı, kameradan morluklarını gösterdi. Bu evde dayanacak gücü kalmamıştı. Temizlik bile yapamadan taşındığı bu evde, duşa girmekten iğreniyordu. Serkan'ın hesabında onca doları olmasına rağmen, bu çileyi çekiyordu. Bu da yetmezmiş gibi, yerde yatma seviyesine düşecekti. Evet, evlilik hastalıkta, sağlıkta, zenginlikte ve fakirlikte kol kola bütün zorluklarla baş edildiği bir müesseseydi fakat İpek'in bu yaşadıkları düpedüz cimriliğin sonucuydu. Taşınacağı evi bile görmeden eve taşınmak, İpek için onur kırıcıydı. Zaten, İpek okula başlasa bile yine ekonomik refahı ve konforu olmayacaktı çünkü Serkan İpek'in bursunu alıp, burstan İpek'e harçlık verecekti. İleride bir gün ev alırlarsa da Serkan'ın annesi ve babası seçecekti bu evi ve bunu bizzat Serkan söylemişti.

İpek, maddi ve manevi olarak varlık göstermesine izin verilmediği bu evlilikten bir an önce kurtulmak istiyordu. Ailesine net mesajını verdi: "İster kabul edin ister etmeyin, ben eve dönüyorum!"

Serkan, İpek'i ikna etmek için ona on aydır almadığı epilasyon aletini aldı. İpek'in epilasyon aletinin başlığı Amerika'ya uygun olmadığı için çalışmıyordu. İpek'e hediyeler alıp gönlünü kazanmak istedi, hatta Macys'den yeni bir tişört bile alıp giydi, evsiz görünümünden kurtulmak için. İpek, onu defalarca uyarmasına rağmen aynı eski şeyleri giymeye devam ediyordu. Artık her şey için çok geçti!

Serkan'ın her kavga sonrası en az on gün küsmelerinden de, uyguladığı psikolojik şiddetten de gına gelmişti. Serkan ile bankaya gittiler ve İpek imza vererek Serkan ile ortak hesaplarından çıkış formunu imzaladı. Serkan'ın, içinden altın çalıp çalmadığını küçük kâğıtla kontrol ettiği kiralık kasadan sadece kendi ailesinin kendisine taktığı ziynet eşyalarını aldı. Serkan, istiyorsa kendi tarafının taktığı altınları da verebileceğini söyledi.

- Evliliğimde bana fazlalık gibi davrandın, beni masraf kalemi olarak gördün. Senin zerre eşyan bana geçmesin, dedi.

Sevtap ve kayınvalidesi ilk günden itibaren hep doldurmuştu Serkan'ı. Zaten, toparlanacak bir hali de yoktu evliliklerinin. İpek, nişan yüzüğünü ve pırlantasını kutuya koyup komodinin üstüne bırakırken şu sözleri sarf etti:

- Bir gün olsun beni dinlemedin, bari bugün dinle. Benim hayatımı yaktın bari bir daha evlenirsen kariyer hayatı olmayan, çalışmayan biriyle evlen, olur mu?

Serkan, sadece İpek'in bu dediğine uyup, İpek'ten boşandıktan kısa bir süre sonra ikinci evliliğini çalışmayan ve çalışma hayatı olmayan bir kadınla yaptı.

Serkan, aynı fiyata geldiği için bileti gidiş dönüş almıştı. İpek'e, doktorasını yakmamasını söyledi. İpek ise, onunla aynı şehirde yaşamak istemediği için hatta korktuğu için doktoraya asla başlamadı. Ne yazık ki, New York'tan ayrıldığı gün bile kayınvalidesi tarafından Serkan'ı kıskanarak doktoraya başvurmakla suçlandı. İpek'in söyleyecek hiçbir sözü yoktu bunlara. Tek amacı, bu üstüne kara bulut gibi çöken evlilikten bir an evvel kurtulmaktı.

Anlaşmalı olarak boşandı, tek kuruş nafaka talep etmeden. Evliliği süresince, eşi ve eşinin ailesi ona para avcısı, hatta hırsız biriymiş gibi davrandı. İpek'in istediği, kararlara dahil edilmek, değer görmek ve sevilmekti. Hiçbiri olmadı. Türk Medeni Kanunu ve yaşadığı aşiretin kanunlarına göre düğünde takılan altınları bile Serkan'ın ailesine bağışlarken; annesi, İpek'e takılan çeyrek altınlara el koymakla suçlandı.

Yemek yapmayı bilmemek, yemek yapmayı reddetmekle suçlanmak da cabası. Evi terk ettiği gün bile yemeksiz bırakmamıştı kocasını. Bavulunu alırken, "Bulgur pilavı var dolapta, ısıtıp yersin" demişti.

Serkan havaalanında İpek'in etrafında dört dönüyordu. İpek'e çaylar, kahveler alıyor; yemekler, peçeteler taşıyordu. Koskoca on ay boyunca en uzun sohbetlerini Manhattan-JF Kennedy Havalimanı arasında yapmışlardı.

İpek, Serkan'a "şimdiye kadar sohbet etmek için neredeydin? Ben seni küsme, günlerce konuşmama konusunda usta bilirdim? Meğer muhabbet edebiliyormuşsun" dedi.

İpek, uçağa bindiğinde ağlıyordu ve yanına oturduğu kadınla uzun saatler boyunca sohbet ettiler. Hostesin "Ne içersiniz?" sorusuna kadın, "Küçük Hanım ile ufak bir kutlama yapacağız, kırmızı şarap alabilir miyiz?" dedi.

Geleceği kadar aydınlık, pamuk gibi bulutların arasında, gökyüzünün engin maviliğinde kadehlerini İpek'in yeni hayatına kaldırdılar ve İpek, okyanusun en derinliklerinde rastlanan karanlık ve soğuk günlerinden bir anda sıyrılmıştı.

***

Londra, Haziran 2020, Karantina

Pelin: Boşanmaya nasıl karar verdin?

İpek: Boşanma dediğimiz olaya insan beyni pat diye alışmıyor. Anlaşamadığınız noktalar mutlu çiftlere oranla oldukça fazla ama yine de umut tortuları var insan yüreğinde. Kalbiniz, beyniniz ve teniniz müştereken mutabakata varıyor boşanmaya. İşte, henüz bu üçlü mutabakata erişmediğim bir dönemde evden dışarı çıkınca kendimi yaşadığım eve yürüyerek en fazla beş dakika mesafede olan Trinity Church'te buldum.

Trinity Church bana pek yabancı gelmiyordu çünkü birkaç yıl önce kardeşim eve bir CD getirmişti. Filmin adı, *National Treasure* yani *Kutsal Hazine*'ydi. Wall Street dolaylarında geçen hikâyemiz bu kilisede son buluyordu. Açıkçası Allah'a oldukça minnettardım bana merak ettiğim güzellikleri gösterdiği için. Her zaman çok kalabalık olan kilise o güne mahsus tenhaydı. Madem dini mekânlar kutsaldı, bu kilisede Rabbimle konuşabilirdim. Kapıdan girer girmez o ruhani atmosfer beni çarpmaya yetti. Camlardaki renkli tasvirlere doğru yürümeye başlayınca sarı hem de sapsarı bir ışık huzmesinin içinde buldum kendimi. O yüksek tavana bakınca adeta ben de yükseldim ve sonra aşağı inip beni kaplayan huzur duygusuna bıraktım kendimi. Belki melankolik biriyim. Hemen o geniş kilisede tamamen yalnız kalabileceğim bir inziva köşesi buldum. Usulca oturdum soğuk ve sert sıraya. Önce etrafa baktım ve yanan mumlar içimi ısıttı nispeten.

"Rabbim,

Lütfen içimi kaplayan şu huzursuzluktan, kronikleşen mutsuzluğumdan ve kem talihimden bir an evvel kurtulmam için yardım et. Ben artık savaşmaktan yoruldum. O, lütfen düzgün bir iş bulsun. Ben bu kötü koşullarımdan gerçekten bıktım. Lütfen ama lütfen benim için hayırlı olan neyse olsun ve bir an önce olsun. Beni bu yolda desteksiz bırakma Allah'ım".

Evime en yakın mabette cesaretimi toplayarak kararımı vermiştim. Boşanacaktım.

Pelin: Göçmenlik ile ilgili yaşadığın en büyük sıkıntı ne oldu?

İpek: Yüz yüze kaldığım yalnızlık oldu. Yanınızda ailenizden veya arkadaşlarınızdan size destek olabilecek kimsenin olmaması çaresiz hissetmenize yol açıyor.

Ben evlenirken, kariyerime devam etmek suretiyle evlilik teklifini kabul ettim. Serkan'ın şirketinin sponsorluğunda bana da çalışma izni çıkarılacaktı fakat süreç beklediğimiz gibi ilerlemedi. Hatta bir süre sonra Lehman Brothers'in batmasıyla birlikte patlak veren ekonomik kriz nedeniyle Serkan'ın işine son verildi. Ona, bir avukat aracılığıyla kendi imkânlarımızla çalışma iznimi çıkarmayı önerdim fakat maddi olarak buna yatırım yapmak istemedi. Ben de benim kariyerimin evliliğimizde hiçbir öneminin olmadığını hissettim. Zaten ailesi de "Serkan işe girsin, senin durumun sonra hallolur.'" bakış açısındaydı. Kısacası kadının evlilikteki yeri ve rolü konularında taban tabana zıt noktalardaydık. Şeffaf olmak gerekirse, ben de kendimi bu evlilik deneyimi ile tanıdım.

Bana, aileme, arkadaşlarıma, kariyerime saygı duymayan, kişisel gelişimime katkı sağlamayan hiçbir ilişki formunda yer almayacağımı biliyorum.

Göçmenlikle ilgili yaşadığım diğer büyük sorun yabancı bir ülkede şiddet görmek olmuştu. Kime anlatacaksın derdini? Olay bir anda gelişti. Hava sıcacık olsa bile benim içim pusluydu ve gerçekten çok yorgundum. Sorunlar yormuştu beni. Bir yandan da içimi kemiren şeylerin peşine düştüm. Bana açmamı yasakladığı bir çekmecesi vardı. Zaman zaman posta kutusunu boşaltınca elindeki zarflarla direkt yatak odasına geçmesi ve kapıyı kapatması bende kuşku uyandırmıştı. Kendisi evde yokken o çekmeceyi açtım ve birkaç gereksiz şeyden sonra elime yakın tarihli bir zarf geldi. Mektubu Türkiye'deki Merkezi Kayıt Kuruluşu gibi bir kuruluş göndermişti. Zaman geçmeden bir tane daha aynı yerden gelen mektup buldum. Evet yanılmamıştım, kuşkularım beni haklı çıkarmıştı. Beyefendi o işsizliğinin, güçsüzlüğünün yanında bir de borsada oynuyordu, hem de benden gizli. Neredeyse dokuz ay boyunca evli kaldık ve evin ne gelirinden ne de giderinden haberim vardı. Posta kutusunun anahtarı sadece kendisinde vardı ve dile getirmiş olmama rağmen benim için bir yedek anahtar çıkartmamıştı.

Kendisi eve gelince konuyu açtım ve zarfları göster-
dim ispat olsun diye. Eski eşim "gaslighting"[22] uyguladığı
için ondan bir açıklama bekledim.

Ne zaman kendisine bu tarz bir şey söylersem zaten
aynı hale bürünüyordu. Ben memnuniyetsizliklerimi dile
getiriyordum; sesim titriyordu, zaman zaman yükseliyor-
du hatta arada ağladığım da çok oluyordu. Fakat o, her
zamanki kitlenmiş bir robot edasıyla ifadesizce bakıyor-
du. Şöyle düşünün, ben size bir ithamda bulunuyorum ve
iki seçeneğiniz var: saldırı veya savunma. İşte kendisi bu
ikisini de yapmazdı. Neden ve niçin sorularıma evliliğim
boyunca tatmin edici bir açıklamada bulunamadığı için
evliliğim bu hale geldi. Ben konuştuğumla, söylediğimle
kaldım hatta ithamlarım batıl durumuna düştü çünkü sal-
dırıda veya savunmada bulunmadı kendisi. Her neyse, bu
kitlenmiş robot tavrı birden kızgın bir alev topuna dönüş-
müştü. Ben yatağımda sessiz sessiz ağlarken emir verirce-
sine: "Aç yorganı, kes ağlamayı!" şeklinde bir yaklaşımda
bulundu. İçimde sular seller birbirine karıştı. Başladı ko-
nuşmaya:

"Geldiğin günden beri bıktırdın beni hayattan. O gün-
den beri evin düzenini değiştirmeye çalışıyorsun. (Düz
duran masa saatine dekorasyon amaçlı yan duracak şekil
verdiğimde bile rahatsız olan biri düşünün.) Hep dırdır,
yok okullar için ağlar, yok başka bir şey için... Her şeyine

---

ben katlanıyorum senin. Psikopatsın kızım sen. Hep mutsuzdun, hep mutsuz olacaksın. Zaten ben seni ders çalıştırmasaydım doktorayı da kazanamıyordun. Benim sayemde başvurdun okullara!" (Kendisi yalnızca istatistikle ilgili bir soruma cevap verdi, istatistik de sınav müfredatına dahil değilmiş.) Kardeşinin okullara başvuru dosyasını tamamen kendi hazırlayıp, benim başvurularımda amaç yazım üzerinde küçük bir değişiklik yapan insan da kendisi. Benim başvurularım için kardeşininkilerle ilgilendiği kadar ilgilenmediğimi söylediğimde aldığım cevap: "kıskançsın."

Bütün bunları yüzüme haykırırken bir yandan da yatak odasının jaluzilerini kapatıyordu. Allah'ım, gerilim tırmandıkça tırmanıyordu. Allah kahretsin, Julietteler de Amiş'leri[23] ziyarete gitmişti ve hafta sonu boyunca gelmeyecekti. Yandaki kızlar da cuma dedin mi ailelerinin yanına gidiyordu, kinden ve nefretten irileşmiş gözlerini ve gözlerindeki kan kırmızısı damarların retinasındaki elayı bastırdığı halini şu an bile hatırlayınca ürperiyorum. Tam bu korku halim tırmanıyordu ki daha da korkunç bir şey oldu ve yastığı alıp ağzımı kapatmaya çalıştı. Nefes almakta zorluk çekmeye başlamıştım. Bedeninin ağırlığını iyice üzerime vermişti ve küçük vücudumla kurtuluşum yok gibiydi. Bir ara debelenirken iki bacağımı kendime doğru çektim ve ayaklarımı onun göğüs kafesine dayayarak bir çırpıda ittim ve elinden kurtulmayı başardım. Üzerimde

---

23 Amiş, ABD'nin Pensilvanya ve Ortabatı eyaletlerinde yaygın olan tutucu bir Hıristiyan mezhebidir. 18. ve 19. yüzyılda Almanya, Fransa ve İsviçre'den gelen göçmenler tarafından kurulmuştur. Amişler basit bir yaşama inanırlar, otomobil, telefon, elektrik gibi modern yaşamın kolaylıklarını kullanmaktan sakınırlar.

pijamalarım vardı ve kapıyı açtığım gibi uzun koridora doğru koşmaya başladım. Elinden kurtulduğum gibi evin kapısın açıp koridora bağırarak fırladım. Beni, henüz koridorun sonuna ulaşmadan yakaladı. Yere düştüm, korkudan ödüm kopmuştu. Üzüntü, heyecan ve hayal kırıklığından içeri girmek istemedim. Direndiğim için yerlerde ölü bir hayvan leşini sürüklercesine beni eve sürükledi. Beni ayağımdan kavradığı gibi yerlerde sürükleye sürükleye eve getirdi. Maalesef bu sırada dizim, kolum, bacaklarım ve kafam darbe aldı. Eve girmeye direndiğim için de bedenim her yere çarptı ama içimdeki acıdan vücudumdaki ağrıları hissetmeye mecalim yoktu.

Şöyle düşünün, bu durum yaşandıktan bir ay sonra Türkiye'ye gittiğimde beni boğmaya kalkarken önce kollarımdan sıkıp etkisiz hale getirmeye çalıştığında, biri sağ biri sol kolumda hemen hemen aynı noktalarda parmak izi şeklinde iki morluğum vardı. Şiddet gördükten sonra, şiddet gösteren kişi ile aynı evde yaşamaya devam etmenin verdiği ruhsal yorgunluk ve korku, benim göçmenliğim ile ilgili en büyük problemim olmuştu. Geceleri uyuyamaz olmuştum, ya beni yine boğmaya kalkarsa diye korkudan deli oluyordum. Gidecek yerin yok, durumunu anlatacak arkadaşın yok. Bedenimdeki morlukları göstererek polisi çağırmam ve darp raporu almam hatta onu nezarethaneye göndermem de mümkündü. Uzaklaştırma kararı alınırdı büyük ihtimalle hatta bu durum adli siciline bile işlenirdi. İş bulması bile mümkün olmazdı. Teoride durum böyle iken pratikte ailenin duyup üzülmemesi için polisi de işin içine karıştırma şansın yok. Şiddet sonrası bana öylesine iyi davranıyordu ki, onu şikâyet etmemem için elinden geleni yapmaya çalışıyordu. Ne tuhaf değil mi? Aynı çatıda birbirimizden korkan iki insandık: Ben tekrar şiddet uygulamasından korkuyordum, o ise bu durumu polise anlatmamdan korkuyordu.

En garip olanı da onun ailesiyle şiddet gördüğümü paylaştığımda annesinden "her evde olur, bir şey olmaz. Sinirden olmuştur, biz de tokat yedik. O bir şey değil!" cevabını almıştım. "O zaman, size güle güle" dedim ve o da bana "Güle güle" dedi. Neticede, dört bacaklı bir evliliğimiz olduğu için (ben, eski eşim, annesi, ablası) noktayı da annesiyle ben koyduk, o zaten annesi tarafından bilgilendirilmiştir.

Annesinin şiddeti normalleştirmesi, bunu bana gayet olağan bir durum gibi sunması beni çıldırttı. Bir yandan kendisine kızıyordum, bir yandan da ansızın ona acıdım. O da şiddet görmüştü ya da görüyordu.

Pelin: Şiddet sende derin yaralar açmış olmalı, bu durumla yapayalnız nasıl baş ettin?

İpek: Acılarımı, yaralarımı kâğıda kaleme döktüm, günlüklerimde hepsi var. "Mayıs Sonu Manifestom" diyorum ben ona:

"Rahmetli dedemin bir lafı vardı: Doğru duvar yıkılmaz. Bugüne kadar doğruluğumdan şaşmadım, şaşmayacağım da. Artık tartışmak da yok, ağlamak da yok. Ben ağladığımda, üzüldüğümle kalıyorum. Vücudum boğuşma morartılarıyla kaplı, kollarıma bacaklarıma bakmak istemiyorum. Bugün de sağ bacağımın iç kısmı ağrıyor, o sırada nereye çarptıysam. Morluklar vücutta olunca geçiyor ama yürekteki morluk geçmiyor işte. Beni istediği kadar konuşmamakla, paylaşmamakla cezalandırsın, artık umurumda değil. Aksine artık konuşmasını istemiyorum.

Hiç içiniz kabuk bağladı mı? Kabuk bağlayan yaradan

kurtulmak için kafasını kaldıran ilk kabuk parçasından tutup kanayacağını bile bile, kanata kanata o parçayı çekip yaradan kurtulmaya çalıştınız mı? Acaba insanın içi de küflenir mi? İçimin küflendiği, yaprak hışırtısının bile feryat figan olup içimi dağladığı bir anda İlkay Akkaya'yı dinleyip gözyaşlarımı oluk oluk akıttım. Bilemedim... Kimi içime, kimi ben fark etmeden etime kemiğime, belki de iliğime... Yara kimde? Yara bende..."

Pelin: New York'a taşınmadan önce endişelerin/korkuların oldu mu?

İpek: Ben biraz Pollyanna'ymışım sanırım. Daha önce yurt dışında yaşadığım için ve taşınacağım ülkenin dili olan İngilizceyi çok iyi seviyede okuyup konuşabildiğim için adaptasyon konusunda endişelerim olmadı.

Ayrıca, kariyer konusunda da çok endişem yoktu. Güçlü bir özgeçmişe sahip olduğum için hemen olmasa da bir süre sonra bir işe girebileceğimi veya akademik kariyere adım atabileceğimi tahmin ediyordum.

Eski eşimin nişan dönemindeki davranış değişikliği beni en çok korkutan şey olmuştu. Evli insanlardan, düğün öncesi gerginliği diye bir kavram duymuştum. Yaşadığımız çatışmaları buna bağlamak istiyordum, aynı evde yaşamaya başlayınca her şeyin yavaş yavaş rayına gireceğini düşünüyordum ve böyle olması için de dua ediyordum. Çünkü daha düğünüm olmadan çok soğumuştum hatta toplumsal baskı olmasa kesinlikle nişanı atardım. Serkan ile uyumlu olmadığımızı hissedebiliyordum. Özellikle, eski kayınvalidemin ve görümcemin her şeye karışması beni çok endişeleniyordu. Bu durumun da kilometrelerce ötede yaşayacağım için değişeceğini umuyordum. Ancak hiçbiri benim umduğum gibi olmadı.

Hayat gerçekten bir gemi ve biz bu gemiye bir noktadan biniyoruz. Belki bu gemiye binerken kafamızdan bir rota çiziyoruz belki çizmiyoruz ama bir şekilde değişik rüzgârlara maruz kalıp sendeliyoruz bu gemide. Hatta bazen hiç bilmediğimiz adalarda durup dinlenmemiz gerekiyor. Kimi zaman da hava koşulları engel oluyor yol almamıza ve geri dönmek zorunda kalıyoruz. Olabilecek en kötü senaryo gerçekleşti benim için. Ben evlenirken eski eşimin akrabaları "Maşallah, sana da loto vurdu!" demişlerdi. Şu talihlisine kötü şans getiren lotodan söz ediyorlardı sanırım, kazandıktan sonra hayatı ters yüz olan.

Siz bu gemide ilerlerken unutanlardan mısınız yoksa ne yaparsa yapsın geçmişi, içinde küçük bir toz bulutu gibi kalanlardan mısınız? Ben, gemimi sağlam bir limana çektim ve yoluma devam ettim, kendimi okyanuslara açılmış gibi hür hissediyorum. Bu harika bir duygu!

Pelin: Sence boşanmana neden olan en önemli duygun neydi?

İpek: Evliliğimin içindeki "yok olmak" yani var olamamak hissi. Nişanlılık döneminde her şey bana sorularak fikrim alınarak yapılırken, o imzayı attıktan sonra sanki eski eşimin ve ailesinin bana tapumu, hürriyetimi almışçasına davranış biçimleri diyebilirim. Ben, "ben" olamıyordum, hangi yöne dönersem önüme demir parmaklıklar çıkıyordu adeta. Durum böyle olunca, 'o kahrolasıca imzayı atmasaydım' diyorsun.

Pelin: Boşanma sürecin sancılı mıydı? Serkan ABD'de sen Türkiye'deydin, zor olmadı mı yürütmek?

İpek: Ben, hiçbir maddi ve manevi tazminat talebinde bulunmadım. Üstüne yüzlerce söz söylenen, eleştirilen, kıskanılan, köşelerinde minik kalpleri olan pırlanta yüzüğümü kutusuna koyup komodinin üstüne yerleştirdim. Yanıma alamadığım tablolarımı öptüm, yaptığım tabloları yanıma alamamak canımı çok acıttı. Evlilik birliği Adıyaman'da kurulduğu için boşanma da burada gerçekleşti. Avukata vekalet verdim ve mahkemeye bile gitmedim. Uğruna kavgalar çıkan bilezikleri, setleri, her şeyi bıraktım. Birçok insan benim aptal olduğumu düşünüyor, hiçbir talepte bulunmadığım için. Her ne kadar görücü usulü ile evlensem de bir aile olmak, yuva kurmak amacıyla evlenmiştim. Para, Amerikan vatandaşlığı veya Serkan'ın akademik çevrelerinden yararlanıp bir yere gelmek olsaydı amacım, halen evliliğe devam ediyor olurdum. Evli iken bana reva görmediği düzgün yaşamı, boşandıktan sonra gösterseydi ne olurdu ki? Her şeyi kendi başıma yapacak gücüm olduğuna inanıyordum.

Pelin: Boşanmanın hayatında ne gibi etkileri oldu? Olumsuz, olumlu ne tür değişiklikler yaşadın?

İpek: Boşanmanın olumsuz etkilerini ilk yıllarda daha yoğun yaşadım. Yıllar geçtikçe olumlu etkileri ön plana çıktı. Türkiye'ye döndüğümde Amerika'daki kriz Türkiye'ye de yansımıştı. Evliliğim sırasındaki işsizliğimi, Türkiye'de bir yıl daha işsiz kalmak takip etti. Bir iş bulabilmek için kaç sınava girdiğimi, kaç başvuru yaptığımı hatırlamıyorum. Amerika'da uzun uğraşlar sonunda kazandığım doktora programına, orayı terk ettiğim için başlayamamıştım. Tekrar, başladığım noktaya dönmüştüm.

Yaşadığım üzüntü ve hayal kırıklığı nedeniyle hızla kilo almaya başladım. Nedenini araştırdığımda ise vücudun, kendini korumak için kilo almaya yatkınlaştığını öğrendim. Başka sorunlar da ortaya çıktı tabii, uyuyamama ve en önemlisi de süregelen uçak fobim.

New York uçağıyla Ankara'ya indiğimde, cebimde dayımın verdiği elli Türk lirası harçlık ve bir telefon kartı dışında hiçbir şeyim yoktu. Ne bir sağlık sigortam, ne de bir işim... Kısacası ben bir hiçtim.

Şeyh Edebali'nin dediği gibi, "Dostunu görmek istersen; darda gör, zorda gör." Ben de kim dost, kim ortam arkadaşı, kim düşman yaşadığım boşanma süreciyle görmüş oldum. Çevremi de elekten geçirdim, gerçekten her koşulda yanımda olan ve olacağına inandığım rafine bir sosyal çevrem oldu. Bu sene yakın bir arkadaşımdan bir gerçeği öğrendim, benim Amerika'da yaşarken MSN hesabım bilgisayar açılınca otomatik açılıyordu. Eski eşim, arkadaşıma benim yerime cevap veriyormuş ben o sırada orada yokken ve sonra konuşmayı yok ediyormuş. Bana öyle bir bilgi vermediği için de arkadaşıma dönüş yapmıyordum, bana yazdığından bile haberim yoktu. Narsist insanların bir özelliği de seni ailenden ve sosyal çevrenden ayırarak yalnızlaştırmak ve "Bak, senin benden başka kimin kimsen yok ki!" diyerek seni manipüle etmek. Yıllar sonra bir şok yaşadım. Arkadaşımın bana yazmadığını düşünürken, gönderdiği mesajların eski eşim tarafından silindiğini nereden bilebilirdim ki?

"Sen artık toparlayamazsın" diyen insancıklar, "Bizim ortamlarımıza girmen artık çok zor" diyen üniversitedeki sosyal çevrem, "Bir daha evlenme, aile kurma ihmalin çok düşük" deyip, "kocanın yanına dönmelisin" diyen bazı akrabalarım... Bana 'artık' ile başlayan cümleler kuran, bahsettiğim insanların yeri hayatımda yok 'artık'.

Genel anlamda hem insanlara hem de erkeklere güvenimi yitirdim. Mesela, erkeklerin bana yine zarar verebilme ihtimalini düşünerek flört etmekten, insan tanımaktan epey bir süre kaçındım. Evlilik sürecinde birçok şeyden mahrum bırakıldığım için bilinçaltıma evlilik "fakirlik" olarak kodlanmış bulundu. Şimdilerde bunu değiştirmeye çalışıyorum. Hiç unutmuyorum, Serkan'ın bir arkadaşının eşiyle görüşmüştük. Arkadaşıma mahcup olmamak için yemek yemiştim. Cebimdeki para, sadece yemeğe yetmişti. Yemek çok tuzluydu ve eve susuz dönmüştüm. Gururumdan arkadaşıma, bana su alıp alamayacağını soramamıştım. Evliliğin bende yarattığı çağrışımlar: yokluk, değersizlik, sevgisizlik, üşümek, özgürlüklerimin elimden alınması. Halbuki iki kişinin maddi ve manevi katkısının olduğu bir kurum, bir artı birden yani ikiden fazla etmeli. Ama bilinçaltımızı değiştirmek ne yazık ki hemen gerçekleşemiyor. Deneyimlerime dayanan bu kötü duyguları söküp atmayı çok isterdim.

Boşanmak, beni daha cesaretli ve kendini kolay ifade eden birine dönüştürdü. Kısa bir evlilik olmasına rağmen her anlamda bastırılmış gibi hissettiğim için, sınırlarımı yıktım. Mesela, İstanbul benim için ürkütücü bir şehirdi, insanı alıp yutan cinsten. İstanbul'daki iş piyasasına girmekten hiç çekinmedim. Keza, bankacılık - finans dünyası... Erkek egemen bir sektör. Kurallarının ve şartlarının diğer sektörlere göre daha katı olduğunu düşünüyordum. Bankacılık dünyasına gözümü kırpmadan girdim. Artık, hiçbir duvarım yoktu. Duvarlar olsa bile benim için yoktu, yıkıp geçerdim. Çok kararlıydım.

"Aman insanlarla iyi olayım, aileme laf gelmesin, dedikodu olmasın" tarzındaki bakış açısından sıyrıldım. Hakkımın yendiğini ve sınırlarımın ihlal edildiğini fark ettiğim an otomatik olarak tepkimi koyuyorum artık. Görmezden gelmek, sorunların daha da büyümesine neden oluyor.

Psikolojiye ilgim arttı, insanları ve kendimi daha çok gözlemliyorum. Davranışların altında yatan nedenleri irdelemeye çalışıyorum. Öyle ki, arkadaşlarım ilişkileri olduğunda muhakkak kız ve erkek arkadaşlarıyla beni tanıştırıyorlar, fikrimi alıyorlar. İki kişiye ciddi uyarıda bulundum. Uzaktan akrabamın eş adayı kendi başına buyruk şekilde tek başına ev arıyordu. Kayınvalidesi kafasına göre, gelin adayına sormadan nikâh şekerlerini bile yaptırmıştı. Nişanlısının hareketleri eski eşimin hareketlerini anımsattı. İkisi de çalışan insan, aynı şehirde yaşıyorlar. Mantıklı olan, belli başlı bölgeler belirleyip birlikte hareket etmeleri ve ilk yaşayacakları evi birlikte seçmeleri. Nişanlısının bu davranışından evliliğe, ortak hareket etmeye eğiliminin olmadığı izlenimini aldım. Öte yandan nikâh şekeri, gelinin rızası ile tasarlanması gereken bir şey, toplumumuzda roller çok karışıyor. Düğün seremonisinin başrolü gelindir. Gelinin annesi, kayınvalidesi, kız kardeşi veya görümcesi değil. Ancak kadınların rekabetçi dünyasında rol çalmak, ilgiyi üzerine toplamak gibi tutumlara şahit oluyorum. Çok acınası... Herkes, evliliğine şans vermediğim bu akrabamın düğün davetiyesini beklerken, nişan atıldı. Herkes şoka girdi fakat ben geç bile kalındığını düşünüyordum.

Komşumun erkek arkadaşının ise, her şeye "evet" deme gibi bir tavrı vardı. Çok bariz bir şekilde rol yaptığını düşünüyordum. Yine, eski eşimin nişanlılık dönemindeki "her şey gönlüne göre olacak, sen nasıl istersen" söylemlerini çağrıştırıyordu bu tavır bana. İnsanın hiç mi farklı fikri olmaz? Hayatın olağan akışına aykırı bir kere! Erkek arkadaşına onay vermedim, ama kendisine bıraktım. En güzeli, kadının kendi doğruları çerçevesinde yaşayıp görmesi.

Arkadaşımın ailesi çok varlıklıydı ve sevgilisinin maddi nedenlerden dolayı arkadaşımla olduğuna dair birtakım sezgilerim vardı. Nişandan kısa bir süre önce ayrıldılar. Nişanlısı, babasının nişan hediyesi olarak komşuma hediye ettiği arabayı kendi üstüne yapmak istemiş. Adam daha sonra, evlenmek için bir şart öne sürdü. Evlendikleri takdirde, komşum maaşını tamamen adama aktaracak, kazandığı ve harcadığı paranın kurusuna kadar ona hesap verecek ve ondan harçlık alacaktı. Oldu!

Sosyal çevremle bağlarım eskisinden daha kuvvetli. New York'ta yaşarken o kadar yakın olmasına rağmen birkaç saatlik mesafede yaşayan dayımlara ziyarete gidememiştim. Alev, Montreal'den gelip beni New York'ta ziyaret etmek istediğinde de olumlu cevap verememiştim. Çok güzel bir Kanada turu yaptım boşandıktan sonra. Toronto ve Montreal'i gezdim, çocukluğumdan beri hayalini kurduğum Niagara Şelalesi'ni gördüm ve büyülendim. Evli iken bana imkânsız gelen şeyleri tek tek yaptım.

İnsanlara daha çok yardım etmeye çalışıyorum. Gerek işim gerekse de kişisel tercihim olarak mentörlük yapıyorum üniversite öğrencilerine. İlgi alanlarına göre ders ve staj programı seçimine yardım ediyorum. Yetiştirdiğim stajyerim, kurumsal bir firmada iyi bir pozisyonda iş buldu ve genç mezun kızın binlerce teşekkürü beni daha da çok mutlu etti.

Toplumsal alanda da uzun vadeli değişimlere öncülük ettiğimle ilgili dönüşler aldım akrabalarımdan. İki açıdan etkim olduğunu düşünüyorum. Birincisi evliliğe bakış açısı, ikincisi ise boşanma. Biz, muhafazakâr çevrede büyüdüğümüz için boşanmak mevzubahis değildi. Örneğin bir kuzenim şöyle ifade etmişti:

"Senin evlenip boşanman bizi çok etkiledi, demek ki bu işi aceleye getirmemeliydik. Talipler geldiğinde ince eleyip daha sık dokuyoruz. Aileler, kızları rahat etsin diye ve maddi-manevi imkânları fazla olduğu için yurt dışı evliliklerini matah bir şey zannediyordu. Senin gurbette yaşadıklarından sonra kimse kızını Avrupa'ya gelin vermek istemiyor. Beni de istediler ama ailem kabul etmedi. Senin dilin vardı, bizim başımıza bir şey gelse nasıl çözeceğiz?"

Her ne kadar ailem ve ben ayıplanma ve dedikodularla karşılaşsak da ben boşandıktan sonra evlenip benzer sorunlar yaşayan akrabalarım ve komşularımın kızları boşanabildi. Çünkü önlerinde bir örnek vardı. Sonra, daha mutlu evliliklere imza attılar ve önceki mutsuz evliliklerinden kurtuldukları için şükrettiler. Hatta şimdi güzel yuvaları ve çocukları var. Bu bağlamda da değişimin öncüsü olmak beni mutlu etti. Evet, ilk kurşunu ben yedim ama arkamdaki kadın ordusu kazandı. Zafer bizim oldu. (Gülerek)

Boşanmak kişilik özelliklerimi de değiştirdi. İstanbul'daki işe kabul aldığımda, AŞTİ'ye gitmek için bindiğim minibüsün penceresinden dışarı bakarken kardeşim bir anahtar sallıyordu bana. Bu aramızda bir şifreydi. Eğer bankada işe girdiysem öylesine yükselmeliydim ki hazinenin kapısının anahtarını almalıydım. Ankara'nın aralık soğuğunda üşüyünce burnumun direği sızlamıştı, o veda anında ılık gözyaşlarım akıvermişti. Yıllar sonra yine soğuk bir kış günü yöneticimle aramızda şöyle bir diyalog geçmişti:

- İpek, son dönemde çıkardığın işleri çok beğeniyoruz. Bu sene Hazine'nin likidite denetimi görevini sana veriyorum. Güzel bir proje ve strateji çıkarmanı bekliyorum.

Asistanımdan, Hazine'nin asistanına senin adını vermesini istedim. Yeni görevin hayırlı olsun, detayları sonra konuşuruz.

- Teşekkür ederim, beni bu göreve layık gördüğünüz için.

Hazineye girişler özel bir kapıdan geçilerek güvenlik görevlisi eşliğinde yapılıyordu. Üstümde en güzel takım elbisem, elimde laptopum, şıkıdım şıkıdım topuklu ayakkabılarım, manikürlü ve kırmızı ojeli tırnaklarımla Hazine'nin kapısına geldiğimde güvenlik görevlisi, asistandan geleceğim bilgisini aldığı için beni turnikenin yanındaki VIP girişe yönlendirdi. O sırada, beş yıl önce kardeşimin salladığı anahtarın şıkırtısı geldi kulağıma, gözlerimi kapattım. İçimden *Kırk Haramiler* hikâyesindeki gibi "Açıl susam açıl" deyip VIP girişten oval Hazine'ye ulaştım. Rüya gibiydi...

Tabii bu noktaya gelmek uzun bir yolculuğun ve çabanın sonunda oldu. Eski eşim Soho'da yürürken yerde dışarı atılmış bir finans kitabı buldu. Kitabı yerden alıp, inceledikten sonra biriktireceği şeyler arasına eklemek üzere eve getirdi. Toz ve pislik içindeki kitaba bakarak, "Tozunu al, kütüphaneme yerleştir" emrini verdi. Çok gocunmuştum, simsiyah kitap pislik içindeydi. Kitabı alıp temizlemek için banyoya götürdüm. Kitabı açtım, içindeki konular ilgimi çekmeye başladı. Klozete oturup türev ürünleri okumaya başladım, çok hoşuma gitti. Finans kitabını temizleyip emir buyurduğu gibi kütüphaneye yerleştirdim.

Doktoraya başlayamamıştım ancak yine de işimi ve kendimi geliştirmek için bir yüksek lisans programına başvurmak istiyordum. İş yerinden çok sevdiğim bir arkadaşımın yüreklendirmesiyle, eski eşimin bana tozunu aldırmayı layık gördüğü kitapla ilgili alanda yüksek lisansa başladım. Akabinde de çalıştığım finans sektöründe, risk alanında uzmanlaştım.

Evliliğim sürmüş olsaydı en iyi ihtimalle, kendi halinde bir akademisyen, belki bir çocuk annesi olacaktım. Boşanmış olmak beni daha iddialı bir insana dönüştürdü, kendi girişimimi başlattım. Belki karmamı çözmek için, belki yeni deneyimler yaşamak için Londra'ya taşındım.

Bir gökdelenin tepesinden Hudson nehrine umutsuz gözler ve kırık bir kalple baktığım günler geride kaldı, yine bir gökdelenin tepesinden Thames nehrine bakıyorum, fakat bu sefer içimde yaşam coşkusu ve mutlulukla...

Pelin: Bize biraz kendi gözünden New York'u anlatır mısın?

İpek: Maalesef, bugün gözümde hiç canlanmıyor. Hafızamı sildirmiş gibi hissediyorum fakat günlüğümdeki yazımı sizinle paylaşabilirim.

"Çok uzun zamandır aklımda olan bir şeyi gerçekleştirmek için kalemi aldım elime. 3 Eylül 2008 günü vardım New York John F. Kennedy Havaalanı'na. Her şehrin ayrı bir kokusu vardır ya, New York'un kokusunu ilk bu havaalanında aldım.

Evlenip yerleştiğim evin bulunduğu bölgeyi Cengiz Çandar 26 Eylül 2008 tarihli köşe yazısında şöyle özetliyor:

'New York'un en nefes kesen manzaralarının birinin karşısında Celal Talabani ile oturuyoruz (Bu manzara her sabah uyandığımda gördüğüm Hudson nehri manzarası). Hürriyet heykeli tam karşımızda. Elimizi uzatsak sanki Hürriyet meşalesinin sapını yakalayacağız. Heykelin üzerine oturduğu küçük Ellis Adası'nın ardındaki okyanus görüntüsü, alabildiğine parlak güneşin altında ufka uzanıyor.'

İşte Cengiz Çandar'ın bu yazısında belirttiği Manhattan'ın denize dayandığı noktada, Battery Park'ın karşındaki Fransızca adıyla 'Le Rivage' yani 'sahil' adlı lüks, 31 katlı apartmanın 23. katında nehir manzaralı evimde başladım New York'u yaşamaya ve yaşatmaya.

Okuduklarıma göre şehrin asıl adı New Amsterdam. Yaşadığım yer olan 'Financial District', şehrin Dutch yani Hollandalı ziyaretçileri tarafından kurulmuş ve ben sanırım bu nedenle bu bölgeyi daha Avrupai bulduğum için daha çok seviyorum.

Ara ara küçük sokakları, bazen insanın karşısına çıkan Arnavut kaldırımlı yolları, hemen karşısında alabildiğine gökyüzüne uzanan gökdelenleri ile tarih ve teknolojinin hatta medeniyetin birleştiği yer 'Financial District'.

Bu bölge adanın en kapitalist mekânı olarak geçiyor çünkü ünlü bankaların bulunduğu finansın yapıldığı yer olan 'Wall Street' burada bulunuyor. Aldıkları beş ve beş üstü sıfırlı maaşlarıyla dünyanın dört bir yanından Amerikan rüyalarını gerçekleştirmek üzere gelen Fat Cat[24] ve Fat Cat adayları da ulaşım nedeniyle Financial District'te yaşamayı tercih ediyor. Bu bölgenin bir diğer özelliği de parkların fazlalığından dolayı çocuk sahibi ailelerin burada yaşamayı tercih etmesi. Boşuna dememişler 'stroller-heavy neighborhood'[25] diye.

Bulunduğum bölgeden Staten Island feribotuna binerek meşhur Özgürlük Anıtı'nın çok yakınından geçmiştim ve feribot adadan biraz uzaklaşınca muhteşem Manhattan manzarası beni gerçekten büyülemişti. Bu turdan sonra

---

24 **Fat Cat:** Kodaman, zengin kişi.
25 **Stroller-heavy neighborhood:** Puset dolu mahalle.

evimin çok yakınındaki Bowling Green Parkı'nda Serkan ile oturmuştuk. Ortasında havuzu, havuzu çevreleyen göbekteki rengârenk çiçekleri, banklarındaki turistleri ile görülmesi gereken bir park. Zaten adanın ilk parkı olarak biliniyor ve hemen karşısında Amerikan Indian Building var. Bu binada da 'US Bankruptcy Court' bulunuyor ve ekonomik krizden dolayı batan bankaların batış davaları burada görülüyor. Sütunları, estetiği ve devasalığı ile alana çok yakışıyor ve parkla bütünleştiği o küçük alanda genellikle stantlar kuruluyor. Takı, eldiven, atkı, organik meyve gibi bazı şeyler de bu stantlarda turistlere satılıyor.

Biraz doğadan ve parklardan bahsetmeye ne dersiniz? Anlayacağınız gibi 'Central Park' tüm ağaçlarının altında fotoğraf çektirdiğim o mükemmel yer. İnsanın bunca yorucu bir şehirde bu kadar dinlendirici bir yer bulması gerçekten eşsiz. Doğal ve yapay gölleri, çeşit çeşit ağaçları, rengârenk çiçekleri, göllerinde sandalları, sandallarla tur atan turistleri, çocuklara balon çıkarma aleti satan amcası, merdivenlerde turistlere şov yapan siyahileriyle tarif edilemez bir yer. Hatta içindeki bir alan, yazın çocuk bahçesi kışın ise buz pateni pisti olarak kullanılmakta.

Central Park yeşilin her tonunu görebileceğiniz bir yer. Hele çevrede delice spor yapanlara ne demeli? New Yorker'lar için spor yapmak hayatın bir parçası. Hayattaki kontrollerini ve disiplinlerini sağlamalarının bir yolu, bazen de göstergesi.

Standart bir pazar günü pretzel[26] ya da dondurma satan arabaları, köpeklerini gezdiren insanları, yeşil alanlara örtüsünü serip kitabını, gazetesini okuyan New Yorker'ları, bebek arabalarıyla bebeklerini gezdiren aileleri görmeniz

---

26 **Pretzel:** Türkiye'deki simide benzeyen bir hamur işi.

pek mümkün.

Central Park o kadar büyük ki en az beş sefer gitmiş olmama rağmen belki de hâlâ görmediğim yerleri vardır. İçinde restoranları, kafesi hatta minik bir hayvanat bahçesi bile var. Her köprünün altında müzisyenleri görmek çok olası. Müzisyenleri dinleyip para atanlar genellikle çocukları parka gezmeye getiren çocuk bakıcıları...

Daha Central Park'a ait onlarca görüntü var kafamda ama bunları ileriki sayfalara saklıyorum. Tabi ki Central Park'tan daha çok ziyaret ettiğim bir yer var, her ne kadar çoğu zaman gitmekten kaçınsam da beni çözemediğim bir özelliği ile çeken 'Chinatown'. Küçük Çin de diyebiliriz. Kalabalığı, halkın görüntüsü, pis sokakları ve eskiliği ile bana daha çok Ankara'daki Sıhhiye ve Ulus semtlerini hatırlatan bir yer. Ucuza yemek yiyebileceğiniz, ünlü her markanın sahte ürününü bulabileceğiniz, vitrinden seçtiğiniz deniz ürününü pişirtip yiyebileceğiniz bir yer Chinatown. Tam anlamıyla yok yok Chinatown'da. Son gözlemlere göre Chinatown'da, Mulberry Street'te bulunan Little Italy her geçen gün küçülüyormuş çünkü Çinliler bölgeyi hızla işgal ediyor.

Her ne kadar hijyenlerini ve yayılımcı politikalarını eleştirsem de Çinlileri takdir ediyorum çünkü gayet dirayetli insanlar. Türkçede bir laf vardır ya 'Ekmeğini taştan çıkarır.' Çinliler belki ekmeği taştan çıkaramıyor gerçekte ama o kadar sabırlı ve başarılılar ki! Temel besin kaynakları olan pirinci sudan çıkarıyorlar.

Chinatown'da en favori yerlerden biri ise Manhattan Köprüsü altındaki Şeytan Saçlı Adam'ın kurduğu meyve-sebze standı... Adam her gün sebze halinden bir kamyon malı alıp birkaç saat içinde satıyor. Her şey o kadar taze ve ucuz ki... Ama adam biraz ırkçı diyebilirim. Tipini be-

ğenmediği bazı Çinlileri kuyruktan atıyor, kovuyor. Küçük bir surat, kırışıklıklarla dolu bir yüz, görünürde birkaç diş, kafasının ortasında değil de kafasının iki yanında bulunan uzun saçlarıyla film karakteri gibi bir herif.

Chinatown'da her şey var dedim ya, altınından pırlantasına, ucuz balığından sahte aksesuarlara kadar her şey... Komşum Juliette sayesinde bulduğum Pearl Paint de bunlardan biri. Hobim resim yapmak ve fırçalarımı, tuvallerimi ve boyalarımı bu ucuz ve güzel yerden almıştım.

New York'ta tutunabilmek için neyi nerden alabileceğini bilmek gerekiyor ama bu da hemen değil de gezerek, öğrenerek, deneyimleyerek ancak olabiliyor. Pearl Paint'ten aldığım boyalar ve malzemelerle yaptığım dört resim şu anda evimin duvarlarını süslüyor.

İlki bir göl ve ağaçlardan oluşan bir manzara resmi. İkincisi çok sevdiğim çiçekleri ve bir kelebeği resmettiğim bir çalışma. Üçüncüsü ise yeşilli, sarılı, turunculu mutfak kilimime uygun çalıştığım geometrik desenlerden oluşan bir resim. Sonuncusu ise duygu yoğunluğundan yaptığım ve simgesel çalıştığım, daha çok yaşam ve New York'tan esinlendiğim bir gökdelen, yollar, bir gül ve eskilerden kalma bir kadından oluşuyor. Şimdi bu kelebekli resmin altında, resimdeki çiçeklerle aynı renkte çiçekler bulunuyor ve en son Jack's 99 Store'dan aldığım rengarenk üç tane kelebekli mumluk da bu çiçeklere eşlik ediyor. Ben bu alana çiçekli kelebek köşesi demek istiyorum. Nasıl?"

Pelin: New York'ta yaşadığın ilginç olaylar nelerdi?

İpek: Ben New York'a taşındığımda aslında tarihe tanıklık etmeye başladım. Eylül ayında taşınır taşınmaz, yüzyılın en büyük finansal krizi gerçekleşti ve Lehman Brothers, Amerikan tarihinin en büyük iflasını yaşadı. Finans dünyası çalışanlarının ellerinde kutularıyla işten nasıl çıkarıldıklarına şahit oldum.

Hemen sonra seçimlerde Barack Obama, ilk kez siyahi bir lider olarak ABD Başkanı seçildi. Bugün George Floyd'un ölmesi sonucu halk ayaklanması başladı. Siyasi düzlem o günden bugüne epey bir değişti.

Ocak 2009'da LaGuardia Havalimanı'ndan havalanan ve Kuzey Carolina'ya giden uçak, Hudson Nehri'ne iniş yaptı. Uçaktaki herkes kurtuldu, kahraman pilot Sully ödüllendirildi. Sonra filmi çekildi ve keyifle izledim, orada yaşarken kurtarma botlarının uçağın indiği yere doğru gidişini penceremden izlemiştim.

Saçlarımı koyu mavi siyaha boyatmıştım, peruk gibi duruyordu. Kâhkülümü de yanlış kesmiştim. Bir gün trende karşılaştığım Brooklyn'li bir genç kız, bana cemaatten olup olmadığımı sordu. Beni Rus kökenli Ortodoks Yahudilerine benzetti. Düşünün, ne kadar muhafazakâr bir görünümüm olduğunu. Beni Williamsburg'lu cemaat üyelerinden biri sanmıştı. Unorthodox dizisindeki Esty gibi bütün kurallara uymaya çalışıyordum fakat doğduğum coğrafyaya uyumlu olmadığımı anlamam kısa sürdü.

Saçlarım kötü olunca da Craigslist'ten bedava saç kesimi ve gölge işlemi yapan bir yer bulmuştum. Çaresizliğim... Flat Iron binasındaki, havalı Ted Gibson kuaföründe kuaförlük öğrencilerinin saç modelliğini yapmıştım iki kez. Farklı bir deneyim olmuştu benim için.

Bir de yan komşumun babası çok yaşlıydı. Serkan'a ne iş yaptığını sordu. Serkan da "Modelliyorum" deyince, adam Serkan'ın model yani manken olduğunu sanmıştı. Halbuki, finans modelleri yapıyordu, "quant"tı yani. Bana dönüp, "manken kocayı bulmuşsun" demişti. Çok gülmüştüm.

Pelin: Arkadaş çevren nasıldı?

İpek: Arkadaş çevrem, Serkan'ın Harvard'da doktora yaptığı sırada tanıştığı arkadaşlarından ibaretti. İş arkadaşlarıyla beni sadece iş yerini ziyarete gittiğimde tanıştırmıştı, hiçbiriyle bir kere çay-kahve bile içmedim. Yalvardım beni de iş arkadaşlarıyla akşam buluşmasına götürmesi için ama bunu kabul etmedi, çok hayal kırıklığına uğradım. Evde oturup onu beklerdim, çok yalnızdım. Rojda'nın *Xerîba Beyanî* türküsünü dinliyordum. Türküde olduğu gibi ana babama hasrettim. Allah kimseyi garip, yabancı, yalnız ve çaresiz kılmasın!

Evimin penceresinden Hudson Nehri'ne her baktığımda gördüğüm o mavilik beni bir rüyadaymışımcasına götürürdü uzaklara. Zaten ailemden, arkadaşlarımdan, sevdiklerimden öylesine uzaktım ve öylesine mutsuzdum ki. Aynaya baktığımda gördüğüm o solgun ten, feri sönmüş gözler, çelimsizleşmiş vücudum, ifadesiz duruşum ve kafamın en tepesinde taşıdığım o karmaşa ne nebze mutsuz olduğumu anlatmaya yeter herhalde sizlere. Keşke beni şu şehirde bir tanıyan olsaydı. Bir dostum bana sımsıkı sarılsaydı, sevecen bir şekilde okşasaydı saçlarımı. Sevilmeyi özledim ben. Sevgiye hasret yaşanamıyor vesselam. Açlık, susuzluk, hastalık gibi sevgisizlik de bir insanı öldürmeye yeter diyebilecek kadar iddialıyım da. Eğer sevgiyleysen yani seni besleyen sevgi damarları varsa ya da sen sevgi yayabiliyorsan bağışıklık sistemin bile güçleniyor. Amerika'da bulunduğum sürenin en az yarısını hasta vaziyette hatta veremli gibi geçirdim. Bunu da sevgisiz ortamıma bağlıyorum.

Bir tek Juliette vardı hayatımda. Benim Fransız komşumdu ve tam yan dairemde oturuyordu. Sanırım evdeki hareketlilikten anladı eve yeni birinin katıldığını. Bana oldukça nazik bir "hoş geldin" dedi ve her türlü sıkıntımda ona başvurabileceğimi söyleyerek beni evine kahve içmeye davet etti. Bu bölümü yazabilmem için Amelie'nin piyano versiyonunu dinlemeliyim. Aksi takdirde Juliette'in evinin odalarında gezemiyor ve ana dönemiyorum. Ne yapayım? Sinezteziğim![27]

Evde beni hoş bir sürpriz bekliyordu. Işıl ışıl gözleriyle, şirin suratlı ama asaleti elden bırakmayan bir erkek bebek: Leo. Bebeğim, sen ne tatlı bir şeysin! Keşke bir de birbirimizin dilini anlayabilsek. Daha Juliette ile tanışma faslını bitirmeden Leo yanına geldi ve başını dizlerime yaslayarak adeta bir köpek gibi benden sevgi dilenmişti. Belki de ben yanlış anlamıştım, benim yalnızlığımı anlayan minik velet bana sevgi vermeye çalıştı. Juliette, GRE'ye yoğun çalıştığım günlerin birinde beni süpermarket alışverişine davet etti ve o gün başladı asıl arkadaşlığımız. Süpermarket alışverişini Chinatown turu takip etti. Juliette bana Çin yemeği ısmarladı fakat benim aram o zamanlar Çin yemeğiyle pek iyi olmadığı için kadın bana yemek ısmarladığına pişman oldu. Ben de ona ve kendime Haagen Dasz'dan dondurma aldım ve renkler diyarı Pearl Paint ile tanışmam bu gezi vesilesiyle oldu. Canal Street'teki bu köhne yerde resimle ilgili her şeyi bulmak mümkündü. Bu gezim evliliğimdeki sorunların iyiden iyiye ortaya çıktığı döneme rastlar. "Bunu nerden biliyorsun?" diyeceksiniz. Bu gezide de pek bir parasız dolandığımdan olsa gerek...

Juliette, Fransa'da hızlı tüketim mallarının pazarlamasında müdür pozisyonunda çalışmış uzunca bir süre ve

---

27 **Sinestezik:** Birleşik duyu.

eşinin işi dolayısıyla iki yıllığına gelmişler ABD'ye. Sohbet-
lerimizde ABD'nin tadını çıkarmaya çalıştıklarını dile ge-
tirirdi hep. Hatta bir tatilde Jamaika'ya dalmaya gitmişlerdi
ve Leocuğumu çok özlemiştim. O uzun koridorda Leo'nun
sesini duyar duymaz kapıya koşar ve kapıyı açardım. Leo
her seferinde bana koşar ve boynuma atılırdı. Şimdi koca
bir çocuk olmasına rağmen Leo bebeği özlüyorum ben.
Evlerindeki yazıcıya bisküvi sokup cihazı bozan yaramaz
Leo'yu özlüyorum.

Juliette bana Fransız usulü elit yaşam konusunda reh-
berlik etti. Aslında Juliette ile yaşam felsefimiz benzerdi:
"Seize the day, grab the minute". [28] Yani, hayatın tadını çı-
karmak. Birlikte South Street Seaport'ta IKEA'nın bedava
feribotlarına binip alışverişe Brooklyn'e geçmiştik. Tabi
çulsuz ben, bu bedava şeyi öğrenince ne yaparım? Beda-
va IKEA turunu aktivite rehberime kaydettim ve böylece
zamanımı doldurdum. Ne kadar bedbahtmışım değil mi?
Bir defasında bu aktivitemi gerçekleştirdim. İyi zaman öl-
dürdüm IKEA'da, ama benim alışveriş anlayışım sevgili
kocamın bonkörlüğünden olsa gerek bakıp bakıp bir şey
almadan öylece dönmek. O günü anı depoma iyi kaydet-
mek için kendimi dondurma ile ödüllendirmiştim.

Juliette, apartmanımızdaki kadınlarla kaynaşmak için
bir parti organize etti. Herkesin posta kutusuna davet kartı
bıraktı ve cumartesi günü kadınları, evinde verdiği partiye
davet etti. Ben, o partiye katılmayı gerçekten çok istiyor-
dum çünkü apartmandaki kadınlarla tanışmam için çok
güzel bir fırsattı ve onun hemen yan dairesinde oturduğum

---

28 Ölü Ozanlar Derneği kitabında ve filminde 'Carpe Diem' olarak
bahsi geçen yaşam felsefesi. Araştırınız.

için hatırlarlardı beni. Belki birkaç arkadaş edinme imkânım olurdu. Ne yaptıysam da Serkan'ı arkadaşlarının "hoş geldin" partisini ertelemeye ikna edemedim. Onun arkadaşları birkaç hafta sonra da gelebilirdi, zaten birkaç kez iptal olmuştu, herkese uygun bir zaman ayarlardık yine. Juliette, o partide birçok kadınla tanıştı, çocukları arkadaş oldu. Hatta o, partiye davetli komşuları ve onların eşleri aracılığıyla kısa süreli bir işe de girdi. Onlar kahvaltılar organize edip, yemeklere giderken ben hep imrenirdim. Ne parti verecek ekonomik gücüm ne de özgürlüğüm vardı. Juliette, bana kitaplığından hep ödünç kitaplar verirdi ve sonra kitabı tartışırdık kahve içerken. Ben yirmi üç yaşındaydım, Juliette ise otuz dört yaşında. Onunla ve onun çevresiyle arkadaş olmam bana çok şey katabilirdi. Zaten, yapayalnızdım. ODTÜ'den genetik mezunu ve New York'ta doktora yapan bir arkadaşımla on ayda üç kez buluştuk. Kim ne derse desin eşin esnek olması çok önemli, empati yeteneğinin yüksek olması da keza. Ne yazık ki eşim bana sadece evli bir kadın gözüyle bakıyordu, göçmen ve evli bir kadın olduğumu unutuyordu. Bana bu evlilikte alan tanınmadığını çok net hissediyordum.

Juliette'e gelecek olursak, onunla bağımız hiç kopmadı ve karantina bitince ilk işim Paris trenine atlayıp Juliette ve Leo'yu ziyaret etmek olacak.

Pelin: Yirmi üç buçuk yaşında evlenmiştin. Bugün yirmi üç yaşında evlilik kararı alacak genç bir kıza önerin ne olurdu?

İpek: Bir insanın kendisini bulması için yirmi yedi – yirmi sekiz yaşını görmesi gerekiyor. İnsan kendi tanımadan, hayallerini gerçekleştirmeden evliliğe adım atmamalı. Benim on iki yıl önce toplumsal baskıya direnecek gücüm yoktu, kendimce sebeplerden dolayı. Kızlarımız güçlü dursunlar. Hayalini kurduğun tatile gitmek için kocanın olması şart değil, abinle ve kız kardeşinle git tatile. Ya da hayalini kurduğun bir evde oturmak için bir kocanın olması şart değil, bir mesleğin olsun, kimseye ihtiyaç duymadan hayalini gerçekleştir. Yaptığın her işte çok iyi ol, gerisi gelir. Ekonomik olarak kadının kendi ayakları üstünde durması şart. Evlenip boşandıktan sonra işinden olan, beş parasız kalan kadınların hikâyesini duyuyoruz veya onların kötü tecrübelerine şahit oluyoruz. Eş adayının evini görsünler, nasıl bir çevrede büyüdüğünü artı ve eksisiyle değerlendirsinler. Sınırlarını koymaktan ve sınırlarına uymayan kişilerle de yollarını ayırmaktan çekinmesinler. Benim evliliğim maalesef hapishaneden farksızdı. Eş adaylarının onları oldukları gibi kabul edip etmediklerine baksınlar.

Evlilikte zevklerin, inançların, etik değerlerin, harcama eğilimlerinin birbirine benzer olması gerektiğini düşünüyorum. Bir vegan ile üç günde bir barbekü partisi yapan biri nasıl mutlu olabilir? Veya kitap okumaktan, evde oturmaktan keyif alan biri ile sosyal kelebek olan, evinde parti vermeyi seven biri... Benim veya benim gibi seçim yapan kadınların yaptığı hata, sadece etnik kimliği baz alıp, eğitim ve yaş gibi tikleri doldurmak oldu. Halbuki insani özellikler, davranış kalıpları daha çok dikkat edilmesi gereken konular. Kimse bir başkası için kendini değiştirmek zorunda hissetmesin. Evlilikte, eşe uyum sağlayabilmek adına birtakım dönüşümler yaşayabilirsin ama seni sen yapan şeylerden de vazgeçmemelisin.

Ben, ne kadar dışa dönüksem, arkadaşlarıma ve akrabalarıma ilişki anlamında yatırım yapıyorsam eski eşim tam tersiydi. Aynı şekilde ben, dünyayı keşfetmeyi severim. Tiyatro, sinema, seyahat ve sanatın birçok dalı ile ilgiliyim. New York'ta yaşadığım on ay boyunca bir kez konsere katıldık, o da Serkan'ın bütün arkadaşları katıldığı için. Sinemaya gitmedik, Broadway şovu bile izlemedim. Amerika'nın herhangi bir şehrini veya kasabasını görmedim, Manhattan adasının dışına bile çıkmadım, karantinayı şimdi değil asıl o zaman yaşadım. Bu ne ki! Yılda yazın en az iki tatil yapıyorum. Biri ailemle, biri arkadaşlarımla. Yalnız seyahat etmeye de başladım. Arkadaşımın Almanya'daki düğününe gittim. Önce Hamburg'da yaşayan kuzenimi ziyaret ettim, akabinde de Bremen'e düğüne geçtim. Ben New York'ta iken, yakın bir arkadaşımın İskenderun'daki nişanına davet aldım. Eşimin ailesi Adana'da yaşadığı için Adana'dan İskenderun'a otobüsle geçerim demiştim. Eski eşimin beni şoke eden cevabı şu olmuştu: "Sen artık evli bir kadınsın, tek başına seyahat edemezsin. Kardeşim müsait olursa seni götürür, olmazsa da gidemezsin." Şaka mıydı bu? Artık bir yerden bir yere tek gidemeyecek miydim? Benim bu bilgiden, evlenmeden önce neden haberim olmadı. Ya da japone kol bluz giyemeyeceğimden, oje sürmem ve makyaj yapmamdan rahatsız olduğundan, kot pantolonlarımı kumaş pantolonlarla değiştireceğimden, tayt giyemeyeceğimden... Her yeni güne yeni bir yasakla başlıyordum. Bileklerimden omzuma kadar kelepçelenmiş gibi hissediyordum. Kolumu kaldıracak gücüm yoktu, enerjim çekilmişti.

Bir insanın, işi ve maddi gücü olmasına karşın eşine kendi sigortasından daha düşük teminatlı sigorta yaptırmasını nasıl değerlendirirsiniz? Ya da öğretmenlerinizin önerisi ile eşinizi Boston'a günübirlik tura gitmeye davet

ettiğinizi düşünün. Eşinizin de cevabının her zamanki gibi
'hayır' olduğunu… Yeni yıl için çikolata almasını istediği-
nizi, yeni yıl öncesi asla almadığını, bir hafta sonra çikola-
talar marketlerde indirime girdikten sonra aldığını… Her
şey vaktinde güzel… Bunları yaşayınca, bir süre sonra ev-
liliğe renk katmak için heyecanınızı yitiriyorsunuz.

Dolayısıyla kadınlara tavsiyem, eş adaylarının dört
mevsimini görsünler hem gerçek anlamda hem mecazi an-
lamda. Bir yıl konuşsunlar, bakalım ilişki yaz iken, ortam
güneşli iken davranış kalıbı nasıl? Kış geldiğinde, havalar
soğuduğunda, problemle karşılaştığında ne tür tepkileri
veriyor?

Bu sırada, eş adayından kısıtlamalar görürlerse arka-
larına bakmadan uzaklaşmalar. Çünkü benim örneğimde
eski eşim ve ailesi, benim sınırlarımı test ettiler. Birinci ya-
sağı devreye aldı. İki, üç derken benliğinden uzaklaştığın
anda sana çizilen kalıbın dışına çıkmak zorunda kalıyor ve
evliliği bitiriyorsun.

*(Sorun: İpek ile babası, Kızılay'da ahbaplarının bir ya-
kını olan boşanma avukatının ofisine gittiklerinde avukat,
İpek'in Serkan ve ailesi ile anlaşmazlıklarının düğünden
önce başladığını, sürtüşmelerinin erken safhada ortaya çık-
tığını söyledi. İpek, kılık kıyafet ve yaşam tarzı değişikleri-
ne maruz bırakılmıştı.)*

Ben evli iken şimdiki kilomdan on kilo zayıftım. Her
geçen gün de zayıflıyordum. Türkiye'den gelirken yanıma
aldığım pantolonlarım üstümden düşüyordu, kemiklerim
çıkmıştı ama kilolu olduğumla ilgili eleştiri alıyordum. Bir
kadın için çok üzücü bir durum… Yeni bir ülkeye taşınıl-
dığında kilo almak mümkün, hormonal değişiklikler de
olabiliyor. Sizi sürekli eleştiren, eksik ve yetersiz hissettiren

bir eş adayı varsa uzun soluklu bir ilişki kuramayacağınızı üzülerek belirtmeliyim.

Evlilikte iyi arkadaş olabilmek, sohbet edebilmek de çok önemli. Birbirimize göre olmadığımızı Cafe Lalo'da anlamıştım. *You Have Got Mail* filminde çiftin buluştuğu kafe...

Aman Allah'ım inanamıyorum. Böyle ışıltılı, böyle şirin bir yer dünya üzerinde bulunabilir mi? İnsan, biriyle ilk buluşmada bu kafeye gitse ambiyanstan etkilenip karşısındakine âşık oluverir. (Gülerek) Muazzam renklerde envai çeşit pastaları, tartları ve tartoletleriyle hoş bir vitrin karşılıyor sizi. Masalar mini minnacık, bu da insanları birbirine daha da yaklaştırıyor. Arkadaşlar, çiftler samimi bir ortam oluşturmuş, kahkahalar, gülen gözler... "Keşke biz de o ortamın bir parçası olabilmeyi başarabilseydik!" diye hayıflanırım. Ne kadar güzel bir yere gitsek de ne kadar güzel bir hava olsa da aramızdaki o duvar birbirimize yaklaşmamıza engel oldu hep. Ne duvarlardaki enteresan tablolar, ne kafenin önündeki ışıklandırılmış cici ağaç, ruhlarımızı kamçılamaya yetemedi maalesef. Böylesine eğlenceli bir ortamda bile, vakur bir tavırla emekliliğinin son demlerini yaşayan çift gibi sessiz sedasız sipariş ettiğimiz çizkekleri yedik. Birkaç sıradan, gündelik cümle dışında muhabbete bir şey katamadan kafeden ayrılıp evimizin yolunu tuttuk. "Emeklilik" bende bir İtalyan restoranında tanıştığımız yaşlı çifti çağrıştırdı hemen. Long Island'da oturmalarına rağmen her hafta mutlaka Little Italy'ye uğrar ve eve yiyecekleri oldukça lezzetli olan Mulberry Street restoranlarında yemek yemeden dönmezlermiş. O çiftle muhabbet ederken bir şeyi daha fark ettim, birbirimizle o kadar az şeyi paylaşıyorduk ki. Çift, konuşurken birbirinden top çalan futbolcular misali sıra vermiyordu birbirine. Adeta rolleri değişmiştik. Sanki onlar çiçeği burnunda, aşkları damağında yeni evli çiftti. Biz de Long Island'dan, taa uzak diyarlardan gelmiş yorgun, bezgin, emekli çifttik. Çok ironik değil mi?

Birbirimizle ne kadar uyumlu olmadığımıza şöyle bir örnek vereyim:

Çocukluğumda beri tanıdığım uzaktan bir akrabam, doçent olan eşinin tıp eğitimi için Amerika'da bir eyalete gelmişlerdi. Ailemden numaramı almışlardı ve benimle telefon görüşmesi yapıyordu Elif. Eşiyle New York'a geleceğini, bir otelde konaklayacaklarını, ben ve Serkan ile bir yemek yemek istediklerini söylüyordu. Ben bunu söylediğimde, Serkan hiç oralı olmamıştı çünkü benim taleplerimin hiçbir önemi yoktu. Ben, ona olumlu veya olumsuz bir yanıt vermeyince, Elif beni defalarca aramış, ama ben New York'u terk ettiğim için bana ulaşamamış. Benim için endişelenmiş ve Kanada'daki dayımları arayarak benimle iletişim kuramadığını söylemiş. Elif, benden böyle bir davranış beklememiş hatta ablasını arayarak sitemde bulunmuş. "İpek, çok değişmiş. Hani o köye gelince 'bana süt sağmayı öğretir misiniz? Pekmez nasıl yapılır?' diye soran cimcime kız" demiş.

Değişen ben değildim, değişen koşullarımdı. Ardından Elif'in ablası yaşadıklarımı anlatınca o da bana hak vermiş. Normal koşullarda ben, Elif ve eşi ile yemeğe çıkar, sohbet eder, hatta Elif'in eşine aldığı eğitimin en detayına kadar bilimsel sorular sorardım.

Bu çetrefilli durumu, Alev Manhattan'a gelmek istediğinde de yaşadım çünkü Serkan kendi dünyasında yaşayan, insanlarla iletişime kapalı biriydi. Her şeye masraf gözüyle baktığı için uzlaşamıyorduk. Sonuç olarak, Serkan'ın işini kaybetmesi nedeniyle yemeğe gitmek istememesini anlayabiliyorum. Belki Alev'i evimize bir kahve veya çay içmeye davet edebilirdik. Benim evlilik modelindeki rolümün, katsayımın sıfır olduğunu fark ettim.

Pelin: Yeniden evlenmeyi ya da anne olmayı düşünüyor musun? Korkuların var mı?

İpek: Hayatın akışı içinde karşıma uyumlu olabileceğimiz bir eş adayı çıkarsa, neden olmasın? Annelik de kısmet bana göre. Çocukları çok seviyorum ve çocuklarla özel bir bağım var. Her şeye "benim için hayırlı ise olsun" gözüyle bakıyorum. Boşandıktan sonra yanımda "evlilik" sözcüğü konuşulduğunda bile dayanamıyordum, epey bir süre evlilik korkum oldu. Şu anda bu tür korkularım kalmadı. Eğer doğru insan olursa bu tür korkulara yer kalmayacağını düşünüyorum.

Bununla ilgili, ana okulda iken makas kullanılarak yapılan el işi aktivitelerini hiç tamamlayamadığım geldi aklıma. Sınıf arkadaşlarım çok rahat bir şekilde kesim yaparken ben yoruluyordum, yamuk kesiyordum. Sonra da motivasyonum azalıyordu, bırakıyordum el işini yapmayı...Çok sonra nedenini buldum, solak olduğum için sağ elini kullananlara özgü yapılan makasa uyum sağlayamıyordum. Makasla ilerleyemiyordum. Problem ne el işi aktivitesinin zorluğunda ne de benim motivasyonumdaydı. Problem, makastaydı. Evlilik, bu metaforumda el işi; makas ise evliliği sürdürdüğün kişi, eşin. Ben de kullandığım elimi, yani karakterimi değiştiremeyeceğim için benim için uyumlu olmayan makası bıraktım. Solak makas, yani bana uyumlu bir eş olursa neden olmasın… (Gülerek)

Pelin: New York maceran son buldu. Bugün Londra'da

yine bir göçmen kadınsın, tek farkın artık bir 'ithal gelin' değilsin. Buraya nasıl geldin? Neleri özlüyorsun?

İpek: Londra'ya Ankara Antlaşması'na başvurarak geldim, burada kendi işimi kurdum. Artık başarısızlık korkum yok. Hayatımı yeniden inşa ettim birkaç kere. Burada da yine o aşamadayım. Hepsi hayat yolculuğumda birer deneyim...Londra'ya taşındığımı duyan bazı insanlar hemen "Evlendin mi?" diye soru yağmuruna başladı. Ben de gururla cevap veriyorum, "Hayır, yaşamımı değiştirmek, fırsatlarımı arttırmak için yine kendi birikimlerimle geldim."

Londra benim yuvam, burayı çok seviyorum. Ama türküleri, zeybeği, horonu, halayı, Roman ve Ankara havasını, bağlamayı, bendiri, tefi, kanunu, Nemrut'u, Karadeniz ormanlarını, Ege'nin serin sularını, Datça'yı, Boğaz'ın inci gibi görüntüsünü, doğunun karlarla kaplı engin dağlarını, Anadolu'nun düzlüklerini, Mezopotamya'nın büyüsünü, Mevlana'yı, Pir Sultan'ı, Yunus Emre'yi, kalabalık sofralarda sevdiklerimle yemek yemeyi, insanların samimiyetini, güneşin yakıcı sıcağını, kardeşlerimi ve en çok da anamı özlüyorum.

Kapanış:

Hayatımın belli dönemlerinde göçmen olarak yaşadığım için bu kitabı bir göçmen gözü ve kalbiyle ele almak istedim. Öte yandan, perspektifime, yurt dışına evlenerek göçen kadınları oturtarak duruma ikinci bir pencereden de bakmak istedim. Bu bağlamda kitabım, göçmenliğin ve kadınlığın bileşkesi. Kahramanlarımın sevinçlerini, hüzünlerini ve kaygılarını derinden hissetmiş olmanızı temenni ediyorum zira bir başkasının ayakkabısını giyip yola çıkmak farklı bir deneyim olmalı.

Bununla birlikte, yazmak benim için en büyük tutkulardan biri. Yazmak, karantinada kısıtlamaların en yoğun seviyesini yaşadığım bir dönemde, kahramanlarıma karakter katarak, özellik ekleyerek ya da onlardan parçalar çıkararak bana coşku ve eğlence kattığı gibi, özgürlük dolu bir sığınak da oluşturdu. Kitaptaki isimlere hikâyenin kahramanlarıyla birlikte karar verdik. Kahramanlarımın hayatlarına; kendimden, arkadaşlarımdan, hayal dünyamdan, gündelik hayattan tutam tutam yaşanmışlıklar ilave ettim.

Doğup büyüdüğüm Adıyaman'ı, Ankara'ya üniversiteye okumak için giderken veda ettiğim fanusum Kara Dantel Sokağı'nın ilgili yıllardaki görünümünü, mensubu olduğum Kürt-Alevi toplumundaki evlilik müessesesinin 2000'li yılların başındaki durumunu size aktarmakla kalmayıp yabancı kültürlerden gelen eşlerle evliliklere ilişkin aklınıza takılabilecek soruları da cevaplandırmayı arzuladım. 'İthal gelin' olma psikolojisini sizlere bir nebze de olsa aktarabildiysem ne mutlu bana.

Bu kitaba isterseniz bir röportaj, isterseniz bir öykü gözüyle bakın veyahut belgesel bir çalışma... Psikolojik boyutta göçmenliğin zorluklarını gözler önüne sermeye çabaladım ve en önemlisi evlilik kararının insan hayatını ne yönlere çekebileceğini okuyucularıma aktarmak istedim. Bütün bu safhalar, debisi yüksek bir nehrin yatağını bulma çabası gibi hızlıca tamamlanmış olsa da bazen kelimelerde saplandım kaldım.

Hikâyeleri dinledikten sonra, bende hepimizin içinde bir miktar da olsa 'ithal gelin' olduğu inancı gelişti. Biz birbirimizi tanımıyoruz ama duygular öylesine benzer ki...

Belki sıra arkadaşın, Yağmur gibi eşinden şiddet gördü ve kadın sığınma evinde yaşamak zorunda kaldı; birlikte oyuncak bebeklerle oynadığın çocukluk arkadaşın, Zana gibi aşk dolu bir hayat kurarken anne olmak için bazı zorlukları göğüslemek zorunda kaldı; kuzenin, Burcu gibi birkaç başarısız ilişkiden veya evlilikten sonra evlilikten korktu ve bu yüzden toplum onu çok yargıladı, o ise daha dikkatli olmayı öğrendi; en yakın arkadaşın, Lorin gibi dengeli bir hayat kurmak istedi ve kendisine belirlenen çerçeveden çıkmadan, düşünerek taşınarak evlendi, mutluluğu yakaladı; muhtemelen arkadaşının bir arkadaşı, Öykü gibi zorlukları aşarak sevdiğine kavuştu ama hâlen problemlerle karşılaşıyor ve çözmeye devam ediyor; can dostun, Alev gibi her kadının anne olmak zorunda olmadığını düşünüyor, toplumun her bir kadını anne olmakla kodlamasına başkaldırıyor... Belki de İpek sen olabilirsin, bütün geleneklere uyacağım derken bir siyah kuğu olduğunu fark eden, kendisini çok sonra keşfeden...

İthal gelinler biz olabiliriz, ne dersiniz? Kendi içinde bile göçmen olan...

Kitabımızın yazım sürecinden bahsedecek olursam, yöntem olarak kahramanlarımla görüntülü ve sesli arama ile iletişime geçtim. Bütün konuşmalarımızı turkuaz defterime not ettim, sesli kayıt hiç kullanmadım. Hikâyelerimi parça parça yazarken ilgili kahramanın dinlediği şarkılar çaldı hep fonda. Hikâye bitimlerinde yazdıklarımı sesli bir şekilde okuyarak kahramanlarıma teyit ettirdim. Ardından da yorumuna güvendiğim arkadaşlarıma okutarak, kurgu ve dil bilgisi açısından eleştirileri toplayıp düzenlemeleri yaptım. Kristin'e verdiğim sözü tuttum ve Londra'da üç ay süren ilk karantinada birinci taslağı bitirdim. Sonbaharda kozama çekildiğim Brighton'daki bir haftalık tatilimde Manş Denizi'nin hırçın dalgaları eşliğinde son taslak için ciddi bir şekilde çalıştım ve nihayet bir ay süren ikinci karantinada, elinde tuttuğun ve son cümlesini okuduğun kitap çıktı ortaya.

Başka serüvenlerde görüşmek dileğiyle...

Pelin Markirt

İlginç Bilgiler:

Kitap yazımında kahramanların hikâyelerinin tempo-su kalp şekline oturtuldu. Yağmur ile başlayan dram yüklü hikâye kalbin alt ucu olacak şekilde başladı, Zana'nın aşk dolu hikâyesi ile ivme yakalayarak Lorin'in hikâyesi ile kalbin ortasında dengeye oturdu. Öykü ve Alev'in hikâyeleri ile tam gaz devam edip İpek'in hikâyesi ile kalbin alt ucunda mutsuz bir hikâye ile sona erdi.

Kitabın yedi hikâyeden oluşması tamamen bilinçli bir seçim. Yedi, tamlık ve mükemmelliğin sayısı. Asal sayı olması açısından da uğurlu sayım. Hikâyelerimiz sırasıyla Almanya, İspanya, İsviçre, Belçika, İngiltere, Kanada ve ABD olmak üzere toplam yedi ayrı ülkede geçiyor. İthal gelinlerimizin evliliğinden de tam yedi çocuk dünyaya geldi: Toprak, Umut, Roni, Berfin, Baran, Dicle ve Fırat. Bu benim bilinçli seçimim değil, Allah vergisi… Ayrıca, kitap yedi ayrı gözün kontrolünden ve yorumundan geçerek okuyucuyla buluştu.

7

Birbirine en uzak iki kahramanımın arası uçakla 15 saat, Quebec'te yaşayan Alev ile Kanarya Adaları'nda yaşayan Zana. En yakın kahramanlarımız Öykü ve İpek ise bisiklete atlayıp 15 dakikada parkta buluşabiliyorlar. Sıfır noktasına göre, üç farklı zaman diliminde yaşıyorlar. Mesafelerden ve zaman dilimlerinden bağımsız bütün kahramanlarımın ortak özellikleri ise kitabımıza olan olağanüstü inançları ve gösterdikleri özveri.

Bu kitapta; göçmenlerin, genel anlamda kadınların ve en önemlisi ithal gelinlerin sosyal hayatta yaşamakta olduğu bazı temel konulara yoğunlaştım ve bunları hikâyeleştirmeye çalıştım. Toplumsal cinsiyet eşitsizliği, kadına şiddet, ırkçılık, yeni ülkeye kültürel uyum sorunu, özellikle göçmenlere has birtakım rahatsızlıklar (kumar, gece hayatı, alkolizm, takıntı bozuklukları, uyku ve kilo sorunları, fobiler), işsizlik ve finansal problemler, anneliğin ağır yükü gibi olguları mercek altına aldım. Her biri ayrı bir kitap konusu olacak bu sorunlara ilişkin çalışmaların önümüzdeki dönemde artması dileğiyle...

-SON-